UMA OUTRA VOZ

UMA OUTRA VOZ

GABRIELA RUIVO TRINDADE

LeYa

Editora responsável: Maria Cristina Antonio Jeronimo
Produtora editorial: Mariana Bard
Revisão: Bárbara Anaissi
Capa e ilustração de capa: Leandro Liporage

Dados Internacionais de Catalogação na Publicação (CIP)
Angélica Ilacqua CRB-8/7057

Trindade, Gabriela Ruivo
Uma outra voz / Gabriela Ruivo Trindade. -- Rio de Janeiro : LeYa, 2018.
336 p. : il.

ISBN 978-85-441-0561-0

1. Ficção portuguesa I. Título

18-0664 CDD P869.3

Índices para catálogo sistemático:

1. Ficção portuguesa

Todos os direitos reservados à
EDITORA CASA DA PALAVRA
Avenida Calógeras, 6 | sala 701
20030-070 — Rio de Janeiro — RJ
www.leya.com.br

Em memória de
João Francisco Carreço Simões
(Ti Carreço)

Para a minha família – esta estória
também é vossa

Sumário

Esta é uma estória de ficção baseada em histórias reais. João Francisco Carreço Simões, ou Ti Carreço, como era conhecido na família, era tio-avô da minha avó. A sua vida serviu de inspiração à personagem principal desta estória, de nome João José Mariano Serrão. Durante a sua viagem a Angola, em finais dos anos 20 do século passado, Carreço Simões escreveu um diário, que se terá posteriormente extraviado. Dessa viagem restaram apenas as fotografias, incluídas no final deste livro.

Árvore genealógica contendo algumas gerações da família

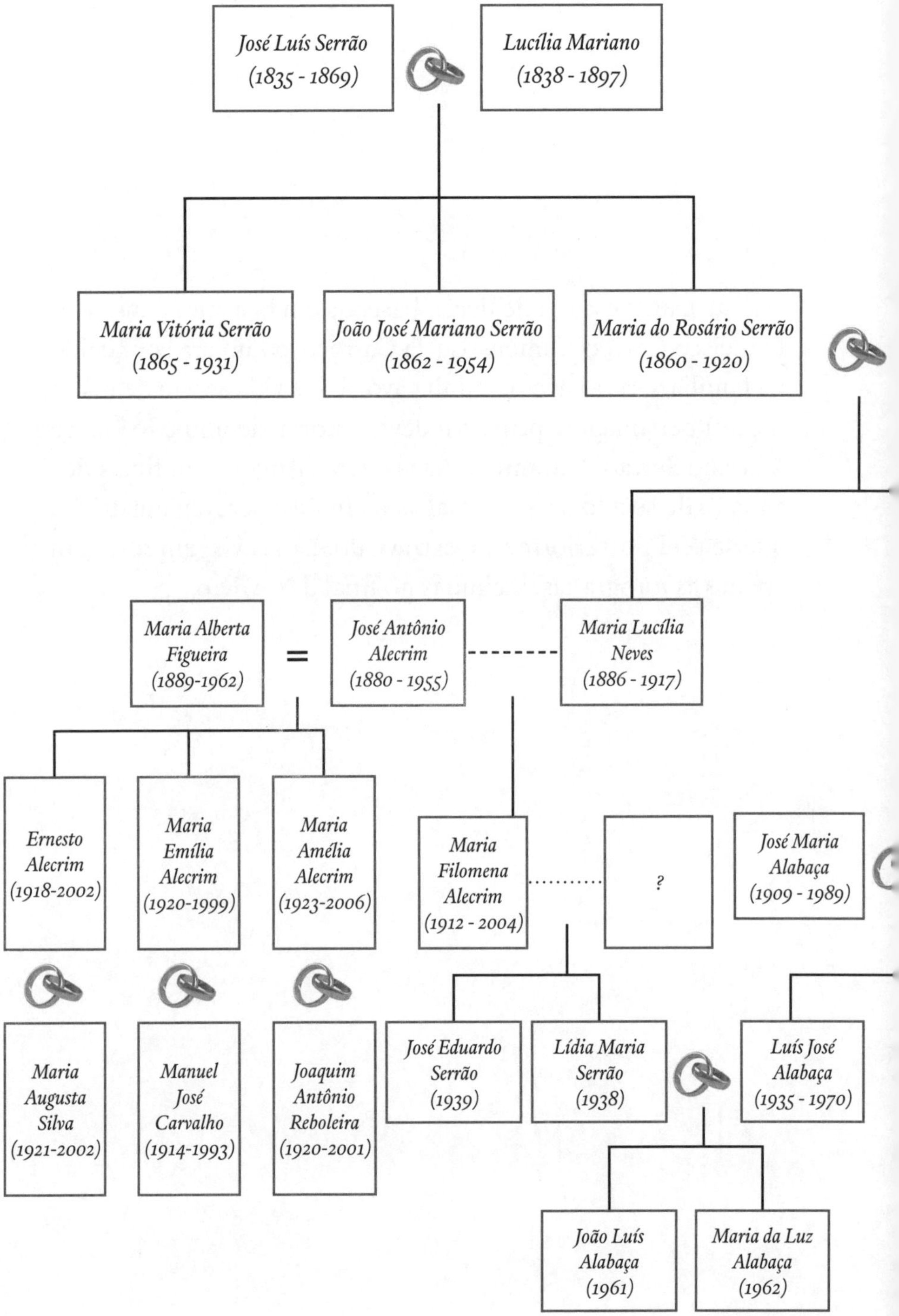

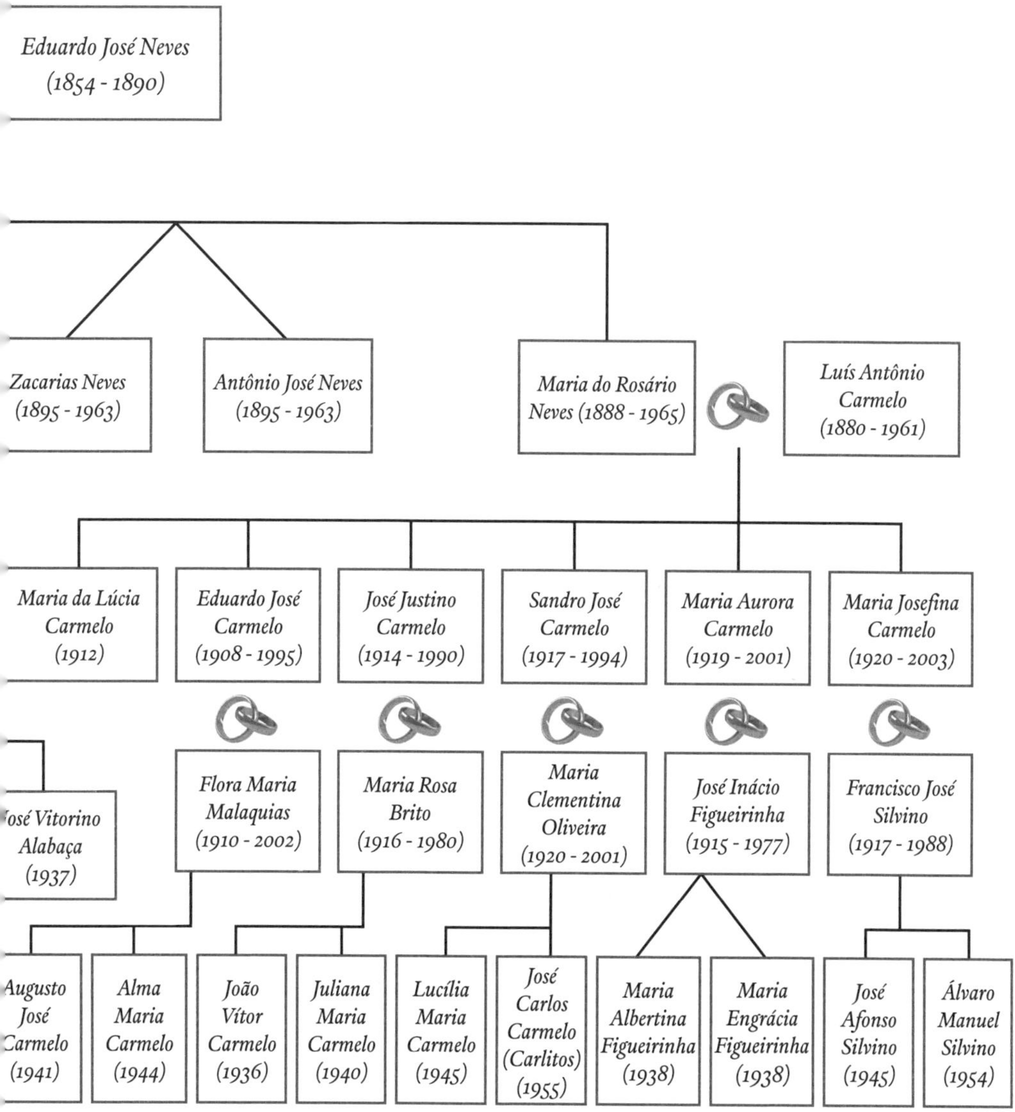
Eduardo José Neves (1854 - 1890)
Zacarias Neves (1895 - 1963)
Antônio José Neves (1895 - 1963)
Maria do Rosário Neves (1888 - 1965)
Luís Antônio Carmelo (1880 - 1961)
Maria da Lúcia Carmelo (1912)
Eduardo José Carmelo (1908 - 1995)
José Justino Carmelo (1914 - 1990)
Sandro José Carmelo (1917 - 1994)
Maria Aurora Carmelo (1919 - 2001)
Maria Josefina Carmelo (1920 - 2003)
Vitorino Alabaça (1937)
Flora Maria Malaquias (1910 - 2002)
Maria Rosa Brito (1916 - 1980)
Maria Clementina Oliveira (1920 - 2001)
José Inácio Figueirinha (1915 - 1977)
Francisco José Silvino (1917 - 1988)
Augusto José (1941)
Alma Maria Carmelo (1944)
João Vítor Carmelo (1936)
Juliana Maria Carmelo (1940)
Lucília Maria Carmelo (1945)
José Carlos Carmelo (Carlitos) (1955)
Maria Albertina Figueirinha (1938)
Maria Engrácia Figueirinha (1938)
José Afonso Silvino (1945)
Álvaro Manuel Silvino (1954)

O tempo é um rio. Um rio com muitas vozes.

(do Diário de João José Mariano Serrão)

Parte I

As Vozes

Primeira voz

Estremoz, 14 de março de 1954

"A Fábrica de Moagem e Eletricidade de Estremoz é um modêlo de funcionamento e de direcção. Fundada em Janeiro de 1916, [é uma] organisação inteligente, realisação perfeita de dois homens a quem Estremoz deve, em grande parte, a sua importância económica: João Francisco Carreço Simões e Máximo José Rocha. Não vieram das escolas superiores nem das classes nobres. Crearam-se na escola do trabalho e da honra [...] A sua vida de industriais é um reflexo da sua vida de particulares. Bons, generosos, acolhedores, fidalgos por índole que não por títulos nobiliarquicos – toda a população de Estremoz sabe como são justas estas palavras a respeito de dois homens por seu esforço e por sua honra verdadeiramente notaveis e dignos de admiração."

Excertos retirados de Ilustração Alentejana, *edição do semanário regionalista* Terra Alentejana, *fevereiro de 1927*

"Falecimento: João Francisco Carreço Simões. À hora de fecharmos o jornal, foi-nos dada a triste notícia do falecimento deste nosso amigo e prezado assinante, antigo proprietário do Café Alentejano. O funeral terá lugar hoje, pelas 12:30 horas, para o cemitério desta cidade. *Brados do Alentejo* apresenta desde já a sua família a mais sentida expressão do seu pesar."

Jornal Brados do Alentejo, *14 de março de 1954*

Não me perguntem como, mas a verdade é que, com ela, resulta sempre. Basta segurar a ponta da língua entre os dentes, com firmeza mas sem trincar, é o que ela diz. E, claro, manter a boca bem fechada. A pressão deve ser exatamente a mesma que nos deixa no limiar da dor. E assim, misteriosamente, o riso morre na imobilidade da língua. Mas eu nunca consigo. O tremor na barriga não desiste e irrompe garganta acima como um cavalo desenfreado, produzindo espasmos violentos nas bochechas e impedindo-me de cerrar os lábios. A língua, então, ganha vida própria, em movimentos redondos que fazem rolar as gargalhadas cá para fora. E pronto, nessa altura já não há nada a fazer. Estou perdido. Os olhos escuros da mamã fuzilam-me com o seu brilho frio de lâmina e, mudos mas poderosos, ordenam-me silêncio. Eu bem tento. Mas é mais forte do que eu: o riso transforma-se numa enxurrada furiosa, uma torrente galgando o dique e inundando os campos em redor. E atrás de cada gargalhada vem outra, e outra, cada vez mais fortes, incontroláveis, como se a mão de um diabrete invisível me fizesse cócegas entre as costelas, que é precisamente o meu ponto fraco em matéria de cócegas.

Enquanto me rebolo no chão, ao som das minhas próprias gargalhadas, consigo, num relance, vislumbrar-lhe a expressão. E, caramba, como a invejo! É que nem uma rugazinha ao canto dos lábios, um tremor no queixo, nada! As costas direitas, hirtas;

os olhos baixos, fixos de certeza em algum pormenor dos veios da madeira do soalho; e os lábios teimosamente apertados, os dentes contendo o riso com a dureza de espadas.

O certo é que ela nunca fica de castigo e eu, pelo contrário, já passei horas trancado neste quarto minúsculo e frio, onde só há um banco, mais nada. Acho que isto era uma antiga despensa que terá sido esvaziada quando se fizeram as obras de alargamento da cozinha. A mamã chama-lhe *o quartinho* e isso irrita-me solenemente; como se um sítio destes pudesse ser alguma coisa acabada em *inho*! Além disso, não sei até quando pensa continuar a fechar-me aqui. Em novembro faço quinze anos, já não tenho idade para estas coisas.

O que a mamã não sabe é que daqui a vista não podia ser mais interessante. A janela dá para os baldios além do muro do quintal que as mulheres que lavam no tanque usam como casa de banho. Obviamente, casa de banho é uma força de expressão: aquilo é mais um urinol colectivo. Elas, quando se agacham no meio das ervas, nem sonham que nesta janela encarrapitada na parede se escondem dois olhos espiões – e uma boca perdida de riso – que lhes vislumbram as bochechas do rabo e as coxas anafadas. Nem elas nem ninguém, porque senão tapariam imediatamente a janela com tábuas.

A única pessoa que sabe do segredo é ela, a minha irmã; e, apesar de gozar comigo e de se rir, sarcástica, do olhar guloso que lhe dirijo de cada vez que a sentença do quartinho me é lançada pela voz de chicote da mamã, desconfio de que também ela gostaria de espiar as carnes das mulheres. Às vezes, até faz disparates de propósito. Ela nega, claro, com aquele seu ar inocente de anjinho, mas eu conheço-a bem.

É mais velha do que eu um ano e quatro meses, e não podíamos ser mais diferentes. No aspecto, quero dizer. Ela tem cabelos loiros e olhos azuis, ao passo que eu sou moreno. Tudo nela é delicado e leve: as mãos, de dedos finos e pequenos, o olhar, que emana uma estranha luz, a boca, vermelha como um morango, as bochechas rosadas, que lhe dão um ar de boneca, e a pele, da cor das porcelanas que estão guardadas no armário da casa de jantar, tão fina e transparente que através dela se conseguem ver as veias azuis.

Quando éramos pequenos, ela dizia-me que tinha sangue azul e eu acreditava. Enfiávamo-nos debaixo da cama ou escondíamo-nos atrás dos cortinados pesados da biblioteca e brincávamos de médicos. Primeiro era eu que lhe dava uma injeção – um pequeno tubo de vidro com uma tampa de borracha castanha fazia as vezes de seringa. Havia muitos frasquinhos desses perdidos pelas gavetas da casa e, mesmo que se partissem de vez em quando nestas brincadeiras, parecia que nunca se esgotavam. Ela levantava as saias e baixava as cuecas enquanto segurávamos o riso na barriga. Depois era a minha vez de levar a injeção, mas ela era uma médica bem mais cruel do que eu: não se contentando em esborrachar o pequeno gargalo de vidro contra a minha nádega, espetava também a unha do indicador com tanta determinação que, não raro, me arrancava gemidos de dor. Entretanto, já eu estava a tentar puxar as cuecas para cima, desinteressava-se do meu rabo e metia-me a mão entre as pernas à procura da lombriga. Era assim que ela dizia, *lombriga,* e eu sentia a face escaldar e tentava em vão proteger-me das investidas daqueles dedos que tudo faziam para me apertar as bolas.

Às vezes éramos surpreendidos pela mamã, pela senhora Maria, ou mesmo pelo ti Mariano. O ti Mariano só se ria e mandava-nos lá para fora brincar, rematando, em voz baixa, *ai, os maganas dos gaiatos...* Dizia aquilo para dentro enquanto a face lhe ficava vermelha e os olhos se lhe umedeciam, risonhos. Mas nunca nos punha de castigo nem fazia queixa à mamã. A senhora Maria é a senhora que trabalha há muitos anos cá em casa e vive com a filha numa casinha ao fundo do quintal, uma pequena construção com uma retrete e um quarto onde apenas cabem duas camas de ferro, um guarda-fatos e um lavatório de loiça. Tanto a mamã como a senhora Maria, quando nos apanhavam, ficavam umas feras. Principalmente a mamã, porque a senhora Maria se limitava a abrir muito os olhos e a correr a chamar a patroa. O castigo era impiedoso: eu o resto do dia aqui fechado, ela no quarto, ambos a pão e água. É claro que não me importava muito: tinha com que me entreter. O pior eram os roncos de fome que o meu estômago emitia como um animal enjaulado. À noitinha, quando saíamos da penitência, tínhamos de rezar dois pai-nossos e duas ave-marias, uma pelo pecado e outra pelo perdão, dizia a mamã. E depois, apesar dos nossos protestos, mandava-nos para a cama sem comer, mas a senhora Maria compadecia-se e trazia-nos pão com manteiga ao quarto. Devorávamos tudo numa aflição, esfomeados e aterrados com a possibilidade de sermos descobertos. A mamã nunca desconfiou de nada, acho mesmo que até hoje não faz ideia do que se passava.

Uma vez, aqui há dois anos, a mamã apanhou-me a espiar a Gracinha no banho. A Gracinha é a filha da senhora Maria. Elas tomam banho no quarto dentro de um alguidar de zinco que guardam debaixo da cama quando não está a ser usado. Quando as cortinas da janela estão corridas durante a tarde, à sexta-feira, já sabemos que é a hora do banho e estamos proibidos de nos aproximar. Mas nesse dia era de manhã, e sábado, dia de mercado, a senhora Maria tinha saído cedo e a mamã estava na cozinha a escaldar tomates para fazer doce. A mamã faz muitos doces e compotas de fruta que depois mete dentro de frascos bojudos. Faz também pastéis de massa tenra, azevias, rissóis, croquetes, bolinhos de bacalhau, e no Natal, filhoses, nógados e fatias douradas. Todos os dias vêm o senhor Domingos do Alentejano e o senhor Manuel do Águias d'Ouro buscar os tabuleiros. A senhora Maria ajuda. Aliás, se não fosse ela, acho que a mamã não dava conta do recado, ainda com os almoços e os jantares da casa para fazer. *Precisávamos de mais dois ou quatro braços,* diz ela às vezes, *mas o dinheiro não chega,* acrescenta entre dentes. A Gracinha vai dando uma mão, é ela que faz as camas e limpa o pó, mas mesmo assim o trabalho é sempre muito. A mamã, contudo, diz que é na cozinha que se sente bem, que não nasceu para estar sentada na sala a costurar. Isto porque as irmãs, a tia Amélia e a tia Emília, nunca põem os pés na cozinha e têm duas criadas, enquanto a mamã só tem a senhora Maria, que nem criada é.

Maria, tu é como se fosses da casa, és uma irmã para mim.

É o que ela diz quando as tias cá vêm e ficam na sala a beber chá e a mostrar uma à outra os bordados que andam a fazer. E di-lo só para as ver trocar aqueles olhares de desprezo.

Nesse dia acordei cedo e acho que a mamã nem deu por mim, entretida na cozinha com a enorme panela de doce de tomate. Encontrei a mesa do pequeno-almoço posta, como é habitual, e bebi o meu café com leite já frio. Estava uma bonita manhã de sol, daquelas que ainda conservam o calor no fim do verão, e saí para o quintal.

A janela da casinha junto ao muro refletia a luz e parecia de ouro. Aproximei-me e reparei que as cortinas estavam fechadas, o que queria dizer que, ou estavam a dormir, ou a tomar banho. No entanto, faltava pouco para as dez, e a senhora Maria sai sempre muito cedo aos sábados de manhã, o que significava que só lá devia estar a Gracinha. Este pensamento fez o meu peito borbulhar de impaciência. Aproximei a cara do vidro e espreitei por uma brecha que ficara entre as cortinas. Vi o brilho metálico do alguidar e parte das costas dela, de uma brancura nívea, que me deixaram atordoado. E foi na altura em que tentava ver o resto que senti o encontrão da mamã, seguido de uma bofetada que me deixou os dedos marcados na cara durante uma semana. Podem imaginar o sarilho em que eu estava metido.

Está bem, hoje exagerei. Sempre tive dificuldade em conter o riso mas ultimamente está a tornar-se um verdadeiro pesadelo. E o pior é que é exatamente nos momentos em que não posso rir que mais ganas me dão de o fazer. Se me contarem uma anedota, eu solto uma risadinha e já está. Mas, se alguém tropeçar no tapete da sala e cair com grande espalhafato, aí o demônio apodera-se de mim. Se a pessoa for velha e gorda – como a ti Emília – então fico mesmo descontrolado. E, se demorar uma eternidade a pôr-se novamente de pé, a face vermelha do esforço, a bufar como um porco – como aconteceu há dias –, é melhor sair da sala: as minhas gargalhadas chegam à rua.

A mamã fulmina-me com aqueles olhos de pressão de ar e eu procuro controlar-me, mordo a ponta da língua como a minha irmã me ensinou – chegamos a treinar juntos, ela a fazer-me rir com coisas parvas –, mas não resulta. À mesa, por exemplo, quando é suposto estar em silêncio, os braços pousados ao lado do prato, os cotovelos escondidos e o guardanapo de linho branco no colo a fazer-me cócegas nas pernas, já sei que me vai dar um tremendo ataque de riso. Mergulho os olhos no prato, mas adivinho pelo canto do olho a cara da minha irmã. Penso, *não posso olhar para ela, não posso olhar para ela,* e nesta altura, como diz a mamã, está o caldo entornado: os meus olhos adquirem vida própria, saltam-me das órbitas e encontram os dela, com o riso a rebentar lá dentro mas apesar de tudo dominado por aquela expressão de boca fechada que denuncia a eficácia do seu truque. E pronto. Está tudo perdido.

Eu bem sei que não me devia ter rido. Não ali, no meio de toda aquela gente vestida de preto e com cara de enterro. Caramba, nem sabia que havia tanta gente na família. Se isto não fosse um velório até podia ser uma festa, como no dia do casamento da tia Amélia, tinha eu cinco anos e ainda me lembro.

E depois o ti Mariano para ali deitado no caixão com ar de quem morreu com um berlinde atravessado na garganta, os olhos fechados e a boca meio aberta, ainda estive para perguntar à mamã por que raio não lha fecharam (nem sei se depois de mortos nos conseguem fechar a boca), mas contive-me, com medo de ser inconveniente. O melhor é ficar calado quando a família sofreu um golpe tão profundo como a cacetada na nuca que se dá aos coelhos. Nunca percebi por que não se matam os pobres bichos com uma faca, como as galinhas e os porcos, ou com um tiro, como se faz às perdizes. Matar o desgraçado à pancada é de dar a volta ao estômago. E, coitados, às vezes já estão a ser esfolados e ainda esperneiam, sinal de que não ficaram bem mortos. Horrível.

Talvez o ti Mariano tenha morrido a rir. Ele ria alto, de boca escancarada, as gargalhadas pareciam trovões em noites de tempestade. Mais ninguém que conheço ri assim. A mamã ri para dentro como se comesse as gargalhadas e a senhora Maria ri baixinho como uma ratazana assustada. A ti Emília, quando começa a rir, fica muito vermelha, como se fosse explodir, e acaba sempre com a cara alagada em lágrimas e o lenço ensopado em ranho. O marido, o ti Manel, solta risadas secas como se sacudisse uma enxerga muito pesada. O ti Quim parece um cavalo a relinchar, com os dentes espetados a saltarem da boca. Ao ti Ernesto nunca o vi rir, sempre com aquele ar de espantalho assustado. A mulher, essa, tem cara de bruxa e, que eu saiba, as bruxas não riem.

O ti Mariano é assim o mais parecido com um pai que alguma vez tive. O meu pai morreu ainda eu não tinha nascido. Ninguém fala dele, há um silêncio espesso como uma esponja à volta da sua existência. Sempre achei estranho, que raio, toda a gente tinha pai menos nós, que teria acontecido? Quando era mais novo, perguntei à Lídia, a minha irmã, mas ela também não sabia. Combinamos então falar com a mamã e tiramos à sorte porque nenhum de nós se atrevia, era um assunto sobre o qual já tínhamos percebido que não devíamos fazer perguntas. Saiu-me a mim e lá fui: enchi o peito de ar até doer, entrei na cozinha onde a mamã e a senhora Maria estavam a fazer rissóis e, com o olhar da minha irmã (que ficara atrás da porta) pregado nas costas, atirei para o ar, como quem não quer a coisa:

Ó mamã... Eh... Onde está o papá?

A senhora Maria ia deixando cair o copo com que cortava a massa – para que os rissóis tivessem a forma de meias-luas – e pôs-se a tossir com aflição, enquanto a mamã pousou aqueles olhos sombrios nos ladrilhos do chão, subitamente interessada pela sua geometria, e soltou um suspiro que parecia vir do fundo de um poço. Seguiu-se um silêncio interminável e já eu me preparava para repetir a pergunta quando a sua voz soou, muito distante, como se estivesse a falar-me do fundo daquele poço:

O vosso pai morreu há muito tempo. Falava para nós dois, como se estivesse fartinha de saber que a Lídia se escondera atrás da porta. *Ainda tu não tinhas nascido,* acrescentou então, olhando para mim – e foi a única vez que vi uma lágrima descer-lhe, líquida e solitária, pelo rosto; *morreu tuberculoso,* prosseguiu rapidamente, como a evitar novas questões; e, antes que eu pudesse dizer alguma coisa, disparou de rajada que era muito bom homem mas fora assim a vontade de Deus. *Nunca vos disse nada para vos poupar. Mas agora que já sabem, por favor,* e fechou os olhos, *não voltem a tocar no assunto. Nunca mais. Entendido?*

Aquilo bastou para nos tirar a vontade de fazer mais perguntas. Quando a mamã termina as frases com aquele *Entendido?*, a gente até consegue sentir na cara o chicote da sua voz e um arrepio sacode-nos o corpo de cima a baixo. Estava mais do que entendido.

Só não percebo por que não há fotografias do meu pai em lado nenhum, uma vez que existem várias das outras pessoas da família que já morreram. Às vezes moo a paciência da minha irmã para que tente recordar-se de alguma coisa, uma coisinha que seja, a forma da boca, a cor dos olhos, sei lá. Afinal, ela chegou a conhecê-lo, ainda que por pouco tempo. A Lídia, contudo, não se lembra de nada. E, quando estamos sozinhos e temos a certeza de que ninguém nos ouve, dizemos que gostávamos que ele tivesse olhos azuis como ela. E cabelo escuro como o meu. E um bigode farto e elegante como o do ti Eduardo. Devia ser alto e forte como o ti Mariano e aos domingos havia de nos levar à *matiné* ou então aos campeonatos de hóquei em patins na Esplanada Parque.

Mas isto é a gente a pensar. A verdade é que o nosso pai morreu e nós nunca saberemos como era por mais que nos ponhamos a imaginá-lo. É por isso que digo que o ti Mariano era como se fosse meu pai. Bem, dada a sua idade, deveria considerá-lo uma espécie de avô, mas avô já eu tenho e, falando francamente, nem gosto muito dele. Não, prefiro imaginar que foi o pai que nunca tive, um pai assim um bocado mais velho do que o normal, mas ainda assim um pai.

Era um colosso, o ti Mariano. Este ano fazia noventa e dois. Não conheço mais ninguém que tenha chegado a essa idade e a mamã diz o mesmo. Só uma velhinha lá da Casa Branca que morreu com noventa e cinco. Caramba, é velhice a mais! Não sei se quero lá chegar, todo podre e a babar-me, sem conseguir suster-me nas pernas.

Mas o ti Mariano não era assim. Nunca conheci ninguém com tanta energia: dava cada passada que, quando saíamos juntos, eu quase tinha de correr para o acompanhar; ele ia andando e falando como se nada fosse, e eu a trotar ao seu lado completamente sem fôlego. Uma vez, devia ter uns sete ou oito anos, até caí, esfolei os joelhos e estava assim a conter o choro porque não queria dar parte de fraco, e ele nem parou. Só se apercebeu quando estranhou o meu silêncio e então, não me vendo ao seu lado, lá se dignou a olhar para trás. Ele nunca olhava para trás. Mas dessa vez não teve outro remédio. Depois fez um sorriso trocista – eu até podia jurar que me tinha visto cair e estava só a disfarçar – e, piscando-me o olho com aquele ar de gozo, perguntou na sua voz de trovão:

Então, meu jovem, agora vem de gatas?

Os joelhos doíam-me tanto que nem consegui achar graça daquilo. Lá me levantei a custo, a sacudir o pó das pernas, mas a pele estava tão esfolada que era impossível tocar-lhe. Eu mal me tinha em pé e o ti Mariano impávido, com aquela expressão trocista nos olhos. Quando cheguei ao pé dele pôs-me a mão no ombro, baixou-se um pouco e disse:

Deixa lá ver isso. Magoaste-te muito?

Neguei com a cabeça, engoli as lágrimas e ele sorriu, já sem ponta de troça.

Valente, assim é que é. Vamos lá, então.

Foi a única vez em que o vi abrandar o passo. E não o conheci eu nos anos de maior pujança! A mamã diz que depois de ele ter voltado da África nunca mais foi o mesmo. Fala disto tantas vezes que já conheço as palavras de cor: *Não, nunca mais foi o mesmo, o meu ti Mariano. Antes era um homem jovem, depois de voltar era um velho. Nunca vi ninguém envelhecer assim de um dia para o outro!*

Na verdade não foi de um dia para o outro porque ele ainda esteve por lá uns quatro ou cinco anos, mas acho que ela se esquece desse pormenor. E depois continua: *Não sei o que se terá passado p'ra lá, ele nunca me contou. Mas uma coisa eu sei: aquela terra roubou-lhe muitos anos. Foi p'ra lá jovem e veio de lá um velho!* Um exagero, claro. Mas a mamã é assim: até pode tecer considerações completamente absurdas, mas fá-lo com tal autoridade que, para os outros, se tornam verdadeiras. E digo isto porque há sempre alguém que, analisando as coisas, se apercebe do exagero. Geralmente, eu.

A mãe da mamã morreu tinha ela quatro anos, com uma doença ruim que matou muita gente. Nessa altura a mamã veio viver para casa do ti Mariano. Por isso o ti Mariano era também uma espécie de pai para ela. E a irmã dele, a ti Vitória, uma espécie de mãe. Quando o ti Mariano se foi embora, ficaram ambas muito abaladas. Uma manhã acordaram e ele tinha desaparecido. Nem sequer se despediu. A mamã só tinha quinze anos e sempre que fala disso parece que vai chorar.

A ti Vitória foi-se muito abaixo, a mamã diz que durante dias até deixou de comer. Mais tarde adoeceu com um cancro, uma doença sobre a qual já me estive a informar devidamente nos livros de medicina que estão na biblioteca. Para a mamã deve ter sido muito difícil aguentar a situação sem o apoio de ninguém. Quando a tia morreu, ela tinha dezanove anos. Sem contar com o desgosto que sentiu, ainda teve de arranjar forças para ficar à frente de tudo. Costuma dizer: *Dezanove anos tinha eu, uma gaiata, e aqui fiquei, sozinha, a tomar conta desta casa! E o desgosto que foi a tia doente, Santo Deus... Foram os piores anos da minha vida...*

Exagera, como sempre. Eu vou fazer quinze anos e já não sou nenhum gaiato.

O tio voltou assim que soube da doença da irmã, só que as cartas nesse tempo demoravam muito e a viagem era longa, de modo que não regressou a tempo de a ver com vida. *Não se tivesse ido embora*, é o que a mamã costuma dizer, parece-me, com alguma raiva. Acho que, lá no fundo, nunca lhe perdoou.

Quem lhe valeu foi a senhora Maria, que então se tornou o seu braço direito e um ombro para chorar as mágoas. Se é que, nessa altura, ela chorava. E foi assim que a senhora Maria se tornou uma irmã, e que ela passou a detestar a África, *essa terra de pretos analfabetos,* como costuma dizer.

Nunca percebi que raio foi o tio fazer naquela terra. Nunca percebi, resmunga quando está de mau humor. E depois remata: *Veio de lá um velho. Foi um homem novo e voltou um velho. Aquilo é uma terra do diabo!*

Quando eu nasci o tio já tinha voltado; e como tal posso confirmar que a afirmação não passa de um dos seus famosos exageros.

A mamã é, aliás, excessiva. Quando grita até os vidros da casa estremecem; quando ri, embora coma as gargalhadas, o riso desprende-se de todo o seu corpo em movimentos descompassados. Quando se zanga é com a fúria de uma trovoada, até lhe consigo ver faíscas nos olhos. Chorar, chorar mesmo, nunca a vi, mas imagino que se entregue às lágrimas com uma paixão sufocante. Já não sou propriamente uma criança para cair nessa história de que os adultos nunca choram. Eles bem dizem, *a gente nã chora, a gente nã chora,* e repetem-no tantas vezes que até nós acabamos por aprender. Hoje, por exemplo, sou capaz de conter as lágrimas com uma facilidade que me surpreende. Já o riso...

Quando estou sozinho na cama, às vezes choro. Deixo correr as lágrimas em silêncio até o travesseiro ficar encharcado. Conforta-me o seu contacto úmido e o ardor na pele junto das pestanas quando as lágrimas secam. Para dizer a verdade, nem sei por que choro. Dá-me um aperto na garganta, uma aflição que chega a doer, e quanto mais a tento engolir, mais dói. Então deixo as lágrimas correrem e o nó vai aliviando até aquilo passar.

O que é estranho é que nunca choro nem rio nos momentos apropriados. Agora, por exemplo, devia chorar. Afinal de contas, é como se tivesse morrido o meu pai. A esta hora estão todos lá dentro lavados em lágrimas, pelo menos as mulheres, que os homens não choram em público. Só que eu, por mais que me esforce, não tenho vontade de chorar. Até fico assim de olhos abertos durante muito tempo, sem pestanejar (outro truque que a minha irmã me ensinou), mas não resulta. Já devia saber que os truques da Lídia comigo não funcionam.

Li num dos livros de medicina que estão na biblioteca que, quando o cérebro sofre um *traumatismo* (tive de repetir esta palavra várias vezes), há partes do corpo que ficam como se estivessem dormentes. E isso pode durar para sempre, com *resultados permanentes* (como está lá escrito). Ora, a morte do ti Mariano foi como uma martelada na cabeça e agora o meu cérebro entrou em *traumatismo* e não consigo sentir nada. O pior é que só me dá vontade de rir. Eu sei que não devia, que já sou *um homenzinho*, como diz a mamã. *Que vergonha, Zé Eduardo!*, critica com a sua voz de chicote. Quando me chama Zé Eduardo é sinal de que está zangada, de que fiz asneira da grossa.

Não sei de que morreu o ti Mariano. A mamã diz que foi de velhice mas eu não acredito. Como pode morrer de velha uma pessoa que nunca foi velha? Vendo bem, agora é que ele está, finalmente, velho, deitado naquela caixa de madeira, cheio de flores por todo o lado, vestido com um fato que nunca usava, o cabelo muito penteado para esconder a careca. Até a verruga que tem no nariz (tem ou tinha?) está para aí do dobro do tamanho. E depois a boca ficou meio aberta, o maxilar inferior cedeu ao peso dos dentes e abateu, como uma construção cujos alicerces tivessem ruído. Parece que tem um berlinde atravessado na garganta. E que piada tem isso? Não sei. Mas até já me estou a rir sozinho, só de pensar.

Sempre sofri com estes ataques de riso, principalmente na escola. A minha primeira escola foi a sala de costura da velha Anacleta. Havia bocados de pano colorido e fitas de cetim por todo o lado, juntamente com os livros e os cadernos de capa preta. Os carrinhos de linha espreitavam, alinhados como sentinelas, de uma lata redonda que outrora fora de um sortido de bolachas de chocolate *Regina.* Havia também uma almofada em miniatura na qual a velha espetava as agulhas e os alfinetes. O tecido era cor-de-rosa e, como estava velho e desbotado, assemelhava-se àquelas peles que nunca veem sol. A mim lembrava-me um rabo cravado de agulhas de inúmeras seringas que me via a manejar, impiedoso. Às vezes estendia a mão, à socapa, e tirava um alfinete, voltando a espetá-lo em seguida, só para sentir a resistência do tecido, que me provocava cócegas num ponto impreciso entre o céu da boca e os molares. O raio da velha quase sempre me apanhava com a mão na massa, e lá vinha reguada certeira, seguida daquela voz de caracol esborrachado: *Menino Zezinho, já sabe que não pode mexer nas agulhas!*

Havia outra lata, esta com a tinta tão descascada que já nem se via o desenho, cheia de botões até acima. Quando a velha se distraía, um de nós metia lá a mão e tirava uns quantos, que guardava rapidamente no bolso dos calções. Cá fora distribuíamos a colheita por todos e o autor da proeza tinha direito a escolher para si os melhores. Os campeonatos de botão que se seguiam valiam bem aquele risco. No verão também fazíamos concursos para ver quem conseguia mijar mais longe. O truque era apertar aquele bocado de pele na ponta da picha enquanto se fazia xixi, segurando-o bem até estar completamente cheio, e depois soltá-lo. O jacto às vezes chegava ao outro lado da rua.

Éramos seis gaiatos enfezados com fisgas nos bolsos que só pensavam em sair dali para ir aos pardais, a quem a velha tentava, em vão, ensinar o *bê-á-bá*, enquanto ia baixando bainhas e passajando meias rotas. A velha era marreca e usava um xaile sempre preto a cobrir-lhe o corpo pequeno, que cheirava a casas fechadas e a naftalina. Acho que estava de luto, o marido morrera muitos anos antes, nunca chegamos a conhecê-lo. Todas as manhãs, o primeiro aluno a chegar afiava os lápis da Anacleta até os bicos estarem pontiagudos. E, quando não sabíamos a lição, ela espetava-nos aqueles bicos no alto da cabeça.

Eu desatava sempre a rir no momento em que ela pegava na maldita caixa onde guardava os lápis. Acho que era por causa da sua expressão, que a fazia parecer mesmo uma bruxa. Procurava em vão conter as gargalhadas trincando a ponta da língua (foi nessa altura que comecei a tentar o truque da minha irmã), mas não resultava. O castigo era, então, muito pior – além das bicadas na cabeça, apanhava não sei quantas reguadas e ainda tinha de ficar virado para a parede uma eternidade, *para aprender a não ser malcriado.*

Quando fiz o exame da quarta classe, chumbei. A mamã ficou desolada. Obrigou-me a sentar no sofá da sala e perguntou-me o que pensava eu fazer da minha vida. Não percebi que diabo queria dizer com aquilo. Baixei a cabeça e, numa voz sumida, disse que não sabia. Ela soltou um daqueles suspiros profundos e, ao fim de uns segundos de silêncio opaco, e numa voz ainda mais sumida do que a minha, disse, sem me olhar, como se falasse com as paredes:

A gente tem de fazer alguma coisa na vida. Podes fazer o curso comercial e ajudar os tios na Tabaqueira, ou o tio Eduardo na loja. Também há a oficina. Trabalho, graças a Deus, nunca te há de faltar, tenhas tu força de vontade para isso!

A mamã não admitia preguiçosos na família e resolveu dar-me uma lição. Contratou um professor particular, o velho Raimundo, e ainda hoje, quando se enfurece, costuma queixar-se de que a minha educação lhe arruinou as poupanças, mas cá para mim é mais um dos seus exageros.

Aquele ano foi um verdadeiro martírio: além de não ter outros gaiatos com quem brincar, o professor Raimundo ainda conseguia ser pior do que a velha Anacleta. Tinha olhinhos de boi e a voz saía-lhe pelo nariz, o que fazia com que soasse como uma corneta. As aulas eram numa sala apertada, forrada a estantes cheias de livros, como a biblioteca cá de casa. O cheiro a capas de cartão e a páginas amarelecidas pelo tempo fazia-me comichão nas narinas. Ao lado da secretária imponente, encostado à parede por baixo da janela, havia um pau comprido de madeira, que eu imaginava que ele usaria para dar na cabeça dos alunos que se portassem mal. O meu medo era tanto que nunca foi preciso. E no fim desse ano lá passei no exame.

Entrei para a escola industrial e as coisas melhoraram bastante. Não gostava muito era das aulas. O professor Azevedo tinha cara de coruja velha e voz de acordeão desafinado. Às vezes, quando nos apanhava distraídos, *a pensar na morte da bezerra,* como dizia, atirava-nos a régua à cabeça e ai de nós se nos desviássemos – era mil vezes pior, levávamos tantas que por fim já nem sentíamos as mãos. Acho que o homem era meio maluco. Andava enrabichado pela professora Delfina, uma quarentona gorda com umas mamas maiores do que melancias. Volta e meia, escolhia os alunos melhores e mandava-os à sala dela com uma vozinha melada e babosa.

Vão à sala da senhora professora Delfina e digam-lhe que ela vos pode perguntar o que quiser.

Nós lá íamos, os passos ecoando pelos corredores, e batíamos à porta.

O senhor professor Azevedo mandou-nos cá para a senhora professora nos perguntar o que quiser...

Geralmente era o Quintas que falava, um miúdo meio raquítico. A cara da professora ficava tão vermelha que todos nós corávamos também. Depois, abria a boca num sorriso, convidava-nos a entrar, cheia de gentilezas, e lá começavam as perguntas:

Então, quais os rios que nascem na Espanha e desaguam em Portugal? Quem foi o primeiro rei de Portugal? Em que ano foi implantada a República?

Eu aproveitava para referir que fora o meu tio Mariano a anunciar a implantação da República na cidade de Estremoz. No fim, a professora tinha um sorriso rasgado na sua cara de balão.

Podem ir, e digam ao senhor professor Azevedo que são todos muito bons alunos.

Regressávamos à nossa sala, e os olhos do professor, mal nos viam, saltavam das órbitas. A baba desta vez escorria mesmo.

Então, o que é que ela disse, o que é que ela disse?

O Quintas lá respondia, com aquela voz enfezada como ele: *que somos muito bons alunos...* Então, o homem recostava-se na cadeira e emitia um som cavo, vindo do fundo da garganta, enquanto cofiava a barba e os olhos se acendiam em labaredas. Pelo menos nessas alturas parecia esquecer-se das reguadas.

Do professor de português, o poeta, é que nunca mais me esqueci. Talvez porque não se parecesse nada com um professor. Lia-nos poemas numa voz suave, e eu, que nunca tinha gostado de ler, comecei a sentir uma coisa estranha, como se as palavras me entrassem no ouvido e ficassem lá dentro a fazer eco.

O poeta parecia uma personagem saída de um livro. Falava da beleza das pedras, das cores das folhas no outono, do azul do mar, da imensidão dos céus e da magia das estrelas. Pedia-nos que escutássemos o canto dos pássaros e depois escrevêssemos o que sentíamos. Lia em voz alta e às vezes os olhos enchiam-se-lhe de lágrimas. Dizia que as meninas e as mulheres eram belas e delicadas como as flores e que, tal como não devíamos pisar nem arrancar as flores da terra, pois assim lhes roubávamos a vida, também não devíamos magoar as nossas amigas, mães, avós, tias, primas e companheiras. Nós baixávamos os olhos, embaraçados. O poeta dizia que a uma flor se devia oferecer outra flor e que a melhor maneira de oferecer uma flor é com um beijo, pois os lábios são tão delicados como pétalas de rosa. Um risinho nervoso subia-nos então à garganta, vindo da comichão na barriga, a mesma que experimentávamos quando víamos um beijo na boca na tela escura do cinema, naquelas sessões da Esplanada Parque interditas à gaiatagem, mas que arranjávamos sempre maneira de espreitar, encavalitados no muro.

Durante as aulas do poeta desapareciam as reguadas, as vozes sussurradas, o temor constante. Com os outros professores estávamos sempre a contar os minutos que faltavam para a aula acabar, com o poeta nem dávamos pelo passar do tempo. Nas outras aulas só o professor falava e nós, a maior parte das vezes, fingíamos que ouvíamos. Nas aulas do poeta todos falávamos, cada um na sua vez, sem atropelos. O poeta queria saber o que pensávamos. Às suas perguntas respondíamos sempre acertadamente.

Foi graças a ele que tomamos conhecimento da morte da irmã do Alberto, que se sentava duas carteiras à minha esquerda e estava sempre calado que nem um rato. Cá fora também nunca se juntava às brincadeiras brutas dos rapazes. A partir de então nunca mais gozamos com ele. Foi também o poeta que descobriu por que desaparecia sempre o Constantino à hora do almoço. Em sua casa vivia-se com muitas dificuldades, e não só ele tinha vergonha de mostrar os restos de pão que a mãe lhe mandava para o almoço como lhe custava ver-nos comer tanta coisa boa. O Constantino também não tinha pai (o seu não morrera, simplesmente abalara antes de ele nascer) e eu, que até aquela data não conhecia ninguém que não tivesse pai e me sentia uma ave rara por causa disso, percebi que, afinal, era um privilegiado. O poeta perguntou-nos, com os olhos cheios de lágrimas, o que podíamos fazer para ajudar o Constantino. Não foi preciso dizer mais nada. A partir desse dia, passamos a partilhar com ele o nosso almoço.

O poeta morava no segundo andar de uma casita do largo Espírito Santo, e eu às vezes passava por lá depois das aulas só para o ouvir dizer, *adeus, Zezito*. Não era de cá, vinha de Lisboa, mas conquistou toda a gente com a sua simplicidade. Nas manhãs de sábado costumava comprar uma braçada de flores no mercado, que depois ia distribuindo a quem passava na rua, com um sorriso que lhe enchia a cara toda. Não era à toa que lhe chamávamos poeta, pois, além de tudo isto, escrevia versos. Ainda guardo um livro de poemas seus chamado *Cabo da Boa Esperança* que me ofereceu.

Nunca percebi bem que doença tinha, e depois de ter abalado as pessoas também preferiram não falar disso. Foi-se embora durante as férias do Carnaval e, apesar de tudo, ia feliz por regressar à sua Serra da Arrábida, como dizia. É um lugar muito longe daqui, explicou, *onde os ares são muito puros e curam algumas doenças*. Com ele, pelos vistos, não resultou. Ouvi algumas conversas e também li no jornal. Vinha uma fotografia e um poema dele, que começa assim: "*Quando eu nasci / Ficou tudo como estava...*" E depois, em baixo, a cruz preta.

Penso nele muitas vezes com saudade. Foi a primeira pessoa de quem gostava que morreu. Sem contar com o meu pai, claro. Antes disso só tinha chorado a perda de um cão, dois gatos e um canário.

O ti Mariano era muito amigo dele. Tinham grandes conversas enquanto jogavam cartas e damas nos serões de domingo, sentados à mesa onde agora está pousado o caixão. Já podem pôr a conversa em dia quando se encontrarem. O que não deve haver por lá é baralhos de cartas nem tabuleiros de xadrez.

Depois de o poeta abalar – não gosto de dizer que morreu –, parecia que me tinha passado a vontade de rir. Comecei a ler cada vez mais. A mamã estranhava ver-me sempre encafuado na biblioteca, mas o ti Mariano dizia-lhe:

Então, dantes queixavas-te de que o gaiato não levava jeito para os estudos e agora queixas-te porque ele não larga os livros?

Foi numa dessas tardes que descobri os livros de medicina. Já me tinham despertado a atenção as cinco lombadas grossas, de cor azul-esverdeada, numa das prateleiras junto ao tecto. Arrastei a curiosidade por muito tempo: o facto de aqueles livros se encontrarem num local praticamente inacessível dizia-me que o mais prudente era deitar-lhes a mão sem que ninguém desse por isso. Mas como fazê-lo sem uma escada? Ora, depois de refletir por vários dias, concluí que, se nunca tinha visto ninguém a entrar e a sair da biblioteca de escadote ao ombro, só havia uma explicação: este tinha, forçosamente, de estar ali dentro. Mas onde?

Deitei-me ao comprido no chão e investiguei debaixo dos armários. Arrastei os cadeirões. Afastei as cortinas. Espreitei atrás da porta. Bati na parede, na esperança de que, subitamente, aparecesse ali uma porta para um quarto escondido. Por fim, desolado, atirei-me para cima da poltrona, certo de que nunca encontraria o que procurava. Vencido, mas não convencido, observei então atentamente aqueles armários robustos, encostados uns aos outros, que davam a impressão de se tratar de um único móvel; e, entre dois corpos de estantes, pareceu-me distinguir umas figuras em relevo. Aproximei-me, atraído por este pormenor, e puxei uma daquelas formas arredondadas. Chegou-me às narinas o cheiro do verniz, intenso, misturado com coisas velhas. Fiz um pouco mais de força e, para meu espanto, uma espécie de gaveta vertical começou a deslocar-se. Perante o meu assombro, vi que estava a segurar o que tanto procurara: uma fileira de degraus em ferro acoplados a um cabo lateral em madeira. Como era possível nunca ter dado por nada?

Puxei com todo o cuidado para não fazer barulho e pus um pé, a medo, no primeiro degrau. Agarrado ao cabo de madeira com uma mão, enquanto com a outra me ia apoiando nas estantes, subi até meio. Dali, se estendesse o braço, já conseguia alcançar o primeiro dos livros e não me quis aventurar mais.

O volume não tinha letras na capa. Abri-o. Havia muita coisa escrita numa letra miudinha, palavras impronunciáveis que não fazia ideia do que significavam. Folheei aquele tesouro com a estranha sensação de que, afinal, aquilo que estava nas minhas mãos era muito pouco comparado com as expectativas que eu criara. Detive-me numa ou noutra imagem. Algumas representavam bocados de mãos ou braços, cheios de riscos e partes a tracejado. Noutra estava aquilo que parecia uma barriga e um peito abertos, e lá dentro uma confusão de formas e cores. Havia umas setas que tinham uma palavra na ponta. Li a custo. *Estômago. Fígado. Esôfago.* Parei. Sabia o que era um estômago, claro, a mamã, quando estava maldisposta, dizia *tenho o estômago às voltas*, mas nunca vira nenhum. Então o que tinha nas mãos era um livro sobre o interior do corpo! Sempre tivera uma curiosidade tremenda por tudo o que se relacionasse com o assunto. Fiquei delirante. Passei mais umas quantas páginas em perfeito estado de euforia. Não me importava com o facto de não perceber nada do que lia. Aliás, isso ainda me atiçava mais o desejo de saber, de me apoderar daquele livro precioso. Jurei a mim mesmo que, um dia, haveria de saber o significado de todas aquelas palavras esquisitas.

Ao virar uma página, o meu coração parou. Tinha diante de mim a figura de um homem completamente nu. Claro que era apenas um desenho, mas um desenho suficientemente realista para me fazer corar. Nunca vira um homem nu. Este mais parecia um macaco, dada a quantidade de pelos espalhados pelo corpo, principalmente naquele sítio – aí mesmo, na picha. E tinha cá uma picha! Instintivamente levei a mão à braguilha tentando imaginar o tamanho da minha se fosse igual à do desenho. Pensei nos homens que conhecia. Será que a tinham todos assim tão grande? As calças dos homens deixam sempre adivinhar um certo volume, mas, caramba, nunca tinha imaginado uma coisa daquelas!

Na página seguinte havia um desenho da pichota em ponto grande, com várias setas e nomes, cada um mais cômico do que o outro. Soltei uma risada, fechei o livro e, baixando-me rapidamente, atirei-o para debaixo do cadeirão. Tinha a barriga a tremer pelas gargalhadas contidas. Não conseguia parar.

Quando me acalmei voltei a abrir o livro. Para meu desespero, já não consegui dar com aquela página. Depois de andar para a frente e para trás, encontrei a imagem de uma mulher em tudo semelhante à do homem e o queixo só não me caiu porque estava agarrado à cara. Claro que também nunca vira uma mulher nua. Nunca pusera os olhos numas mamas assim – e que mamas! A mulher não tinha pelos, excepto naquele sítio entre as pernas, mais uma vez. Já tinha visto o da minha irmã muitas vezes, nas nossas brincadeiras atrás dos cortinados, mas um assim tão peludo, nunca. Nem sabia como chamar aquilo! *Vulva*, li a custo, a palavra impressa em letra miudinha; e depois havia outros nomes complicados que metiam lábios pelo meio.

Vulva, repeti, baixinho, como se pronunciasse uma palavra mágica.

Aproveito as tardes de domingo para as minhas leituras, pois a mamã dorme sempre uma sesta. Aprendi umas quantas palavras novas que nem me atrevo a usar para não levantar suspeitas. Leio sobre tudo: as diferentes partes do corpo, doenças, alimentos que fazem mal à saúde e, claro, continuo a olhar para as figuras do homem e da mulher e já sei de cor os nomes estrambólicos que naquela primeira tarde tanta vontade de rir me deram.

Foi nesses livros que encontrei a explicação para o que me aconteceu quando acordei uma manhã e pensei que tinha mijado os lençóis, até já estava à espera de passar o dia todo aqui fechado. Porém, contra o que seria de esperar, a mamã não disse uma palavra, nem a senhora Maria, e quando me deitei nessa noite reparei que os lençóis tinham sido mudados. Nessa altura não percebi nada e, apesar de aliviado por não ter ficado de castigo, continuei intrigado. Aquilo repetiu-se várias vezes e, de todas elas, sempre o mesmo silêncio.

Acontece sempre que tenho uns sonhos esquisitos de que não me consigo lembrar com clareza, dos quais sobrevivem apenas um formigueiro peito acima e um calor na barriga acompanhado de cócegas. Umas vezes recordo umas costas muito brancas, uma pele nívea que tento tocar, e de repente vejo a Gracinha a sorrir-me dentro do alguidar de zinco. De outras, antes de adormecer, toco na picha, assim a medo, e arrepio-me todo. Depois paro, engolido pelo pasmo, à espera de sentir o diabo acordar. Era o que dizia o padre Romeu nas aulas de catequese: *Quando tocamos no corpo acordamos o diabo. Não pensem que debaixo dos cobertores Deus não vê; Deus vê tudo, meus filhos, Deus está em toda a parte...*

O padre tem umas mãos magras, de dedos longos, e eu imaginava-o tocando a brancura da sua pele de mármore por baixo da batina. Quando falava no diabo, a cabeça tremia-lhe ligeiramente e a voz saía-lhe cavernosa. Até me parecia ver sombras leves e fugidias na contraluz dos vitrais. A igreja cheirava a velas, ao pó acumulado nas pedras e ao bolor das vestes dos santos. Eu olhava para a batina preta e para as mãos do padre, única nota branca no meio de toda aquela escuridão, e observava a luxúria com que acariciava os nós dos dedos e depois brincava com a pedra verde-esmeralda do enorme solitário que usava no anelar, como se tentasse o tal demônio com o brilho verde da ousadia. Invejava-o, então, com todas as minhas forças; queria, eu também, que o diabo me obedecesse prontamente, enfeitiçado pelo poder de uma pedra igual àquela.

Continuo à espera do dia em que, finalmente, a minha picha fique do tamanho da do desenho, mas não há meio. Nem ela nem eu, que, para meu desespero, mantenho mais ou menos a altura que tinha aos doze. Por este andar vou ficar anão. Até o meu primo Augusto que só tem treze anos é mais alto para aí uns cinco centímetros. Mais alto e mais encorpado. E as miúdas, então, nem se fala, desataram todas a crescer a uma velocidade alucinante. A Lídia tem à vontade um palmo e meio a mais do que eu, o que é realmente humilhante. A Alminha já me dá pelo nariz: era uma pirralha, mal me chegava ao pescoço, mas de repente parece que lhe deitaram adubo nos pés. A Gracinha, essa, já está mais alta do que o primo Augusto, acho que até vai ultrapassar a minha irmã. E o pior é ouvir constantemente as pessoas dizerem, *ai, que crescida que estás! Que grande, tão alto! Não sei onde vais parar a crescer com essa pressa!*, e saber que não é comigo, nunca é comigo. A mim dizem-me, quando muito, *é para ver se cresces mais um bocadinho, não é?*, quando prefiro ficar de pé em vez de me sentar.

As mamas das raparigas também estão cada vez maiores. Por mais que o evite, acabo sempre com os olhos lá pregados, como se tivessem um ímã. Para cúmulo, não são só as da minha irmã e das minhas primas que me atraem. Quando dou por mim, estou a olhar também para as da tia Emília, enormes e balofas, para as da tia Flora, dois altos na camisola folgada, às vezes até para as da mamã e da senhora Maria ou para as das velhas como a ti Rosário, que devem ser enrugadas como a casca das árvores! Não sei o que se passa comigo. Pergunto a mim próprio se será o interesse pela medicina, mas não acredito que seja só isso.

Este desejo de ser médico às vezes nem me deixa dormir. Que vai a mamã dizer quando souber que não quero ir trabalhar na Tabaqueira nem na loja do ti Eduardo e que dava tudo para estudar no colégio? Na verdade, não sei bem o que fazer. O dinheiro que a mamã ganha não chega para pagar o colégio e até já me lembrei de que talvez eu pudesse trabalhar e estudar ao mesmo tempo. Um dia, vou arranjar coragem para falar disto à Lídia. Quem sabe não me ajuda a convencer a mamã.

Se fosse há uns anos, não havia problema. A mamã está sempre a falar desses tempos, em que o tio tinha muito dinheiro. Geralmente as pessoas ricas têm a preocupação de ficar cada vez mais ricas, mas o ti Mariano nunca foi igual às outras pessoas. Foi ele quem fez os investimentos necessários à abertura dos Cafés Alentejano e Águias d'Ouro, bem como da papelaria Tabaqueira e da oficina. Aliás, acho até que foi graças a ele que esta terra teve luz, quando fundou a empresa que começou a fazer a distribuição da energia elétrica.

Sem o ti Mariano, esta terra não seria o que é hoje, nem teria chegado a cidade, costuma dizer a mamã. *Um homem que teve tanto dinheiro, e ao mesmo tempo uma pessoa tão simples e desprendida. O que ele fez por esta terra e, afinal, qual foi a paga que lhe deram? Enganado e roubado, foi o que foi! Tal é isso que não há justiça neste mundo!*

Quando diz isto não sei exatamente a que se refere. Sei que os negócios, a dada altura, começaram a correr mal e o tio perdeu toda a sua riqueza.

Mas então? Ele confiava cegamente nas pessoas, emprestava o dinheiro, e não havia um papel escrito, não havia nada, e depois olha, as pessoas honestas pagavam, aos poucos mas pagavam, o meu ti Carmelo ainda lhe estava a pagar o que lhe devia dos terrenos da casa e da oficina, mas quem não era honesto não pagava!

Segundo a mamã, os sócios também o enganaram. Nessa parte começa a enrolar a língua e a falar para dentro: *Pois, pois, aqueles pantomineiros,* silêncio curto, *é gente cheia de ganas do dinheiro, só pensam no dinheiro! É gente muito má!,* outro silêncio. *E sabe-se lá no que andavam metidos, isto a gente nunca sabe. Mas lá que as dívidas não foi o tio quem as fez, lá isso não foi! Ele era lá homem dessas coisas...*

Enfim, fico sem perceber nada. O que sei é que, antes de partir para a África, o tio se desfez da casa e da parte que tinha nas sociedades, e instalou a ti Vitória, a mamã e a senhora Maria nesta casa, que pertencia a uma prima direita viúva e sem filhos, que ainda cá vivia nessa altura mas morreu pouco depois. Esta casa chama-se Vivenda Joana Tinoco e fica na esquina da Mancebia com a rua da Mata. É uma vivenda térrea, de paredes amarelas e uma fileira de janelas verdes de uma ponta à outra.

Ouço o barulho da porta a abrir atrás de mim e só então me dou conta de que não estava fechada à chave. A mamã deve ter-se esquecido. Volto-me e vejo a Lídia. Entra e põe-me a mão no ombro.

– Então, Zé? Já te passou o ataque de riso?

Nunca tinha reparado que, quando está triste, os seus olhos mudam ligeiramente de cor. Parecem cinzentos.

– Já.

Baixa-se para ficar da minha altura e fita-me com um sorriso triste.

– Deixa lá, a mamã não está assim muito zangada. Acho que toda a gente já se esqueceu do que aconteceu. Anda, o padre deve estar a chegar – e começa a afastar-se, esperando que a siga, mas para quando se apercebe de que não me mexi. – Então? – pergunta, impaciente.

– É melhor esperar que a mamã venha buscar-me – respondo com voz sumida.

– Não, foi ela que me mandou! A sério que já não está zangada. – Um sorriso assoma-lhe aos lábios – Vamos?

Estende-me a mão e acabo por ceder. Agarro-a e ela puxa-me com força, como quando éramos pequenos, e agora era suposto eu dar um salto e bater-lhe com os punhos no cocuruto e ela soltar gritinhos histéricos e atirar-se ao chão, mas é evidente que saltamos essa parte porque, além de já não sermos nenhuns gaiatos, seria impossível sem me pôr em cima de um banco.

Entro na sala atrás dela, a medo, à espera de sentir todos os olhos pousados em mim, mas tal, felizmente, não acontece. Em vez disso, dou de caras com o rosto desfigurado da mamã, os olhos inchados e vermelhos, a boca contraída, a face lavada em lágrimas. É injusto para alguém que passou a vida a disfarçar o sofrimento estar agora aqui completamente exposta, sofrida, humana. Sinto um misto de vergonha e pena. Vergonha por ela, por ver que foram em vão todos esses anos de contenção, de tristes dilúvios silenciosos. Fico tão perturbado que tenho de desviar os olhos. A ti Rosário está igualmente chorosa. Os cabelos brancos, apanhados num carrapito, lembram uma coroa, de tão brilhantes. Um brilho que fere.

As duas, sentadas junto ao caixão do ti Mariano, são o centro daquele espetáculo macabro, no qual a dor desempenha o papel principal. O caixão está rodeado de flores cujo cheiro insuportavelmente forte me dá a volta ao estômago. Um pouco afastados, estão os homens. Como previ, nenhum chora, revelam apenas o olhar ausente, o rosto carregado de sombras, os bigodes murchos, as bocas tristes. Ouvem-se vozes em surdina: os tios Tó e Zacarias estão sentados a um dos cantos da mesa, os chapéus pretos pousados nos joelhos, os olhos baixos, trocando murmúrios arrastados com o ti Carmelo. As mulheres, por seu lado, sentam-se ao redor da mamã e da ti Rosário: olhos cheios de lágrimas, cabelos impecavelmente apanhados, velhas de lenços pretos na cabeça e narizes a fungar – e eu a fixar as tábuas do soalho – *não me posso rir, não me posso rir.*

A minha irmã deve ter percebido porque, precisamente quando vou rebentar, dá-me um beliscão discreto no braço para logo de seguida me empurrar de mansinho na direção da porta envidraçada.

– Anda, vamos lá fora ter com os primos – e, depois, mais baixo: – Outra vez não, Zé, por amor de Deus.

Sigo-a, entre os murmúrios e o luto dos véus de renda, dos xailes compridos, das camisas de botões dourados. Cá fora o dia acende-se numa claridade branca. Já não está aquele frio seco do inverno, mas ainda sopra um vento que nos levanta os pelos dos braços. Os primos mais velhos – o Vitorino e o Luís – já fazem a barba, usam bigode e penteiam os cabelos negros com brilhantina. Eu, ao pé deles, pareço um espinafre raquítico e invejo-lhes o porte atlético e os pelos na cara. A Alminha é a minha prima preferida. É tão bonita que até coro quando olho para ela. Agora tem o cabelo curto porque esteve muito doente com tifo e o cabelo caiu-lhe todo. Também emagreceu bastante e ainda está fraquita, mas continua linda. Por causa dela, li tudo o que encontrei sobre o tifo, aliás, a *febre tifoide,* e sei que foi um milagre ter-se salvado; milagre é o que diz a mamã – eu acho que o mérito foi todo do doutor Amaro. Dizem que foi preciso muito estudo para a conseguir curar. E é por isso também que quero ser médico – para salvar vidas. E um dia hei-de casar com a prima Alminha. Espero é que, até lá, fique mais alto do que ela.

O ti Eduardo mete a cabeça de fora, chamando-nos, *já lá vem o padre*. Entramos em turbilhão, os mais novos com as caras tão afogueadas da correria que até levam com o olhar severo das respectivas mães. O padre Romeu entra na sala, vestido com a habitual batina preta e a sua cara de poucos amigos. O ti Mariano nunca gostou muito dele e não punha os pés na igreja há que tempos. Aliás, ele nunca foi muito de ir à igreja, mas tinha um velho crucifixo por cima da cama e várias vezes me falou de Jesus.

Quando o padre chega toda a gente se levanta. Aproxima-se do caixão, sempre de olhos baixos, ajoelha-se e benze-se. Depois, volta a erguer-se e, com os olhos presos nas flores, diz em voz alta:

– Deus esteja convosco.

Não gosto da maneira como fala, sem nunca olhar ninguém diretamente nos olhos. Parece um rato assustado. Aproxima-se da mamã e da ti Rosário e, inclinando ligeiramente a cabeça, murmura:

– Os meus sentidos pêsames...

Os olhos molhados da mamã erguem-se devagar e escorregam na frieza dos dele. Vi-os escorregar nitidamente, como meninos assustados. Apenas um pestanejar e os olhos do padre já repousam, semicerrados, na página do livro de orações que tem nas mãos.

Sob o céu carregado de nuvens da sua voz, ouvem-se os soluços das mulheres como pequenas quedas-d'água nas pedras de um regato solitário. A sua boca move-se apenas milímetros, debitando a oração com o tédio de uma lição bem estudada.

Os olhos nem piscam. São azuis, mas parecem negros. Às vezes lembram-me os de alguém, mas não sei quem.

A Gracinha e a senhora Maria também estão na sala, lado a lado, as mãos em oração, os olhos quase fechados, as bocas a mexer muito depressa. Apodera-se então de mim uma tremenda vontade de rir, pelo que mordo violentamente a ponta da língua e desvio o olhar. Felizmente o demônio adormece com a mesma prontidão com que despertou.

Aquilo durou séculos – pior do que o sermão na missa, quando lá íamos aos domingos. Nunca soube por que deixamos de ir à missa. Talvez a resposta esteja nos olhos da mamã, naqueles restos de qualquer coisa irremediavelmente partida de cada vez que encontram os do padre. Da segunda vez que aconteceu até reparei na chispa de lume que saltou. Quase vi a faísca. Não percebi se era raiva, ódio, rancor, mas lá que era coisa má, era. Acabei por não olhar muito para eles, tive de estar o tempo todo de olhos pregados ao chão, à conta do diabrete que se contorcia no meu estômago e me fazia cócegas naquele sítio entre as costelas onde reside a minha maior fraqueza.

Segunda voz

Estremoz, 1 de setembro de 1960

Nem mais, nem menos: tudo tal e qual
o sonho desmedido que mantinhas.
Só não sonharas estas andorinhas
que temos no beiral.

E moramos num largo... E o nome lindo
que o nosso largo tem!
Com isto não contáramos também.
(Éramos dois sonhando e exigindo).

Da nossa casa o Alentejo é verde.
É atirar os olhos: são searas,
são olivais, são hortas ... E pensaras
que haviam nossos de ter sede!

E o pão da nossa mesa! E o pucarinho
que nos dá de beber!... E os mil desenhos
da nossa loiça: flores, peixes castanhos,
dois pássaros cantando sobre um ninho...

E o nosso quarto? Agora podes dar-me
teu corpo sem receio ou amargura.
Olha como a Senhora da moldura
sorri à nossa alma e à nossa carne.

Em tudo, ó Companheira,
a nossa casa é bem a nossa casa.
Até nas flores. Até no azinho em brasa
que geme na lareira.

Deus quis. E nós ao sonho erguemos muros,
rasguei janelas eu e tu bordaste
as cortinas. Depois, ó flor na haste,
foi colher-te e ficarmos ambos puros.

Puros, Amor – e à espera.
E serenos. Também a nossa casa.
(Há-de bater-lhe à porta com a asa
um anjo de sangue e carne verdadeira.)

SEBASTIÃO DA GAMA,
LARGO ESPÍRITO SANTO, 2, 2.º

Hoje é o dia do meu casamento. Devia ser o dia mais feliz da minha vida mas estou demasiado nervosa. Ah, a felicidade... Existirá mesmo ou não passa de um sonho? Dantes, acreditava que sim e até perseguia essa emoção rara que tantos almejam. Porém, com o passar dos anos, houve uma parte de mim que esmoreceu – não sei bem o quê, mas sinto que alguma coisa se perdeu para sempre.

Que estupidez, estar para aqui a pensar nestas coisas, logo hoje, que não devia parar de sorrir nem por um segundo. O problema é que me conheço suficientemente bem para saber que quando aquilo por que sempre esperei finalmente acontece fico assim, meio atordoada, como se me custasse a crer, ou – o que é pior – questiono-me se era mesmo com isto que sonhei. Uma tolice – vou casar-me com o homem que amo, mas a minha cabeça está cheia de dúvidas. Sim, diz-me uma vozinha ao ouvido, tenho a certeza absoluta de que nos amamos, mas isso bastará? E que será do amor daqui por, digamos, cinco ou dez anos? Agora chegamos àquela parte em que dizemos, *e foram felizes para sempre*, mas depois a história acaba e ficamos sem perceber o que realmente se passou. Como se pode ser feliz para sempre? Ninguém nos explica e desconfio de que nunca acontece.

Desde pequena que sonho com este dia. E agora que aqui estou, em frente do espelho que me devolve o meu olhar incrédulo – Deus, como estou bonita! Nunca imaginei que me pudesse transformar numa princesa igual à das histórias que a senhora Maria me contava com a paciência de uma mãe –, falta-me a varinha de condão, estou de mãos vazias. E não, esta não sou eu. Nunca fui bonita. Só pode ser um sonho.

Vivo este amor desde que me lembro. Era ainda menina quando jurei a mim própria que, se não fosse dele, não seria de mais ninguém. E nem entendo bem o que me levou a escolhê-lo, porque nada o distinguia dos outros primos – jogava bola e pião, atava um fio preso a uma lata na ponta das caudas dos gatos vadios, jogava hóquei em patins e, quando a mãe se distraía, esgueirava-se para a oficina, regressando de lá preto como o carvão. Nisso os rapazes da família são todos iguais, não sei o que veem de tão especial naquele monte de sucata e ferramentas cheias de óleo.

Por vezes detinha-me a observá-lo – sempre alerta, para ter tempo de desviar o olhar se ele desse por isso; mas, apesar destes malabarismos, de quando em quando lá acontecia o milagre de os nossos olhos se encontrarem. Era um delírio. O coração disparava de tal maneira que quase me saía pela boca. Depois, torturava-me a pensar que era tudo imaginação minha – que, provavelmente, ele olhava para mim como olhava para todas as outras. Aliás, por que haveria de olhar para mim de maneira diferente? Que tinha eu de especial? Nada. Pernas feias, sardas no rosto e o nariz ligeiramente torto. Contudo, se o via perto de outra rapariga, ficava doida com ciúmes. E então sofria, certa da minha desventura; ia para casa, molhava o travesseiro no escuro do quarto e jurava que iria direitinha para um convento quando crescesse.

Apesar disso, o tempo foi passando e os meus piores temores nunca se concretizaram: não se lhe conheciam namoradas, apesar de ser o mais velho dos primos. Claro que os namorados não se passeavam de braço dado pela rua, às claras – era tudo feito na sombra. No entanto, possuíamos fontes de informação inquestionáveis e inesgotáveis – não sei como, mas estávamos sempre ao corrente de tudo.

Isto durou séculos – desde a meninice até fazer catorze anos. Foi então que confessei o que sentia às minhas primas, a Tina e a Engrácia. Aliás, nem foi preciso: ficava tão vulnerável na presença dele que, pelo menos para o olhar atento das minhas primas, me tornara transparente. Elas já tinham percebido há que tempos aquele brilhozinho nos meus olhos quando o primo Luís aparecia – e, mais incrível ainda, viam um brilho igual nos dele.

Ó moça, não sejas parva, então não se vê logo que ele só tem olhos para ti?

Não podia crer. Que era impressão delas, que estavam a ver mal, sei lá!

Ó Lili, só tu é que não vês. E acredita: só não vês porque não queres!

O tom era de absoluta certeza.

A partir de então passei a encará-lo de outra maneira. Ainda a medo, mas sentindo uma voz dentro de mim que me mandava levantar a cabeça. E comecei a reparar no que até aí os meus olhos não viam porque estavam demasiado preocupados em fugir dos dele: o sangue subindo-lhe às faces, o olhar tímido e a perturbação evidente quando estávamos perto um do outro.

Até que aconteceu um milagre no dia em que morreu o ti Mariano, nunca mais me vou esquecer. O tio morreu durante o sono. De manhã, estranhando a hora, pois ele levantava-se sempre muito cedo, a mamã bateu à porta do quarto e, como ninguém respondesse, resolveu entrar e deu com ele frio e imóvel. Apesar de o ti Mariano já ter muita idade e de a sua saúde estar bastante debilitada, foi um choque. A mamã só gritava e a senhora Maria não parava de se benzer. Eu, o Zé e a Gracinha não sabíamos o que fazer. Quando, finalmente, a mamã se acalmou, pediu à senhora Maria que fosse avisar o resto da família. A Gracinha e eu ajudamo-la a levantar o tio na cama, a lavá-lo e a vesti-lo, o que, diga-se de passagem, fiz com o estômago todo embrulhado. Esfregamos-lhe os braços, as pernas, as costas e o peito com um pano umedecido em água com umas gotas de limão e lavanda. Pusemos-lhe brilhantina no cabelo e a mamã tentou penteá-lo com o pente de marfim que ele trouxera da África, mas acabou por desistir e foi mesmo com os dedos que lhe alisou o que restava do cabelo. Tiramos a roupa da cama e estendemo-lo sobre a colcha com bastante esforço. O Zé estava a ajudar-nos mas teve um dos seus ataques de riso estúpidos e a mamã mandou-o para o quartinho depois de lhe ter deixado a marca dos dedos estampada na cara.

A ti Rosário e a ti Josefina foram as primeiras a chegar. O ti Carmelo fechou a oficina assim que soube e veio com os tios Zé Maria, Justino e Inácio, e o primo Luís, que nessa altura já lá trabalhava. O ti Eduardo também fechou a loja e apareceu pouco depois.

Acho que, com a confusão, se esqueceram de nos mandar para a escola, e eu também me fiz de esquecida. Os adultos ficaram no quarto do tio à volta da cama enquanto a senhora Maria foi para a cozinha fazer chá e preparar o almoço e a Gracinha andava atarefada a arrumar os quartos. De vez em quando alguém chegava ou saía. Era preciso tomar algumas providências – ir à funerária buscar o caixão, falar com o padre, marcar o enterro para o dia seguinte e encomendar coroas de flores. No meio do desgosto, das lágrimas e das mil e uma coisas que havia para fazer, os mais velhos esqueceram-se de mim e do Luís ali sozinhos.

Nunca tínhamos estado assim, sem ninguém que nos distraísse daquele embaraço. A princípio, ainda tentamos ocupar-nos para o disfarçar – ajudamos a Gracinha a sacudir as almofadas à janela e fomos para a cozinha dispor as chávenas em tabuleiros cobertos com panos de renda e barrar fatias de pão com manteiga. Mergulhamos nestas pequenas tarefas com verdadeiro afinco, aliviados por termos qualquer coisa com que distrair o olhar e ocupar as mãos; mas, quando por acaso a senhora Maria saía da cozinha, o coração entrava em sobressalto. As nossas mãos tremiam e, por duas ou três vezes, fizeram movimentos tão desastrados que acabaram por tocar-se – a pele dele queimava – e era delicioso. Eu estava nas nuvens, numa espécie de limbo entre sonho e pesadelo, mas sentia-me tão insegura que temia a qualquer momento desfazer-me num pranto. Imaginava que se chorasse à sua frente ficaria nua. Por isso escancarava os olhos, sem pestanejar, como faço quando estou à beira das lágrimas e não posso chorar. Resulta sempre.

A senhora Maria andava numa correria, sem conseguir chegar a tudo, mas em boa hora apareceu a tia Flora, com a cara lavada em lágrimas e o nariz a fungar continuamente, que lhe deu uma mão. *Pobrezinho,* dizia enquanto estendia a massa dos rissóis, *pobrezinho...* A tia Flora, a minha madrinha Florzinha (como gosto de lhe chamar), é pequena como uma criança mas muito desembaraçada e é a tia mais amiga de ajudar que conheço; ao chegar, pergunta logo o que é preciso e, quando damos por ela, já foi ao pão, aos ovos e aos poejos, já pôs a pescada ao lume, já fez o piso e migou as sopas e, num segundo, temos a açorda na mesa. Às tantas virou-se para mim e pediu, na sua vozinha de bicos de pés:

Ó Lidinha, filha, vai-me lá apanhar um molho de coentros, aqui p'ró recheio dos rissóis, vais, filha?

Claro que sim, madrinha, respondi prontamente antes de sair para o quintal.

Estava um dia lindo. Quando passei pelo banco de pedra onde às vezes o ti Mariano gostava de se sentar ao sol em dias como aquele, os olhos encherem-se-me de lágrimas. Um soluço subiu-me à garganta e fui incapaz de reprimir o choro. De repente, porém, senti alguém atrás de mim e virei-me, assustada. Era o primo Luís – meu Deus, tão perto! – e, apesar da tristeza e do susto, acabei por morder o lábio e sorrir porque a sua companhia me consolava. Ele retribuiu-me o sorriso e não sei como, mas num segundo as nossas mãos tocaram-se e depois os braços, as faces molhadas, e ficamos assim, peito contra peito, sentindo bater o coração um do outro; quando nos afastamos, o barulho ensurdecedor de panelas a baterem no chão inundou tudo. Olhamos aterrados para a porta – ninguém – e ouvimos então a voz da tia Flora a praguejar. Que alívio. Afastei-me em passo ligeiro e fui colher os coentros. O Luís seguiu-me e ficou à minha espera junto do canteiro, enquanto espiava, por cima do ombro, as janelas da casa. Demorei-me mais do que o necessário a escolher as folhas melhores e, quando tinha o molho bem apertado na mão, levantei-me e cruzei, não mais do que um segundo, o olhar com o dele. Sem uma palavra, voltamos a fazer o caminho até a porta da cozinha, e foi então que ele me puxou para si e, sem eu ter tempo de soltar um ai, colou a sua boca à minha, para logo me libertar, pois lá de dentro vinha, mais uma vez, a voz da tia Flora:

Lidinha, então esses coentros?

Entrei de rompante com a cara afogueada e os olhos brilhantes, tanto das lágrimas como do riso que agora me bailava no peito. A tia Flora olhou para mim e corei até a raiz dos cabelos. *Ela vai perceber tudo,* pensei com aflição. Todavia, estendeu apenas a mão, que até pensei fosse para pegar nos coentros, e fez-me uma festa demorada no rosto.

Minha querida, disse com aquela voz doce, *também estás muito triste, não estás?*

Senti-me fraquejar. Ela, apercebendo-se, abriu os braços e envolveu-me, e fiquei a chorar no seu ombro enquanto a ouvia fungar e dizer ao meu ouvido, *pobrezito, pobrezito...* Não sei quanto tempo estivemos assim abraçadas mas foram séculos de alívio.

Depois daquele beijo, não conseguia ter os pés na terra. Fora um beijo tímido, apressado e de leve, mas era o meu primeiro beijo e, para mim, fora perfeito.

Aliás, minto – os primeiros lábios que beijei foram os da Gracinha. A Gracinha é a minha alma gêmea, mais próxima do que uma irmã. Quando éramos mais novas, nas noites em que a mamã me deixava dormir no quarto dela, e depois de a senhora Maria adormecer, aproximávamos, a medo, as bocas perdidas de riso, e saboreávamos aquele amargo da língua uma da outra que, mais do que repugnar, nos atraía com uma curiosidade electrizante. Aquilo era uma brincadeira de crianças, mas excitava-nos de tal forma os sentidos que depois nem conseguíamos conciliar o sono.

Um dia a professora da quarta classe mandou escrever uma composição sobre a nossa melhor amiga e escolhi a Gracinha. Muito enternecida com a forma calorosa como a descrevi, a professora quis saber quem era essa menina de quem eu tanto gostava.

É alguma prima, menina Lídia?

Quando se apercebeu de que era a filha da criada da casa, ficou horrorizada.

Como é possível que a menina tenha por melhor amiga a filha de uma serviçal? Escreva tudo de novo e desta vez faça uma escolha decente!

Fiquei furiosa. Apeteceu-me gritar-lhe que a Gracinha seria sempre a minha melhor amiga, que era até muito mais do que isso, mas calei-me muito bem caladinha e fiz o que me ordenou, enquanto por dentro fumegava de raiva. Quando cheguei a casa, contei à mamã o que se passara, protestando com veemência. Mas ela não disse nada, limitou-se a esboçar um sorriso quase imperceptível. Já lhe conheço aquela maneira estranha de sorrir, como se não quisesse mostrar quando uma coisa lhe agrada. Fez-me uma festa na cabeça (coisa rara nela) e comentou em voz baixa:

Fizeste bem em obedecer à professora, Lídia. Lembra-te de que deves ser sempre bem-comportada e obediente.

Vislumbrei nos seus olhos um pequeno brilho de satisfação.

O resto do dia correu vagaroso, entre gente que entrava e saía, os olhos vermelhos das mulheres, a expressão grave dos homens. O ti Justino e o ti Eduardo trouxeram finalmente o caixão e uma quantidade considerável de coroas de flores, todas de cores pálidas, com um cheiro insuportavelmente enjoativo. Meteram o ti Mariano no caixão e levaram-no para a sala. O quarto dele era muito acanhado para lá caber toda a gente.

Com os primos regressados da escola ao fim do dia, a casa ganhou uma agitação triste, como a de um espantalho grotesco ao vento. Tomamos a primeira refeição de jeito lá para as sete, sentados na grande mesa de pedra da cozinha, uma açorda que nos caiu que nem ginjas feita pela senhora Maria. Com a noite vieram mais pessoas, alguns parentes, outros apenas conhecidos e muitos amigos. Veio o doutor Amaro e a mulher, o Constantino da farmácia, o Lima da padaria, o Timóteo e o Brás dos Cafés Alentejano e Águias d'Ouro, alguns companheiros de cartas e bilhar nos serões dos Artistas e do Círculo Estremocence. A sala encheu-se de gente e nós andávamos entre a cozinha e a biblioteca, os primos mais novos inventando jogos para se distraírem e os mais velhos impedindo-os de incomodar quem estava no velório.

Já era quase meia-noite quando os primos foram para casa e eu, o Zé e a Gracinha mandados para a cama. Era muito raro ficarmos acordados até tão tarde, acho que só na noite da passagem de ano nos davam permissão. Dormi mal, sobressaltada pelo sussurro das vozes e dos soluços que vinha da sala, e no dia seguinte levantei-me com a sensação de não ter chegado a fechar os olhos. A mamã e a ti Rosário ainda estavam sentadas nas cadeiras da véspera, os olhos cada vez mais inchados, afundados num poço negro. As tias e os tios tinham-se revezado para as acompanharem durante a noite e a senhora Maria insistira em ficar a pé para lhes trazer chávenas de *Banacau* e torradas. A tristeza e o cansaço toldavam as expressões dos seus rostos. O Zé acordou tarde e tinha olheiras cavadas no rosto pálido. A Gracinha já ajudava a senhora Maria na cozinha quando me juntei a elas. Os primos chegaram por volta das dez. O Luís também estava com ar de quem não tinha pregado olho. O tempo piorara e o céu estava cinzento, mas quando ele entrou era como se o sol brilhasse. Andei toda a manhã com aquela sensação de leveza na alma e o peso da morte nos pés frios.

A dada altura o Zé voltou a ter um dos seus ataques de riso. Coitado, às vezes tinha pena dele – por mais que lhe ensinasse os meus truques, nada resultava. A mamã ficou furiosa. Estava muito cansada, lia-se-lhe nos olhos a exaustão, e aquilo foi a gota de água. Agarrou nele por uma orelha e arrastou-o até o quartinho. A ti Rosário ainda protestou, mas a mamã foi implacável. Também, que figuras tristes ele fazia!

Ao fim da manhã chegou o padre e viemos para a sala ouvir as orações. Foi quando senti a mão do Luís agarrar a minha. Acho que ninguém reparou porque estavam todos de olhos no chão, ocupados a esconder as lágrimas. A sala estava tão cheia que mal havia espaço para respirar. Ficamos de dedos entrelaçados o tempo todo.

De vez em quando os olhos do padre esquivavam-se, furtivos, do pequeno livro de orações e encontravam os da mamã, num relance mudo, para novamente mergulharem nas páginas de letra miudinha. Aquilo incomodava-me. Lembrava-me da ruga que ela tem na testa e dos silêncios cheios de mistério entre ambos que eu presenciava sempre que íamos à igreja ou durante as procissões. A mamã recolhia roupas velhas para oferecer aos pobres, fazia tabuleiros de pastéis de massa tenra e azevias que se vendiam à porta da igreja e, com o dinheiro, compravam-se dezenas de pares de sapatos à do Chico Sapateiro que vendia o lote mais barato, e assim se calçaram muitos gaiatos que nunca tinham visto sapatos. Eram ideias da mamã e de mais uma ou outra senhora, e que o padre Romeu apoiava sem grande entusiasmo. A mamã chegou a formar um grupo de caridade que se entretinha a fazer chegar às famílias mais pobres coisas que, na nossa vida desafogada, nunca imaginaríamos que lhes faltavam: carvão para as braseiras, cobertores e lençóis, remédios para os que estavam doentes e não os podiam comprar. Nunca conheci a mamã com tanta energia e entusiasmo pela vida como nessa altura. Era muito mais alegre e não estava sempre com aquela ruga funda cavada na testa.

Quase posso dizer a hora e o dia exatos em que perdeu a vivacidade de outrora. Era uma sexta-feira e tinha ido à igreja. Nessa manhã, esgotaram-se as reservas de farinha na despensa quando a senhora Maria abriu o último pacote e o encontrou cheio de bichinhos pretos.

Ora, raios parta os bichos!, vociferou e, como ainda não completara a quantidade de rissóis encomendados, pediu-me que fosse num instante à do Maurinho. Como era costume quando saía à rua para fazer algum mandado, dei um salto até o Gadanha para atirar pão aos patos e depois reparei que me esquecera das moedas em cima da mesa da cozinha. Não querendo voltar atrás, lembrei-me de que a mamã estava ali perto, na igreja, e resolvi ir até lá.

Quando entrei, aquele silêncio de tumba abateu-se sobre os meus ombros. Pode estar um sol radioso e um calor de derreter pedras que dentro das igrejas o silêncio é sempre gelado. Atravessei o estreito corredor entre as filas de bancos de madeira, desertos àquela hora, ouvindo o eco dos meus passos. A riqueza festiva do altar atraía-me sempre e fiquei a mirar por instantes o rosto grave dos santos, com aqueles olhos inexpressivos que manchavam a imagem que tinha de Deus: um velho bonacheirão, sorridente, de longas barbas brancas, a velar por nós com a paciência de um avô dedicado. Aqueles rostos de cera de olhos vítreos e imóveis eram, ao contrário, restos de antigos pesadelos.

Dirigi-me para a porta ao fundo da nave em pés de lã, com medo de acordar o silêncio. Percorri o corredor escuro, pondo os pés nas saliências e nas reentrâncias das pedras do chão, num jogo complicado de pequenos equilíbrios que gostava de fazer, e cheguei à porta fechada da sacristia. Aquela porta nunca estava fechada. Empurrei-a devagar e ela moveu-se, lenta e preguiçosa, mas sem ruído. Lá dentro estavam duas pessoas abraçadas, de rostos colados, as bocas sorvendo-se com impaciência, a respiração numa fúria de ventania. Apanhei um susto tão grande que fiquei muda. A minha primeira reação foi fugir a sete pés mas as pernas não me obedeceram. Não conseguia descolar os olhos da ventosa daquelas bocas. Nunca tinha visto um beijo daqueles; vira um parecido no cinema, mas a mamã tapara-me os olhos e passara o resto do filme a protestar, *se soubesse que era um filme destes não tinha trazido os gaiatos*, enquanto o ti Mariano ria à socapa. Finalmente, depois do que pareceu uma eternidade, a mulher crispou os dedos nos braços do homem – foi o que me pareceu – e, empurrando-o, descalçou aquele abraço sufocante. Respirei, aliviada, mas, assim que ela olhou para mim, dei um grito: era a mamã. Foi então que reconheci a cara do padre Romeu.

Os olhos da mamã escureceram de tal maneira que acho que a parte branca desapareceu. Sem uma palavra, agarrou-me por um braço e arrastou-me dali para fora. Eu tremia da cabeça aos pés. Sabia que tinha feito alguma coisa muito grave, só não sabia o quê. Esperava a todo o momento o castigo, enquanto ela caminhava com um passo apressado, segurando-me a mão com tanta força que quase me fazia gritar. Nunca a tinha visto assim. Não sabia dizer se estava zangada, aflita, assustada ou furiosa. Parecia tudo isso ao mesmo tempo. Quando entramos em casa mandou-me para o quarto, ao que obedeci, perplexa. Deitei-me na cama e fiquei à espera de uma catástrofe, até que a senhora Maria veio chamar-me para ir jantar.

Comi tudo sem um queixume, não ousando erguer sequer os olhos do prato. No fim da refeição atrevi-me a espiar a mamã pelo canto do olho e reparei que também ela estava de olhos baixos. Não tive coragem de pedir licença para me levantar, até que a ouvi dizer, numa voz que parecia vir de muito longe:

Lídia, vem comigo ao quarto.

Pronto, era agora. Segui-a pelo corredor, sentindo as pernas bambas como canas ao vento. Fechou a porta e mandou-me sentar na cama. Então agarrou-me pelos ombros e, pela primeira vez desde aquela tarde, na sacristia, olhou-me nos olhos. Rebentei em soluços.

Desculpe, mamã, desculpe, mamã...

Não conseguia parar. Ela abraçou-me e esse abraço foi tão inesperado que por momentos contive o choro.

Não tens de pedir desculpa, não fizeste nada de mal.

Suspirei, aliviada, enquanto ela prosseguia, refugiando-se no abraço para não ter de me encarar.

Tu ainda és uma criança, filha, mas tens de saber que não existe nada entre a mamã e o senhor padre. O senhor padre é uma pessoa séria, a mamã também. Aquilo que tu viste, a voz tremeu-lhe, *foi um disparate, não torna a acontecer. E a mamã não quer que fales disto a ninguém, percebeste? Fazes de conta que não se passou absolutamente nada.*

Apesar dos meus oito anos, pressentia a rede que se emaranhava no peito da mamã e lhe apertava o coração. Quando voltou a olhar para mim, eu tinha de novo os olhos cheios de lágrimas.

Não chores, Lídia. A mamã já te disse que não está zangada contigo.

Mas eu não me importo, mamã, deixei escapar entre os soluços.

Não te importas com o quê? A voz dela, admirada.

Não me importo que a mamã se case com ele. Eu sei que o papá já morreu há muito tempo, não faz mal. E o Zé também não se importa, de certeza...

Os olhos dela abriram-se num espanto redondo.

Que estás para aí a dizer?

Que a mamã podia casar com ele. Nós não nos importamos, nem o ti Mariano, ele está sempre a dizer que a mamã devia arranjar...

Cala-te com isso, mas que disparate é esse de me casar com o padre? A voz estava agora zangada. *Eu já te expliquei que não aconteceu nada, foi uma coisa sem importância, estás a perceber?*

Baixei a cabeça e acenei que sim. Apetecia-me sugerir que ele deixasse de ser padre para se poder casar com ela, mas fiquei calada. Então, o seu rosto suavizou-se e fez uma coisa rara: chamou-me *minha querida* e deu-me um beijo e um abraço tão forte que me fez doer as costelas. Ficamos assim muito tempo, enquanto me fazia festinhas no cabelo, e a minha cabeça oscilava ligeiramente com o tremor dos soluços.

Foi a partir desse episódio que a mamã perdeu a alegria e nunca mais se riu com vontade. Na verdade, ela já ria pouco, mas depois tornou-se raríssimo. Ainda hoje não sei que tipo de ligação era aquela e também nunca perguntei. Cumpri o que lhe prometi e nunca falei disto a ninguém. O padre Romeu, entretanto, foi-se embora para o Norte, para outra paróquia, e nunca mais soubemos dele, vai para uns cinco anos.

A mamã sempre foi uma mulher amarga, cinzenta, afundada em melancolia. Acho que nunca foi feliz. Talvez o tenha sido com o meu pai, mas custa-me a crer. Por que é que nunca nos fala dele? Sei que o meu pai morreu pouco antes de o Zé nascer, com tuberculose, era eu um bebê. Mas como é possível não haver uma única recordação dele em nossa casa? E por que não temos o seu nome? Foi já bastante tarde que me apercebi de que o nosso apelido é Serrão, como o do ti Mariano. Ele era tio-avô da mamã, por que haveríamos de lhe herdar o nome? Quando fiz esta pergunta, a mamã mudou logo de assunto. Podia ter interrogado outras pessoas, bem sei: o ti Mariano, a ti Rosário, a senhora Maria... A senhora Maria seria a pessoa mais indicada porque tinha bastante à vontade com ela; ainda assim, nunca me atrevi. Talvez tivesse medo da resposta.

O medo é, desde sempre, o meu pior inimigo. Em criança via monstros escondidos atrás das cortinas e atravessava o corredor quase sem respirar para ir à casa de banho. Às vezes, depois de escurecer, ia à retrete ao lado da cozinha só para não ter de percorrer o corredor para lá do guarda-vento. Ouvia respirações furtivas atrás das portas e sentia olhares medonhos nas costas, mas, quando me voltava, nunca via ninguém. Na mata havia o homem do saco que roubava meninos para os comer – era o que nos diziam, e nós, claro, acreditávamos. Em crianças acreditamos sem hesitar. Se nos disserem que a bola amarela é azul, a gente consegue realmente *vê-la* azul.

Dentro do poço largo da Casa Branca também havia um velho que agarrava nas crianças que se debruçavam e as arrastava para o fundo. Às vezes até tinha pesadelos com ele – horroroso, de barbas muito grandes e desdentado – e jurava não voltar a aproximar-me do poço. Porém, a curiosidade era mais forte do que eu e, agarrada com unhas e dentes ao braço da ti

Chica, deixava que a vertigem do medo me inebriasse enquanto espreitava, lá ao fundo, o buraco negro do mundo.

As idas à Casa Branca eram, aliás, uma festa. Todos os primos adoravam aquelas viagens mas só podíamos ir dois ou três de cada vez, porque a casa dos tios era pequena e não havia onde deitar toda a gente. Nas noites sem luar aquilo era escuro como breu. Dentro das casas acendiam-se candeias de azeite ou candeeiros a petróleo que espalhavam sombras nas paredes; o cheiro forte a gordura queimada arranhava o nariz.

Do que mais gostava era dos passeios que dávamos à noite. Eu parecia uma cega, a ti Chica era a minha bengala. Ela andava por aquelas ruas, onde não se via um palmo à frente do nariz, como se fosse dia claro. Os seus pés conheciam de cor as curvas do caminho e as pedras do chão. De vez em quando passava por nós uma sombra sinistra que eu, não fosse a mão da ti Chica a apertar a minha com toda a força, juraria tratar-se de um fantasma ou um lobisomem. *Boa nôte!*, cantava a voz da sombra, ao que a tia retorquia, com a mesma música: *Boa nôte!*

Quem era, tia?, perguntava, assombrada. Ela sabia sempre a resposta.

O ti Leandro e a ti Chica foram uma espécie de avós para o Zé e para mim. A avó morreu tinha a mamã quatro anos e o avô nunca foi aquilo a que se pode chamar um avô. Depois que se voltou a casar ainda ficou mais arredio. Não condeno o facto de ter refeito a sua vida, só não percebo por que isso o afastou tanto de nós. Mesmo assim, quando estávamos na Casa Branca havia sempre o dia da visita ao avô. Era uma coisa muito esquisita: a ti Chica levava-nos a seguir ao almoço e ia buscar-nos por volta das seis da tarde. O mais estranho é que eles mal se falavam. Resumia-se tudo a:

Então, prima, como está vossemecê?

Vai tudo andando, primo, e a sua senhora?

Como Deus quer, prima, como Deus quer.

Ou então outra coisa parecida, nunca variava muito. Depois a tia ia-se embora, o avô fechava a porta para evitar o calor das duas da tarde e sentava-se num mocho enquanto calcava o tabaco do cachimbo.

Vá, vão lá brincar, andem, dizia com aquela voz seca, e nós nem esperávamos que repetisse, saíamos que nem setas para o calor abafado do quintal onde nos abrigávamos debaixo da parreira. Comíamos uvas e brincávamos com os bichos-de-conta. Durante muito tempo as uvas souberam-me a tédio, principalmente as verdes. As únicas que consigo comer com gosto são as morangueiras.

O ti Mariano foi o pai que nunca tive e, quando morreu, senti-me tão perdida quanto órfã. Foi graças a ele que me tornei o que sou – pela mamã teria ficado em casa a ajudá-la nas tarefas domésticas; precisava de um braço direito e, apesar de a senhora Maria desempenhar esse papel na perfeição, sempre esperou que um dia eu lhe sucedesse. Pouca sorte. Podiam pedir-me tudo – inclusive limpar a caca das galinhas – mas não que me chegasse ao fogão. A mamã desesperava, estava sempre a dizer-me que assim nunca arranjaria marido, mas aquilo entrava-me por um ouvido e saía-me por outro. O ti Mariano é que me defendia:

Deixa lá a gaiata, que ainda é muito novinha. Então ela não te ajuda em tanta coisa? Deixa-a lá!

Foi também por sua insistência que continuei os estudos depois da instrução primária.

A Lídia é inteligente, Mena. Ouve o que te digo, deixa a moça estudar. A gente deve ter um ofício na vida. Até tu devias ter feito o mesmo, tanto que te disse! Mas pronto, não quiseste, tu lá sabias. Em todo o caso, os tempos são outros. A gente não sabe o dia de amanhã, Mena. Manda a moça para a escola industrial. Vais ver que não te arrependes.

O tio era um homem moderno para o seu tempo. Tinha também um coração de ouro. Nem o consigo imaginar fazendo as malas e abalando para a África sem se despedir de ninguém. A mamã ainda fala nisso de voz tremida, ao fim de tantos anos. Que poderá ter levado um homem assim, tão apegado à família, a fazer uma coisa dessas? E por que se foi embora? A mamã diz que foi por vergonha de ter perdido tudo. Não acredito. Era um homem corajoso, nunca teria vergonha de um disparate desses. Dava muito mais valor às pessoas do que às coisas. Nunca o vi envergonhado por já ter sido rico e depois andar a contar os tostões. Deve ter acontecido qualquer coisa que o desmoralizou, que o deitou abaixo. Uma mágoa qualquer, um desgosto, sei lá.

O tio não tinha medo de nada. Ainda me lembro de uma coisa que me disse uma vez, sentado à cabeceira da minha cama, numa dessas noites em que eu não conseguia dormir por causa de algum pesadelo:

Lidinha, a gente só tem medo daquilo que é maior que nós. Por isso, para combater o medo, só há uma solução: é fazermo-nos maiores que ele.

Bebia-lhe as palavras e pensava como raio conseguiria eu, tão pequenina, a proeza de ser maior do que o medo. Ele parecia adivinhar-me os pensamentos:

Se achas que não consegues, tens de o fazer a ele pequenino. Olha, é fácil! Põe assim as mãos à volta da boca e deita o medo cá para fora. E depois fecha as mãos, como se guardasses um passarinho assustado. Lembras-te de quando apanhamos aquele pardalito e o seguraste nas mãos? Pois então é o mesmo. Vês? Podes esmagá-lo ou então deixá-lo voar. Vá, abre as mãos, que ele voa para longe. Vês? Voou, não voou? Foi-se embora, olha, já cá não está. Pronto. E agora toca a dormir.

Quando fiz oito anos, começou a ler-me *As memórias de um burro,* da Condessa de Ségur. De seguida leu-me *O bom diabrete* e depois comecei a ler sozinha, o que a princípio me custou um pouco, mas depressa descobri que era muito melhor.

Li os livros quase todos da Condessa de Ségur e depois *A morgadinha dos canaviais, Os serões da província, As pupilas do senhor reitor, Uma família inglesa,* e também *O pequeno lorde, A princesinha* e *David Copperfield.* Ler umas páginas antes de dormir era um remédio infalível para uma noite sem sobressaltos. De então para cá, já li uma boa parte da biblioteca do ti Mariano, mesmo aqueles livros considerados menos recomendáveis, que li às escondidas.

Com o passar do tempo, o medo cresceu comigo. E hoje espreita-me do lado de lá do espelho: um mar de tempestade nos olhos, as pestanas alongadas pelo rímel, a boca carmim do batom, as faces ligeiramente coradas do pó de arroz, o cabelo penteado e apanhado atrás, a tiara com florinhas de crepe e brilhantes incrustados, o véu branco que me cobre parte do rosto e escorrega, vaporoso, até as costas, o corpete com um bordado delicado; tão bonita, meu Deus! Não, não posso ser eu.

A noiva mais linda de sempre, segredou-me a mamã ao ouvido ainda há pouco, antes de sair do quarto para me ir buscar a calçadeira. Os sapatos aguardam aos meus pés, brancos, de salto. Por mais que me esforce, não entram sem calçadeira. Quando os provei foi a mesma coisa, mas o número a seguir ficava demasiado grande. Depois alargam, garantiu a mamã. Oxalá não me magoem. Não deve ser muito agradável casar de pés doridos.

A mamã está feliz. Acho que é a primeira vez que a vejo assim. Os olhos brilham-lhe e sorri amiúde. Aliás, toda a família está feliz. Todos aprovaram o namoro. Depois daquele beijo, no dia em que o ti Mariano morreu, seguiram-se muitos outros, sempre às escondidas, atrás de cortinas, portas, arbustos, sempre com o coração na boca tal o medo de sermos descobertos. Nunca fomos apanhados mas tornou-se cada vez mais difícil disfarçar o desassossego que nos ia na alma.

A ideia foi dele. Estava determinado e acabou por convencer-me.

É muito pior assim, dizia.

Eu não conseguia imaginar nada pior do que enfrentar a reação da mamã e dos pais dele quando soubessem.

Deixa isso comigo, acrescentava, *não é suposto nestas coisas ser o rapaz a falar? Eu falo com a tua mãe e está o caso arrumado.*

Eu tremia por dentro.

E que vais dizer-lhe?

Que te amo e quero casar contigo.

Casar? Mas já?

Claro que não, minha tonta. Um dia, quando formos mais velhos.

Aquelas palavras tranquilizavam-me.

Está bem, então. Mas vamos os dois.

Um dia, combinamos que ele passaria lá por casa depois de a oficina fechar. Eu estava tão nervosa que não preguei olho toda a noite. Mal comi porque o estômago se me embrulhava como um papel amarrotado. Fechei-me no quarto à espera e, durante mais de meia hora, não parei quieta, sempre de um lado para o outro como se a sola dos pés queimasse. Quando, por fim, a campainha tocou até dei um salto. Encostei o ouvido à porta e escutei a voz do ti Zé Maria. Ora, que faria ele ali?

Saí do quarto, passei o guarda-vento e pus-me à porta da sala, onde a mamã, a tia Lúcia e o ti Zé Maria já se sentavam, enquanto o Luís esperava, de pé, ao lado de uma poltrona.

Então e tu não te sentas, rapaz?, perguntou a mamã.

Não, obrigado, tia Mena, prefiro ficar de pé, respondeu, e pela voz percebi que estava ainda mais nervoso do que eu.

Então e vais falar com a tua tia de pé? Senta-te lá aqui ao pé da gente, retorquiu a tia Lúcia numa voz bem-humorada, *e tu também, vá, anda daí*, acrescentou, olhando para mim e deixando-me perplexa, porque eu achava que nem tinham dado pela minha presença.

Sentamo-nos a medo entre os pais dele, ante o olhar estupefacto da mamã e o meu. Por que não viera o Luís sozinho como tínhamos combinado? E por que se riam tanto a tia Lúcia e o ti Zé? Em ouvindo o que temos para dizer passa-lhes logo a vontade de rir, pensava com os meus botões. A voz da tia, porém, cortou o silêncio:

Então, parece que os meninos têm alguma coisa para dizer à gente, não é verdade?

A bola de nervos na minha barriga estava prestes a rebentar. Pelo canto do olho vi o Luís com os olhos pregados ao chão.

Sim, ouvi-me responder, tão baixinho que nem parecia que a voz saía da minha garganta.

O que é? A mamã, que cada vez entendia menos.

Vá, Luís, diz lá à tua tia o que tens a dizer, disse a voz rouca do ti Zé, fazendo o Luís dar um pulo, como se acordasse naquele momento.

Pelo canto do olho, vi-lhe a face vermelha como um tomate e o olhar de relance para o pai, que lhe acenou com a cabeça. Depois voltou-se para a mamã e foi nessa altura que senti coragem suficiente para erguer os olhos. A voz hesitante do Luís escorregava e tropeçava na própria língua:

Sim, tia... Eu queria falar consigo... Queria dizer... Quer dizer, queria pedir... Queria pedir... Eh... Queria saber... Queria saber se...

A mamã olhava para ele com a cara transformada num ponto de interrogação. Então, incapaz de me controlar, disparei:

Se pode namorar comigo!

Fez-se silêncio. A minha voz ecoara na sala como a detonação que se segue ao tiro de uma pressão de ar. Todas as cabeças se voltaram na minha direção e só queria ter ali um buraco onde me enfiar. Então o Luís repetiu, já mais confiante:

Sim, tia, queria pedir a Lídia em namoro. Nós amamo-nos e eu quero... eu quero casar com ela.

Novo silêncio, este ainda mais abafado. A mamã ficou subitamente muito séria. Abriu a boca, mas dela não saiu som algum. Parecia um peixe fora de água, tentando abocanhar a liquidez impossível do ar. Os olhos esvoaçaram, num assombro de asas, do Luís para mim, de mim para o Luís, e finalmente pousaram, incrédulos, nos da tia Lúcia. E então aconteceu uma coisa espantosa: sorriram. Os olhos, apenas; a boca permaneceu quieta, apagada, inútil. A tia Lúcia soltou uma gargalhada nervosa que fez tremer as luzes nos vidrinhos do candeeiro e exclamou, corada:

Já viste isto, prima? Ainda vamos ser comadres!

Aquelas palavras foram como um rastilho. Rebentaram os três à gargalhada, perante a nossa estupefação, que apenas nos permitia olharmos um para o outro com cara de parvos, sem sabermos se havíamos de rir também ou ficar calados.

Mas atenção, meninos, muito juizinho! Era o tio que falava, agora. *Eu e a Lucinha já avisamos o Luís, Mena, já lhe dissemos que tem de se portar com juízo e tratar a Lidinha com todo o respeito. E tu também, minha linda,* agora falava para mim, *nós vamos estar de olho em vocês, ouviram?*

Acenamos ambos com a cabeça, ainda envergonhados.

E nada de andarem por aí os dois sozinhos, prosseguiu a tia Lúcia. *Não queremos as pessoas a falar. Encontrarem-se, é em casa, debaixo da nossa vigilância. Podemos combinar um dia para a Lídia ir lá a casa jantar conosco, e outro para tu cá vires depois de ela chegar da escola.*

Aquilo era ridículo, pois todos nós passávamos a vida na casa uns dos outros sem hora marcada. Mas claro que nem eu nem o Luís dissemos nada. Era um sonho as nossas famílias aceitarem tudo tão bem.

Começou então o capítulo mais feliz da minha vida. Os adultos depressa se acostumaram às nossas mãos entrelaçadas e até os primos deixaram de fazer graçolas a toda a hora.

Os passeios em família continuaram, como até aí, a preencher as épocas festivas. Na segunda-feira de Páscoa é hábito comer-se o borrego no campo – e lá íamos, distribuídos pelos carros do ti Justino, do ti Nácio e do ti Zé Maria. Ainda hoje estou para saber como é que conseguíamos caber todos em três carros.

Nesses dias os adultos esqueciam-se de nos vigiar com o cuidado habitual. Bebia-se muito vinho, as bochechas e os narizes ficavam rosados e a cabeça começava a pesar. Primeiro vinha aquela alegria contagiante, contavam-se histórias e anedotas e rebentavam gargalhadas. Depois vinha a soneca. Começávamos a ver os olhos a fechar, molengões, e a ouvir os roncos de quem ia adormecendo. Então, já sabíamos que podíamos levantar-nos, explorar as redondezas e afastar-nos para longe da vista dos adultos.

Era nessas alturas que eu e o Luís aproveitávamos para nos esconder atrás de alguma rocha ou embrenhar no meio do arvoredo. Os outros primos iam em busca de aventuras, nós em busca um do outro. Quase nunca podíamos estar sozinhos e aqueles minutos eram mágicos. Foi assim que trocamos beijos que a princípio eram apenas leves carícias nos lábios, mas se foram tornando cada vez mais ousados. Percorríamos a face um do outro com as pontas dos dedos, engolindo o riso de cada vez que as cócegas nos assomavam à flor da pele. Tantas vezes o desenhei com os olhos que à noite, no quarto, recordava o rosto do Luís como se o tivesse entre as minhas mãos.

Eram tão escassos estes minutos roubados à branca luminosidade dos dias – tão escassos e ao mesmo tempo tão eternos, porque o tempo se quedava, mudo, como a água estagnada de uma lagoa – que mal nos apercebíamos do ardor que se agarrava ao corpo e ia fermentando dentro de nós como fruta a amadurecer. E em cada milímetro de pele que desbravávamos, com uma lentidão de caracol, havia um oceano inteiro que se abria diante dos nossos olhos ávidos do desconhecido.

A juventude é impaciente como um réptil fugidio que se esgueira entre as frinchas dos muros, sob o calor tórrido das duas da tarde, em busca da umidade secreta do interior da terra. Um dia as mãos dele esquivaram-se para dentro da minha camisola e tremi quando as senti nas minhas costas. Percorreram-nas como se reencontrassem na minha pele a mesma textura de que eram feitas. As suas mãos eram minhas – eram elas que permitiam ao meu corpo existir, moldando-me como a um pedaço de barro, fazendo-me renascer.

A última vez que estivemos juntos num desses passeios ao campo foi há mais de três meses, num fim de semana de maio em que fomos apanhar flores para o dia da espiga e fizemos um piquenique à beira de um regato, ali para os lados da Frandina. Nesse dia afastamo-nos mais do que o habitual, até não ouvirmos senão o fragor das cigarras sob o sol escaldante. Junto ao que restava do regato, bastante seco por causa do verão adiantado, as ervas cresciam altas, e havia umas quantas oliveiras que derramavam no chão uma sombra tão fresca como um gomo de laranja. Deitamo-nos, lado a lado, no chão e ficamos assim, calados, escutando apenas os sons da bicharada. O calor era tanto que qualquer movimento pesava toneladas, mas de súbito correu uma aragem que nos despertou da modorra. O Luís ergueu-se e mergulhou as mãos no regato, espantando os alfaiates e as abelhas molengonas, e a seguir agarrou-me a cara com doçura. A água escorria-lhe dos dedos e descia-me pelo pescoço, abrindo-me rios na pele transpirada até o umbigo. Fiz o mesmo, mas de forma tão desajeitada que lhe encharquei o colarinho da camisa e o peito. Rimos que nem uns perdidos, enquanto nos molhávamos como duas crianças.

Depois o tempo parou. Os abraços tornaram-se mais apertados do que nunca, as mãos deslizaram imprudentes pela pele úmida, as bocas bebendo aquela água como se morressem de sede e não houvesse outra no mundo. As roupas molhadas revelavam à transparência a nudez dos nossos corpos, que não mais lutavam para se esconderem. A água deu-nos vida e incendiou-nos os sentidos, como se a sua frescura atenuasse e ateasse a um tempo um fogo que nos consumia e embriagava. As mãos enlouquecidas atreveram-se a caminhos tantas vezes sonhados e desejados que percorrê-los agora fazia tremer a terra inteira.

Naufragamos, exaustos, naquele oceano imenso que nos invadia, como se o corpo já não nos pertencesse e apenas o bafo morno que nos saía da boca nos devolvesse a consciência, ainda que precária, da nossa materialidade. Quando regressamos, cansados de gemer aquela dor que era uma carícia, ficamos sem alma e sem voz – restava apenas a água dos rios que atravessáramos e dos fluidos gerados na comunhão da pele.

Não senti dor. Na verdade, foi tudo tão rápido que nem sei o que senti – apenas aquela torrente morna invadindo-me o ventre, o formigueiro dos músculos desfazendo-se em lágrimas, a ternura escorrendo da sua boca e das suas mãos.

O calor era tanto que, passados minutos, já estávamos completamente secos. Voltamos apressados, um pouco abatidos, a realidade caindo-nos subitamente em cima como um pedregulho. Eu ia ao seu lado, tensa, o silêncio derrotando-me os ombros. Tinha as pernas bambas e uma sensação cálida e inusitada no baixo-ventre e tremia só de pensar se alguém desconfiava do que se passara.

Já em casa, quando me despia, reparei numa pequena mancha rosada nas cuecas, e quando me limpei havia um fio vermelho no branco imaculado do papel. Estremeci. Que seria aquilo?

Não estava à espera das regras. Depois lembrei-me vagamente das conversas com as minhas primas. A Engrácia sabia coisas do arco-da-velha. Dizia-nos, sempre em surdina, que, da primeira vez que uma mulher estava com um homem, havia uma pelezinha que se rompia, o que causava dor e desconforto para a mulher, além de abundante sangramento. Sempre me perguntara como raio sabia ela essas coisas, mas, como ignorava tudo sobre o assunto, nunca me atrevera a duvidar das suas palavras. Agora, porém, punha-as em causa. Não tinha acontecido nada daquilo comigo. Se calhar, não tínhamos feito bem as coisas. Por outro lado, ali estava aquela mancha insignificante a confirmar, ainda que com pouca convicção, a veracidade dos provavelmente parcos conhecimentos da minha prima sobre a matéria.

A verdade é que a Engrácia era, naquela altura, uma enciclopédia ambulante que tanto eu como a Tina absorvíamos sem pestanejar. Foi graças a ela que não morri de susto no dia em que o sangue me saiu do corpo pela primeira vez, tinha eu treze anos. Aconteceu-lhe a ela e à Tina antes de mim, apesar de termos apenas uma diferença de meses, e portanto já estava devidamente informada. Mostravam-me os turcos ensopados em sangue, às escondidas, as três fechadas na casa de banho, e o meu estômago contorcia-se de nojo. Um dia entrei no quarto da mamã sem bater (o que geralmente me valia uma bofetada) e fiquei sem voz, pois em cima da mesa de cabeceira estava uma daquelas pequenas toalhas suja de sangue. A mamã estava adoentada e a senhora Maria tinha vindo trazer-lhe um caldo de galinha à cama. Quando entrei, os meus olhos foram imediatamente atraídos pelo vermelho-vivo do sangue e a mamã reparou, apressando-se a dizer, em voz áspera:

Ó Maria, por amor de Deus, leva-me daqui este pano com mercurocromo e põe-no no lixo!

As duas trocaram um olhar alarmado e a senhora Maria apressou-se a pegar naquilo e a sair do quarto. Fiquei tão envergonhada que nem consegui olhar para a mamã e fui-me logo embora, para alívio dela, que até se esqueceu de me repreender por ter entrado sem bater.

Aquela manchinha rosada, no dia do passeio, foi o último sangue que saiu do meu corpo. O que quer dizer que, quase de certeza, estou grávida. Quando comecei a desconfiar entrei em pânico. Não queria dizer nada ao Luís, mas ele percebeu que algo se passava e tanto insistiu que acabou por me arrancar a verdade. Desde então tem tentado convencer-me de que vai correr tudo bem. Afinal de contas, o casamento já estava marcado antes disso (foi marcado há um ano). Sei que toda a família aprova esta união, mas não me sai da cabeça que, se descobrissem o que se passa, o céu cairia em cima das nossas cabeças. Nem quero pensar. Durante uns tempos andei um pouco enjoada, mas consegui disfarçar. E estou mais gorda, oh se estou, apesar de o Luís e toda a gente achar que até me fica bem. Mas isso não me impede de tremer a cada vez que alguém me olha para as ancas ou o peito, como a tirar medidas.

É esta angústia que me tem turvado a alegria. Para falar com franqueza, não sei se quero esta criança. É o meu filho, o nosso filho – e pensar que carrego no ventre o nosso filho enche-me de uma ternura imensa – mas não queria que as coisas tivessem acontecido assim. O futuro, em vez de se apresentar risonho, está coberto por nuvens de incerteza. O Luís diz que não vale a pena pensar nisso, que o que não tem remédio remediado está. E garante-me que esta criança vai trazer ainda mais felicidade à nossa vida, que foi uma bênção de Deus, que me ama mais do que nunca; mas eu, mesmo não tendo razões para duvidar, não sei se acredito. Tenho medo. É ele, o medo, o meu maior inimigo, novamente espreitando atrás das cortinas do corredor escuro da minha infância. Tenho medo, e nem sei bem de quê.

Ouço passos e sobressalto-me. Os pensamentos levaram-me para muito longe e custa-me regressar à realidade. Olho instintivamente para o espelho, onde agora o rosto da mamã se reflete ao lado do meu. Está muito bonita, a mamã. Pôs pó de arroz, pintou os lábios de uma cor suave e arranjou o cabelo. Tem uma sombra clara à volta dos olhos e pintou um risco junto às pestanas. Parece ter rejuvenescido à vontade uns dez ou quinze anos. Adivinho que essa magia não se deve – ou não se deve apenas – à maquilhagem, mas sobretudo ao sorriso luminoso que lhe espreita dos lábios. Um sorriso que há muito não lhe via, de pura alegria.

– Ora aqui está! – Tem a calçadeira na mão e baixa-se. Estendo os pés, um a um, na direção das mãos dela e num instante tenho os sapatos calçados. Pede-me que me levante e ande um pouco, para ver como me sinto. Os sapatos estão levemente apertados, mas nada que não se aguente.

– Então? – pergunta ansiosa.

– Estão óptimos – garanto.

– A sério? – insiste, vendo a expressão fechada do meu rosto.

– Sim, apertam-me um bocadinho mas depois alargam, não foi o que disse?

Ela sorri. Fica ainda mais bonita. Pousa-me as mãos nos ombros, num gesto pouco habitual nela. Tudo nela hoje é invulgar.

– O amor, minha querida – diz, baixando ligeiramente os olhos, como se tivesse vergonha, mas erguendo-os logo de seguida com uma expressão decidida que nunca lhe vi antes. – O amor também nos aperta às vezes o coração. Tantas vezes! Mas também alarga. Desde que a gente tenha paciência, acaba por alargar.

Desvia então o olhar, desta vez para um ponto impreciso, junto da janela. Não consigo saber que parte do seu coração aquela frase tocou tão profundamente. Lembro-me de súbito desse longínquo dia com o padre, do beijo que surpreendi na igreja, e tenho vontade de a interrogar, mas, mais uma vez, falta-me coragem. Não é altura para isso. Sorrio e faço-lhe uma festa no ombro.

– Não se preocupe, mamã. Eu vou casar-me com o homem que mais amo neste mundo. Ainda que o amor aperte, há-de ser de felicidade.

Os seus olhos estão de novo pousados nos meus e vejo-os encherem-se de uma película de água muito fina. A voz sai-lhe tremida:

– Que sejas muito feliz, minha querida, é o que mais quero neste mundo.

– Eu sei, mamã. E vou ser.

Neste momento todas as dúvidas desaparecem. Como se as recordações me tivessem, afinal, devolvido a crença no futuro. Sei que vou ser feliz, sinto-o cá dentro, tal como essa estranha presença no meu ventre, que de início me trazia tão agoniada e agora se tornou parte de mim. Tenho os olhos úmidos e ela repara, porque me agarra no braço com mais força, enquanto a voz lhe salta do peito, tremenda:

– Olha agora o disparate, não querem lá ver? Vamos mas é embora, que ainda borramos a pintura!

E saímos do quarto de braço dado, entre risadas, como duas adolescentes.

Terceira voz

Lisboa, 23 de junho de 1978

"PSP ASSASSINA"

"JUSTIÇA PARA JOSÉ JORGE"

(Frases trinchadas em algumas paredes de Lisboa na sequência dos trágicos acontecimentos de 10 de Junho de 1978)

Um borrão de luz entra pela frincha da persiana e bate-me diretamente nos olhos. Outros desenham-se, furtivos, nas paredes escuras, estrelas acesas na penumbra. Os raios de sol, finas fitas luminosas, ferem-me a retina com uma dor cirúrgica, precisa, inundada de lágrimas. Deixo-as correr, indiferente. Talvez me lavem a alma por dentro, até nada restar.

Nada. Como ambiciono ter neste momento esse nada dentro de mim, poder senti-lo, cheirá-lo; um vazio imenso sem cor nem forma. Um vazio em que me pudesse deitar, dormir, desaparecer sem deixar rasto, entregar-me nos braços da morte como quem se enrola num velho cobertor de que já conhece o cheiro. Era tudo o que queria. Dormir e nunca mais acordar.

As lágrimas alagam a fronha da almofada e não faço qualquer esforço para fechar os olhos. Esta luz maligna faz-me bem, sinto a sua energia apoderar-se de mim, estendendo-se da retina exausta e dorida a todas as células do meu corpo. Apercebo-me melhor do que nunca da maquinaria complexa de um corpo, de cada célula produzindo energia. Quase vejo o fumo sair das chaminés desta fábrica incansável e infernal. Sim, o corpo é uma máquina infernal. E mal de nós quando avaria.

Aquela contração no ventre. Um tremor oculto, uma sensação quase orgástica. O coração, nessas alturas, dispara-me no peito. Respiro fundo, duas, três vezes, e tento acalmar-me. Instala-se-me um frio na barriga como se os gelos polares me invadissem as entranhas. Reajo a todas estas sensações como um estrangeiro no próprio corpo. Um completo estranho, o meu corpo. Às vezes parece-me que tenta falar comigo, mas não entendo patavina do que diz. Chego a acreditar que me roubaram o antigo corpo ou o deitei fora. Talvez o tenha despido, como quem arranca o pijama de manhã, e me tenha enfiado noutro. Usado, ainda por cima. Gasto, velho e com defeito.

O ventre é o meu polo sul. Para lá não existe nada. Ou talvez devesse dizer: o ventre é uma espécie de fim do mundo. Uma falha geológica gigantesca que separasse uma península do continente e a lançasse, errante, no coração do oceano. Eu sou o que sobra desse continente desmembrado; o resto partiu, levado na corrente marítima, não sei para onde.

O resto. As pernas, os pés e o baixo-ventre; tudo o que fica abaixo do umbigo. Aliás, se não visse todos os dias as minhas pernas, pensaria que mas tinham amputado. Se não visse o tubo da algália, a sua extremidade a desembocar naquele saco em que se vai acumulando o líquido amarelo que (dizem) é a minha urina; se a enfermeira não viesse todos os dias baixar-me as calças em movimentos lentos e pacientes, abrir-me a fralda, retirar cuidadosamente o tubo de borracha em volta do pênis, depois virar-me de lado com a ajuda de dois auxiliares e lavar-me o rabo como se fosse um bebê, juraria que não tenho sexo, nem cu; que nem sequer cago, pois nem sinto a merda agarrada às nádegas, aos pelos; eu deitado em cima da minha própria merda, um bebê de vinte e quatro anos. Queria ao menos vomitar o nojo. Mas nem isso. Arrancaram-me as tripas, os pulmões, o coração. Talvez só me reste o cérebro.

O cérebro, esse, não para. Imagino as pernas de um atleta no fim da maratona, quando cruza a meta, naquele momento preciso em que pode parar de correr e faz até menção disso, mas as pernas não lhe obedecem e continuam sozinhas, apesar do cansaço. Como se não lhe pertencessem. É, no mínimo, irônico que evoque esta imagem. E, porém, o meu cérebro não para. Continua, indiferente ao grito que estala no meu peito. A cabeça a explodir. Uma bomba-relógio. Tique-taque-tique-taque... Cada segundo é um segundo a menos de espera, um segundo a menos de vida. Um longo e escuro túnel na minha frente e, ao fundo, uma porta nas sombras. Até há poucos minutos (horas?) adivinhava, acreditava (ou queria acreditar?) que para lá dessa porta haveria luz; que, uma vez aberta, o sol viria ao meu encontro, como se dissesse, estou aqui, meu filho, não me esqueci de ti. O sol, Deus, o meu pai, alguém ou alguma coisa, o raio que o parta, a vida, lá fora, à minha espera. Seria uma longa caminhada; não acertaria os passos a princípio, cairia e tropeçaria, mas, finalmente, depois de muito esforço, conseguiria erguer-me de novo. Erguer-me nas pernas. Teria de ser assim, só poderia ser assim. Era nisso que acreditava – ou talvez não. No fundo acho que já sabia. Sempre soube, desde que acordei neste corpo que não é meu.

Afinal, que raio é o corpo? Um invólucro? Tretas. O corpo somos nós. Sem ele não somos nada. Não sabemos quem somos. Não sei se sou o mesmo de antes de isto ter acontecido. Nem sei o que aconteceu. Não me lembro de nada. Só me recordo da multidão à minha volta, a confusão, o som dos tiros, e de repente tudo parado, como quando nos filmes a imagem deixa de ter som e só se ouve o pulsar de um coração. Deixei de ouvir e, aos poucos, de ver. Apaguei. Dormi. Uma longa noite de sono, negra, cheia de sonhos sem imagens, sensações vagas que me chegavam de muito longe. Quando acordei não sabia onde estava nem quem era. Ao fim de uns minutos, situei-me. Porém, algo de estranho se passava. O meu corpo? Não o sentia. Disseram-me que não me assustasse, que era normal. O primo Zé Eduardo confirmou. Esteve sempre ao meu lado, incansável; tem, aliás, passado os dias à minha cabeceira. É ele que fala comigo, que me explica tudo: *a bala atravessou o pulmão e uma vértebra.* Depois da operação, estive em coma uma semana. Seis dias, mais exatamente. Um milagre ter escapado. Era preciso aguardar. A sensibilidade voltou, aos poucos, da cintura para cima. Para baixo, nada.

Foi então que ele me mostrou as radiografias. Apontou-me a medula lesionada no percurso da bala. Explicou-me que havia algumas hipóteses, mas não sabia, não tinha a certeza. Eram necessários mais exames. Às vezes a extensão da lesão não era determinável à partida, às vezes os tecidos lesionados consolidavam-se, às vezes a extensão da lesão era maior do que se supunha, às vezes...

A dúvida era quanto à reversibilidade. A ausência prolongada de sensibilidade dos membros inferiores era um indicador cada vez mais evidente de que era pouco provável. Sim, no fundo acho que já sabia que as tinha perdido, as minhas pernas. Olho-as e não me pertencem. Reconheço-lhes a forma, a textura da pele, os sinais, mas não são as minhas, são as de um cadáver. A estranheza: conhecemos tão bem aquele corpo; porém, aquele corpo já não é nosso. Aquele corpo já nem é um corpo. Está morto. É apenas um corpo. E uma pessoa nunca é apenas um corpo.

O meu cérebro acabou de receber a notícia de que as minhas pernas nunca mais andarão. O meu cérebro queria descansar, dormir, não pensar em nada, dissolver-se em cinzas, mas não para. Vou cair para o lado a qualquer momento, já não me tenho em pé – não paro. Não consigo parar.

Fecho por fim os olhos. A luz feriu-me de tal modo a vista que um deles lateja, uma dor aguda sob a pálpebra, lá muito ao fundo, onde o nervo óptico faz a ligação ao sistema nervoso.

Sinto-a alastrar como uma mancha de tinta. Fecho o olho com força para que a dor se acalme. Porém, está furiosa. Se liberto a pressão, envolve-me o globo ocular como se o abraçasse. Reconforta-me. Sinto-a minha – do meu corpo. Do meu corpo que já não é meu. Pelo menos, a dor ainda é minha.

Levo a mão ao olho e começo a massajar com cuidado a pálpebra fechada. Uma carícia misturando-se com o ardor das lágrimas. A pele está úmida. A ponta dos dedos mais sensível do que o habitual – sente a água das lágrimas e sente a dor dissolvendo-se de mansinho; sente a ansiedade do olho procurando libertar-se como um pássaro engaiolado. No fundo é como me encontro dentro deste corpo: um pássaro numa gaiola.

O primo Zé Eduardo deu-me a notícia com uma voz muito calma enquanto me segurava na mão. De vez em quando desviava o olhar, mas logo voltava a encarar-me. Também eu o olhava e reparei pela primeira vez que os cabelos brancos nas suas têmporas já são mais do que os pretos. As rugas à volta dos seus olhos estão mais fundas. Não consigo habituar-me a vê-lo de bata branca e estetoscópio ao pescoço. Segurou na minha mão com força e senti a dele tremer. Pestanejou e vi que os olhos se lhe aguaram. Talvez tenha sido isso que não suportei. A tristeza, tão óbvia, a impor-me aquela intimidade para a qual não estava preparado. A dor é um momento íntimo. Só queria fechar os olhos e não ver, não ouvir.

Porra. Não quero chorar. Quero ficar só. Por favor, cala-te. Sai e fecha a porta. Não chores, não tenhas pena de mim. Não quero a pena de ninguém, já basta a minha.

Deve ter adivinhado os meus pensamentos. Fechei os olhos com muita força e, quando os abri, já aqui não estava. Baixara a persiana. Senti o seu aperto na mão, ouvi as suas palavras num murmúrio: *Vou deixar-te sozinho por um bocado. Se precisares de mim, é só carregares na campainha...* Ouvi também os seus passos, o barulho dos estores, novamente a sua voz: *Acho que assim ficas melhor, filho...*

A porta a fechar muito devagar, sem ruído. Escutei e era como se não escutasse. Talvez tudo estivesse a acontecer num sonho, num lugar distante. A última palavra, porém, ficou a ecoar-me no ouvido: *Filho...* O meu primo chama-me filho e eu sinto raiva. Raiva de não poder chorar como uma criança. Raiva das minhas pernas que não me obedecem. De estar para aqui deitado em cima da minha merda sem sentir nada. Até parece que vou explodir. E que alívio seria. Morrer de vez.

Por que não morri? Bastava a bala ter-se desviado um pouco para a esquerda, para a direita, para trás, para a frente... Uma questão de milímetros. Bastava que tivesse atravessado o coração ou um dos vasos principais, uma artéria, uma veia, e pronto: uma hemorragia interna, um edema pulmonar, sei lá, qualquer coisa grave, fatal, que me livrasse deste martírio. Este martírio é mil vezes pior do que estar morto. Morrer não dói nada. Acreditamos mesmo que vamos desta para melhor. Lembro-me do mundo a girar, das pessoas a olharem, das expressões de horror, dos movimentos bruscos, nervosos, das vozes, tudo transformado num bailado vagaroso, como num filme em câmara lenta, mudo, apenas a pulsação nos ouvidos, o bater do coração e uma luz branca invadindo tudo; a imagem a desaparecer para dar lugar àquela luz rara; um nevoeiro cerrado e depois a noite: uma escuridão eterna, sem dor, sem sofrimento, sem ruído. Não custaria nada. O que custa é estar vivo.

Imagino o olhar da minha mãe, do meu pai, do meu irmão, quando entrarem daqui a pouco por aquela porta; o olhar dos meus primos e dos meus tios quando souberem. Vêm todos os dias à hora da visita; devem estar a chegar. Não quero vê-los. Não quero ver ninguém. Queria que o mundo deixasse de existir, que para lá daquela porta não houvesse nada; apenas este quarto, esta cama, o meu corpo cansado, as minhas pernas mortas; o meu corpo cansado e o meu cérebro em ruínas, navegando na imensidão do cosmos, à deriva, até o fim dos tempos.

Não é que me arrependa de ter ido à manifestação. Nem consigo pensar nisso agora, pensar é como erguer um pedregulho de toneladas. Recordo apenas coisas, como um velho numa cama de hospital à beira da morte: a sua vida está tão longe que às vezes já não sabe se aquilo de que se lembra aconteceu mesmo ou é imaginação sua. Pensa nas mulheres que amou, com a saudade do que já não volta. Tudo o que lhe resta é a memória. O amor ainda respira dentro de si, mas, assim como ele, é um amor moribundo.

Este velho, porém, tem vinte e quatro anos e até há exatamente treze dias estava vivo. Em treze dias envelheceu e está quase morto. Ainda se recorda do teu rosto. O teu rosto é, aliás, a melhor recordação de todas e, ao mesmo tempo, a mais dolorosa. Imagino a tua expressão quando te contarem a terrível verdade. Que para os teus ouvidos será apenas isso, uma terrível verdade.

(O que tenho à minha frente é um cadáver da cintura para baixo. E vou ter de viver com ele, com o cadáver, o resto da vida. Um bocado de morte atrelado à cintura.)

Ainda te amo? Como me custa pensar. Sinto um arrepio quando penso no teu corpo, na tua boca, nos teus olhos, um arrepio igual ao último suspiro que sai da boca de um peixe emaranhado numa rede de pesca sobre a areia, imóvel, depois da luta desesperada para se libertar. A morte espreitando-lhe dos olhos. A morte é tão fácil, afinal.

Não sei se ainda te amo. Nem sei o que vou sentir quando entrares aqui. Sei que vai doer. Se chorares, será pior ainda. Eu não posso chorar. Tenho medo de deixar sair de mim este rio imenso e me afogar nele. E afogado já eu estou. Ninguém me pode salvar.

Não, não me arrependo de ter ido à manifestação. Quem me dera poder voltar atrás, àquele segundo antes do tiro, em que tudo fazia sentido. Em que ainda era eu e estava vivo. Estava vivo, estava contigo e ainda podia sonhar. Um dia verias o quanto te amava. Naquele dia tinha esperança. Tinha futuro. Costumavas dizer que era o teu melhor amigo, que me contavas coisas que nem às amigas mais próximas contavas. Abrias-me o coração, falavas-me das tuas paixões e nem vias o sofrimento em que me consumia. Para não te desiludir. Afinal de contas, era o teu melhor amigo.

Ainda o serei? De qualquer maneira, agora já não há esperança. Entrego-me simplesmente ao abraço da morte. Sabe bem, este abraço. Este mergulho no nada. Esta desistência. Desprendo-me dos sonhos ao mesmo tempo que me despeço do meu corpo. Entrego-me ao vazio e o fardo fica mais leve. Acredita que sim. Se fechar os olhos e deixar que este cansaço me paralise, quase nem sinto dor. Lutar custa muito mais: esbracejar, erguer os braços e tentar abocanhar o oxigênio. Render-me à morte não magoa por aí além. O que magoa é o lume da memória que se aviva quando me lembro do que fui. Quando olho o mar e me lembro da vida. Por isso não quero ver ninguém. Quero ficar só. O meu cérebro, teimoso, a correr sem descanso. Até as pernas quebrarem. As pernas finalmente, dolorosamente, imóveis.

Dizem que à hora da morte toda a vida regressa em imagens, uma última vez, aos olhos moribundos. Talvez seja isso que me acontece agora. Vejo-me criança, bebê ainda, subindo a escadaria enorme da casa dos meus avós, os joelhos roçando a madeira áspera dos degraus, um a seguir ao outro, muito devagar, enquanto as mãos ajudam. Vejo-me lá em cima, radiante, a olhar cá para baixo, onde algumas caras ansiosas me seguem os passos.

Ai, meu Deus! Então e agora como é que o gaiato desce dali? Uma das minhas tias, mais aflita, antevendo o desastre no modo como as minhas mãos aumentam a pressão no corrimão e todo o meu corpo se desequilibra para se pôr de pé. *Ai, que ele cai!*

A minha mãe, porém, tinha aquela firmeza de que só as almas determinadas e fortes são capazes:

Deixem lá o gaiato, que ele avia-se. Se foi capaz de subir, também há-de ser capaz de descer!

Dizia-o com tanta certeza que acabava por me dar a confiança necessária para descer todos aqueles degraus sem acidentes de percurso, apesar de ainda não conseguir erguer-me nas pernas. O certo é que nunca caí, para espanto de todos.

Umas recordações levam a outras. Agora lembrei-me do carro do ti Nácio. Não podia transportar muita gente no banco de trás por causa dos maços de jornais que colocava por cima da roda e que impediam quem se sentava junto à janela de queimar o rabo. A fricção das rodas na carroçaria fazia a chapa escaldar. O carro do ti Nácio era uma caixinha de surpresas: um velho *Ford T* cheio de engenhocas que ele inventara. Havia uns cordelinhos ligados à ignição que ele desatava para pôr o carro a trabalhar e voltava a atar quando parava. Não tinha limpa-para-brisas e o tio construiu um, uma escova acoplada a um motor que guardava religiosamente no porta-luvas e montava de cada vez que chovia. Nessa altura sacava daquela geringonça, saía do carro, aparafusava-a ao vidro exterior e depois ainda tinha de passar o cabo de alimentação por um pequeno buraco na carroçaria, tudo isto à chuva. Quando voltava para dentro, claro, já estava pingando. O tio guiava com o nariz praticamente colado ao vidro e quem ia ao lado é que lhe dizia os sinais com que se ia cruzando.

Eu tenho de ir com atenção à estrada, vocês, que vão aí sem fazer nada, é que têm de me dizer os sinais de trânsito!

Estava sempre a pensar em novas maquinetas estrambólicas. Houve um ano, no Carnaval (lembro-me porque estávamos todos mascarados), que resolveu improvisar uma sessão de cinema doméstica. Trouxe para casa umas caixas cheias de películas velhas que arranjou nos caixotes do lixo do Bernardim Ribeiro e esteve uma semana a cortar os pedacinhos que não estavam deteriorados e a colá-los com fita-cola. Entretanto já tinha construído um projetor com peças de automóvel e sabe-se lá que mais. A família em peso foi assistir à projeção. Sentamo-nos na casa de jantar dos meus avós, encostamos a mesa à parede e dispusemos filas de cadeiras de uma ponta à outra. Depois de ligada, a máquina fez uns estalidos esquisitos, as imagens começaram a passar, mas logo a seguir começou a deitar fumo e incendiou-se. Pusemo-nos todos aos gritos, tropeçando nas saias compridas e nos sapatos demasiado grandes, enquanto fugíamos e a sala se enchia de fumo.

O tio tinha o hábito de comer de costas para a televisão e via tudo através do grande espelho da sala. A televisão era uma novidade e não se podia perder pitada, de modo que estava sempre a refilar conosco, por nos pormos à frente do reflexo. Mas, quando não estávamos à frente do reflexo, estávamos à frente da televisão propriamente dita.

Às vezes, durante os almoços de família, era cada estopada, porque insistia em explicar-nos o funcionamento dos motores de turbina, uma das suas obsessões. Estava sempre a falar de partes de automóveis e do seu funcionamento. De tal maneira que, desde miúdo (uns cinco ou seis anos), a mecânica deixou de ter segredos para mim. Desconfio que era o único a ouvi-lo com atenção; os meus primos e o meu irmão trocavam olhares de enfado quando ele não estava a ver.

Havia lá em casa uma maquineta com uns botões esquisitos e uns mostradores de agulha que ele construiu e nunca ninguém soube para que servia. O ti Nácio chamava-lhe *a galena* e afiançava que iria pô-lo em comunicação com o resto do mundo. Acho que nunca funcionou e deve ter ficado esquecida em alguma gaveta. Se é que não foi parar ao lixo.

Eu adorava ir à casa do ti Nácio. Ficava num prédio de dois andares na rua da Mancebia, com uma porta metálica verde. Hoje a tinta já está descascada, comida pela ferrugem, mas ainda me lembro daquela porta novinha em folha, com o vidro fosco impecável. Estava sempre aberta. Encostada, mas aberta. Pesava muito e eu tinha de fazer um esforço enorme para a abrir, apoiando as mãos no puxador amarelo e empurrando-a com o corpo todo. Depois dirigia-me à porta rés do chão direito e bastava-me soltar o trinco. O Carlitos, o meu primo preferido, recebia-me com entusiasmo e então íamos os dois tocar à campainha do esquerdo. Não sei por quê, era a única porta fechada naquele prédio. O Carlitos dizia que o ti Nácio tinha medo dos ladrões. A ti Aurora acolhia-nos sorridente, mandava-nos sentar à mesa e dava-nos fatias de pão com marmelada e canecas de leite quente, em que mal tocávamos. A nossa cegueira era ir para o quintal, onde o primo Paulinho brincava com um ouriço-cacheiro. O ouriço só desfazia a bola de espinhos quando apanhava um banho de água fria, e o Paulinho passava as tardes a dar-lhe mangueiradas. À conta disso, o ouriço andava sempre constipado e a espirrar.

O ti Nácio trabalhava na secção de peças da oficina. Acho que era daí que lhe vinha o gosto pelos engenhos e pelas invenções – ou talvez fosse ao contrário e esse interesse o tivesse conduzido àquela profissão. A oficina era o nosso lugar favorito.

Cheirava a óleo e a ferro queimado, e saíamos de lá todos enfarruscados, com as mãos, a roupa e a cara negras como o carvão. As nossas mães detestavam aquilo e sempre que aparecíamos nessa figura era castigo certo e sabido.

Uma das nossas brincadeiras preferidas era andar no cesto de ferro que transportava as alfaias. Estava ligado a um guincho e a um motor que o fazia deslizar numa viga, para aí a uns dez metros de altura. Para nós, o baloiço ideal. Ainda hoje não sei como nunca caímos dali abaixo.

O pessoal da oficina fartava-se de gozar com os aprendizes que por lá passavam. Mandavam-nos ir buscar a pedra de amolar martelos à do Galileu Sim-Sim, que já sabia da história e estava à espera dos pobres coitados com uma caixa pesadíssima cheia de pedras lá dentro. Lá vinha o desgraçado do aprendiz arrastando aquele peso e depois, na oficina, tinha de abrir a caixa em frente de uma plateia que ria descaradamente. Nós também ríamos, se calhava lá estarmos.

Conosco também gozavam, pois. Mandavam-nos limalhas para o cabelo e depois diziam: *Vai cortar o cabelo, pá!* Aquela porcaria pegava-se e era bem difícil de tirar. A minha mãe ficava desesperada. Mas às vezes vingávamo-nos. Quando os apanhávamos na casa de banho, enfiávamos uma mangueira com a pressão no máximo pela abertura junto ao chão e fugíamos rindo que nem doidos. Nunca nos apanharam: era impossível sair dali encharcado e com as calças na mão.

Começo a rir, um riso rouco que se quebra de encontro às paredes nuas com um eco surdo. Tão estranho. Parecem as gargalhadas envergonhadas de outra pessoa – se me visse ao espelho, acho que não me reconheceria. Estremeço. Ainda não me olhei ao espelho desde que acordei do coma. Fecho os olhos e tento não pensar nisso. Contudo, vejo-me sem querer a levantar-me da cama devagar, os pés magros e ossudos, a pele branca como a de um cadáver. Vejo o meu corpo, este corpo que não é meu, a deslocar-se no espaço como se levitasse, saindo do quarto e atravessando um longo corredor cheio de sombras até chegar a uma porta fechada. Vejo a minha mão rodar a maçaneta, ouço o trinco disparar, sinto a porta deslocar-se. Entro numa casa de banho. À minha frente, num espelho imenso que ocupa toda a parede, está um rosto a olhar-me. O rosto de um estranho. Um estranho sentado numa cadeira de rodas. Não sou eu. Não posso ser eu.

Fecho os olhos com mais força. O riso morreu-me na garganta e no seu lugar ficou uma secura medonha. Quero alcançar a campainha e chamar alguém, tragam-me água, por favor. Contudo, o medo de encarar o espelho é maior. Não, não quero ver ninguém. Não quero que me vejam. E se tudo isto não passar de um engano? Se calhar não fui eu que levei o tiro. Talvez eu seja o outro, o que morreu. Disseram-me que houve um morto naquele dia. *Tiveste sorte,* acrescentaram. Sorte, calcula. Quem sabe não sou apenas alguém muito parecido com o tal Álvaro de quem falam. O que era eu. Daqui a pouco alguém vai dar pelo engano e acordarei finalmente deste pesadelo.

Se pudesse viver sem o corpo; se pudesse separar-me dele, divorciar-me; se pudesse gritar-lhe, *nunca mais te quero ver,* como um amante atraiçoado; se pudesse deixar de respirar; existir apenas na alma. Como é possível morrer um mundo inteiro? Nada, não somos nada, somos minúsculos, microscópicos, e pensamos que somos tudo, e julgamos que temos um lugar no mundo. O meu lugar foi ocupado, como no autocarro: avistamos um banco vazio e, quando fazemos menção de nos sentarmos, alguém se adiantou. E ficamos de pé, olhando o outro no nosso lugar. Não estou de pé, estou de rastos. Não consigo levantar-me. As pernas não me obedecem. Nada me pertence.

O corpo é tudo o que nos pertence. Só ele nos pode ser verdadeiramente roubado. Só dói realmente o que perdemos. E quando o perdemos para sempre.

Aos poucos, recordo os meus mortos. Os seus rostos imóveis. O primeiro cadáver que vi foi o do primo Luís. Tinha quinze anos e impressionou-me a imobilidade do seu corpo. Lembro-me de estar ali, na capela úmida, e escutar as suas gargalhadas nos meus ouvidos atordoados. Foi tão intenso que tive de vir cá fora apanhar ar. Sem ter dado conta, as lágrimas haviam-me inundado os olhos. Sentia as picadas do sal nas pálpebras como se me espetassem alfinetes entre as pestanas. O meu irmão deve ter dado por isso e veio atrás de mim. Acabei envolvido no abraço dele, chorando no seu ombro, sem vergonha nenhuma. Naquela altura chorar era uma vergonha. Aquela idade parva em que só choram os mariquinhas.

O primo Luís era ainda muito novo quando morreu. Geralmente espera-se que os mais velhos morram primeiro e, quando o destino troca as voltas à linha do tempo, é como se o mundo ficasse de pernas para o ar. Foi atropelado nas Portas dos Currais; ou melhor, esmagado contra a parede. Uma morte trágica que deixou toda a gente perplexa. Ainda por cima não se soube o que aconteceu, porque quem provocou o acidente pôs-se em fuga. Teve de ser um carro bastante grande, uma camioneta ou uma máquina agrícola. E o mais estranho é que passavam muito poucos carros ali e, quando passava algum, quem ia a pé tinha o cuidado de se encostar à parede oposta, para evitar o que acabou por suceder. Na altura, houve uns boatos sobre a natureza não acidental do caso, coisas que não entendi porque não se falava disso abertamente, menos ainda com um gaiato de quinze anos. Hoje, porém, estou quase certo de que o primo Luís se dedicava a atividades clandestinas. Mas não era só o primo Luís, caramba! A mulher dele, a prima Lídia, trazia livros da Tabaqueira forrados com um papel branco para não se ver o título; e também o ti Sandro, um dos fundadores do Cineclube que, com outras pessoas, teve um papel fundamental na mobilização cultural de Estremoz. É claro que era tudo feito na sombra, havia a censura, mas desconfio de que aquelas tertúlias que volta e meia se organizavam tinham propósitos políticos muito concretos. Eu próprio encontrei, no pequeno escritório da oficina, uma pasta cheia de papéis suspeitos que falavam de pessoas que estavam presas, de resistência, de luta e de aspirações de liberdade. Panfletos que referiam encontros em sítios desconhecidos designados por "casa da Xina" ou "cantinho do Zineu".

Acho que aquela morte foi um aviso para a família. Talvez tenha sido essa a causa da tão grande consternação de todos; consternação e medo, embora na altura eu não tenha dado pelo medo. Lembro-me das lágrimas correndo pelo rosto da prima Lídia e da sua imensa tristeza, uma tristeza que eu nunca vira nem sabia ser possível. Os filhos, o João Luís e a Maria da Luz, ainda eram crianças. A tia Mena tinha os olhos vermelhos e inchados. As crianças foram levadas para casa pela tia Flora que, com uma expressão infinitamente bondosa, chorava sem pudor. A Tina e a Engrácia acompanharam-na, levando também os filhos delas, querendo poupá-los ao espetáculo da morte. O primo Zé Eduardo, o mesmo que passa agora os dias à minha cabeceira, abraçava a irmã num gesto de infinita ternura.

É demasiado triste, esta imagem. Mais ainda porque evoca uma outra, de infinita alegria. Aquele dia feliz, dez anos antes. O casamento deles. Foi também o primeiro casamento de que tenho memória. Tinha então seis anos. A casa dos meus avós rompia pelas costuras, o soalho de madeira brilhando, a mesa da casa de jantar coberta de comida, o cheiro do ensopado de borrego, dos coentros na açorda, do lombo de porco assado. Havia ainda empadas, rissóis e croquetes, pastéis de massa tenra, enchidos, bolo de caramelo e leite-creme, arroz-doce, suspiros, nógado. O bolo de noiva sobressaía ao centro, uma sucessão de degraus brancos com um ar apetitoso e escorregadio.

Estou a ver o Luís – olhos castanhos, o cabelo penteado com brilhantina, o bigode escuro como uma sombra, o sorriso nervoso. Acende um charuto e, nesse gesto, crescem-lhe subitamente rugas ao canto dos lábios. O fumo é amarelo e adocicado. Engasga-se, tosse. Entre gargalhadas, o enorme charuto vai passando de mão em mão. O cheiro enjoativo pega-se às paredes, aos móveis, aos cortinados, à pele, aos cabelos, à garganta. Parece uma espécie de ritual. Eu e o Carlitos espiamos da porta sem coragem para nos aproximarmos. Invejamos e tememos aquele momento de intimidade masculina. Vejo o meu irmão pegar no charuto que já vai a meio, e ouço a minha mãe, vinda do corredor:

Mas que pouca-vergonha é esta, o menino a fumar?!

As vozes da ti Aurora, da tia Lúcia, da tia Rosa, da ti Clementina e da tia Flora misturadas na indignação da minha mãe:

Ó Maria, os gaiatos estão a fumar, olha agora para o que lhes deu! Ó Zé, tu não dizes nada?

Vejo o sorriso satisfeito do meu pai e dos meus tios.

Ó Maria, o rapaz vai casar-se, é só hoje, é dia de festa, deixa lá...

O eco das vozes femininas cantando ladainhas disfarçadas de impropérios:

Qual casar-se, quem se vai casar é o Luís, que já tem idade para ter juízo, agora o nosso Zezinho ainda é um menino!

(Despejo gargalhadas sobre a fronha úmida da almofada como se me livrasse do peso que ameaça esmagar-me o peito; vomito-as como se me libertasse de um veneno maligno: a alegria tem uma ferocidade avassaladora quando nos sentimos mortos.)

Já lá vem a Lídia! Vem lá a Lidinha! Ai, que linda que ela vem! Ai, olha lá a Mena, tão bem que está. Que lindo par.

A curiosidade fez-me ir espreitar. Lá estava ela saindo do carro do ti Justino, linda como eu nunca a tinha visto. A prima Lídia é uma princesa, murmurei para mim mesmo. Nisto, a tia Mena acercou-se dela, deu-lhe o braço e as duas voltaram-se para nós. A imagem que guardo desse momento parece uma fotografia.

Ela já lá vem, ela já lá vem!

Nestas ocasiões, as crianças enfiam-se em todo o lado, esgueiram-se por entre as pernas dos adultos, passam por baixo de cadeiras e mesas, se for caso disso. Eu e o Carlitos ficamos lado a lado, mesmo à frente de toda a gente, arrimados à mesinha com a toalha branca e o arranjo de flores, o livro do registo e uma caneta. Diante da mesa, o Luís, olhos brilhantes de expectativa. Uma multidão de bocas cansadas de tanto sorrir. As mãos e os cotovelos multiplicando-se em pantomimas. Segundos de silêncio inquieto, cheio de risinhos e palavras comidas pelo espanto. A porta. Todos os olhos na porta. E lá vem ela. A música começa a tocar. As notas do piano, afinadas numa melodia nupcial, saída dos dedos alucinados de uma mulher que tocava de olhos fechados. Era a professora Lucinda, que ensinava piano às meninas aos sábados de manhã na igreja. A Lídia vinha pelo braço do irmão e assim juntos, de repente, até pareciam os noivos. Mas o olhar dela estava lá à frente, no do Luís. Os dois olhares como espelhos refletindo-se um no outro. E as lágrimas, que eu naquela altura pensava só habitarem o choro, eram a voz do olhar.

Naquela altura conseguia escutar a voz de todos os olhares.

Crescemos, envelhecemos, e ficamos mais burros. Analfabetos.

Eu, aos vinte e quatro anos. A falar de envelhecimento.

Eu, aos vinte e quatro anos, sem nunca chegar a ter a idade do meu primo quando se casou. Nem aos vinte e cinco. Nem aos vinte e seis. Nunca.

Nunca terei idade para me casar.

Nunca mais.

Não sou nada. Não quero ser nada.

E o pior é que, dentro de mim, nenhum sonho. Nenhum mundo.

É isto a morte.

Mãe.

Ainda não chamei por ti. Ou talvez até o tenha feito, quem sabe. No meio do sono. Ou de algum pesadelo. É por ti que chamamos nos momentos de aflição.

Não tenho coragem, mãe.

Nem voz.

Não posso chamar-te, porque sei que virias. Virias, nem que tivesses de atravessar desertos e enfrentar guerras desumanas. Virias, porque o que te faz humana é a desumanidade do teu amor.

O amor das mães é maior do que qualquer moral, qualquer sentido, qualquer humanidade. O amor das mães habita essa fronteira de desumanidade que existe no mais profundo de nós. Mesmo os homens, que nunca serão mães, têm dentro de si a possibilidade desse amor que aglutina tudo. Que se alimenta de si mesmo. Que não tem pudor. Que mata e trucida, se for preciso. Que é obsceno. Que não tem medo de nada. Ou que tudo teme. O que é a mesma coisa.

Não posso chamar-te, mãe. Não posso oferecer-te esta dor que me corrói.

É isso que fazemos quando crianças. Mãe, caí. Mãe, aleijei-me. Mãe, dói-me a barriga. Mãe, bati com a cabeça. Mãe, dói tanto!

Dores, dores, dores. Não oferecemos senão dores.

E elas, as mães, recebem-nas, tomando-as nos braços de mansinho. E pronto. Já passou.

Não há remédio igual no mundo.

Só damos as dores a quem sabemos que não vai parti-las. A quem sabemos que as vai acarinhar no regaço e deixá-las ir.

Mas esta, mãe, não ta posso dar.

Não te posso dar a dor de um filho sem pernas.

Esta dor vai matar-te, mãe.

Abro os olhos.

A luz, recortada pelas frestas da persiana, continua escorrendo com a lentidão paciente de uma lâmina para dentro do meu olho esquerdo. Um pequeno lago de lágrimas na orelha. Estalidos de uma fogueira a arder.

Os sons do corpo não cessam. Incansáveis. Infernais. Se os ouvíssemos constantemente seríamos completamente surdos.

Neste momento estou surdo. E cego.

Ouço apenas os gritos das vítimas do terramoto que se abateu dentro de mim. Centenas de corpos chacinados. Muitos mortos. Outros tantos feridos. O sangue. As feridas. O cheiro. O cheiro do sangue e o zumbido das moscas enlouquecidas.

Fecho os olhos de novo. Escuro.

E então apareces, de repente. Vinda do nada.

Os teus olhos negros. O cabelo ao vento. O teu rosto.

Tinha dezoito anos quando entrei para a Escola de Belas-Artes. Arquitetura. Acabadinho de chegar a Lisboa, ainda ofuscado pela grande cidade, o barulho das luzes. O barulho das luzes!

Foste tu quem me falou nisso, algum tempo depois, quando ficamos amigos. Era o teu melhor amigo, dizias.

Era. Olha bem para mim. Falo no passado, como se tivesse morrido.

Íamos para tua casa, um grupo de amigos. Na maioria das vezes eram reuniões políticas. Falávamos, discutíamos, combinávamos ações para os próximos dias.

Não estava muito interessado na política. Estava mais interessado em ti.

Punhas sempre a música alta para podermos falar à vontade, sem sermos ouvidos. E depois gostavas daquele número. Desligavas o interruptor e dizias: *Reparem como a música se ouve melhor quando as luzes se apagam. A sério, não estou maluca, ouçam!*

E na escuridão a música soava como se alguém tivesse aumentado o volume do gira-discos. Era verdade. Toda a gente concordava. Tinhas uma teoria. As luzes produzem uma espécie de ruído, é por isso que não nos deixam ouvir bem. Quando se apagam cessa o ruído. Ríamos muito porque nessa altura já tinham rodado um ou dois charros e o que quer que disséssemos teria imensa graça.

Lembro-me da primeira vez que me atrevi a falar contigo.

Eu andava no primeiro ano, tu no terceiro. Vê bem a minha humilhação.

Estavas na sala de estudo, muito ocupada com um projeto qualquer. Espiei-te durante um tempo, de trás de uma estante. Tinha uma bola na garganta que me dificultava a respiração e, por mais que tentasse, não conseguia engolir.

Aproximei-me. Quando falei, as pernas tremiam-me.

Posso ajudar-te?

Olhaste para mim e senti-me desmaiar. Não disseste nada, voltando a ocupar-te com a papelada. Mais um segundo e teria sufocado. Depois do que me pareceu uma eternidade vi o sorriso aflorar-te os lábios, um dos teus melhores sorrisos, diga-se de passagem, e concedeste-me de novo um olhar. Onde cabia o mundo inteiro e as galáxias distantes.

Desculpa... Eu conheço-te?

Contrariamente às expectativas, mantive-me ali, sem desfalecer, e ainda consegui gracejar:

Bem, na verdade, não. Acho que te confundi com outra pessoa, desculpa. Mas já agora, sou o Álvaro.

E estendi-te a mão, que aceitaste, surpreendida, na tua. Ou talvez estivesses apenas a fazer pouco de mim.

Sim, parece-me que já me cruzei contigo por aí. Sou a Patrícia. Estou a acabar um trabalho para Resistência dos Materiais. Achas mesmo que me podes ajudar?

O sorriso não se te descolava dos lábios. Ainda por cima disseste que já esbarraras comigo, eu, que estava convencido de que nem deras pela minha existência miserável. Aquilo animou-me. Olhei para o monte de papéis espalhados na mesa e suspirei, derrotado. Arrisquei a última cartada, a mais ousada, sem grande esperança mas com um entusiasmo inesperado, como o condenado que assobia a sua música preferida a caminho da forca.

Acho que não percebo nada do assunto, disse-te, enquanto remexia nos papéis com um falso ar de entendimento, *infelizmente não posso ajudar-te. Mas em relação à resistência do teu estômago, posso dar-te uma ajuda.*

Não pararas de sorrir, como se estivesses a apreciar a minha figura triste, o que, por um lado, me encorajava e, por outro, me dava ganas de sair dali a correr. Porém, ao ouvir estas palavras, a tua expressão foi de puro espanto. Tinha, pelo menos, despertado a tua curiosidade. Um ponto a meu favor.

Abanaste a cabeça e soltaste uma pequena gargalhada. Os cabelos fizeram o ar estremecer em teu redor. Tive uma vontade incontrolável de te abraçar e beijar a boca, sem pudor.

Desculpa?

Senti vontade de rir, mas controlei-me.

Sim, acho que a resistência do teu estômago é invejável. Já estavas aqui quando eu cheguei e ainda não arredaste pé. Eu estou com uma fome de cão, tu não?

Desataste a rir. De súbito, todas as cabeças se voltaram na nossa direção, o que fez com que o sangue me subisse às faces. Merda. Detesto corar. Se tivesse um buraco onde me enfiar nunca mais me terias visto a sombra.

Isso quer dizer que andas a espiar-me?

A pergunta apanhou-me desprevenido. Ainda rias, de maneira que resolvi rir também e tentar parecer divertido.

Sabes, pagam-me bem...

O teu riso redobrou. Acabamos os dois rindo como se nos conhecêssemos há anos. Sentia-me tonto como se tivesse apanhado uma bebedeira. Estava bêbado de ti.

Isso é um convite?

O quê?

No meio das gargalhadas perdera o fio à meada e não entendi a tua pergunta. Rias cada vez mais, o que tanto podia ser bom sinal, como não. Ou me achavas um prato, ou um palhaço.

Não disseste que me podes ajudar? Então, pensei que me estavas a convidar para almoçar.

E tens toda a razão, era isso mesmo.

Agora, via-se, estavas deveras divertida.

Não era preciso tantos rodeios para me convidares para almoçar.

Fiz um trejeito forçado de autocomiseração e depois pisquei-te o olho. Acho que teve um bom efeito.

É que sou um gajo tímido, sabes...

O sorriso cresceu-te ainda mais. Levantaste-te e estendeste-me o braço fazendo com que, por pouco, não tivesse um ataque cardíaco.

Vamos, então?

Olhei-te sem fôlego. Baixei os olhos. A mesa estava vazia. Enquanto ríamos e trocávamos gracejos tinhas arrumado aquela papelada toda na pasta, que seguravas debaixo do outro braço, e eu nem dera por nada. Parecia que tinha sido um passe de mágica.

Fomos almoçar a um tasco no Bairro Alto onde passamos a tarde bebendo imperiais e fumando cigarros, no meio de conversas e ataques de riso. Rir, aliás, é o que sabemos fazer melhor. A partir desse dia ficamos amigos. Apresentaste-me a todos os teus amigos. No princípio, lembras-te?, dizias *é o meu espião*. O teu espião… Tinhas gostado da piada. As pessoas ficavam a olhar para nós sem compreender. Não dizíamos nada. Nunca ninguém soube por que raio dizias que era o teu espião e isso nos provocava sempre gargalhadas estrondosas. Era assim uma espécie de código secreto. Uma piada só nossa. Eu delirava. A nossa amizade deixou-me nas nuvens. Às vezes, para me conformar, achava que era ainda melhor do que ser teu namorado. Talvez se namorássemos as coisas não fossem tão especiais. Agora também nunca vou sabê-lo.

As tuas amigas começaram a fartar-se de mim. Algumas até se chatearam contigo. Diziam que não eras a mesma pessoa. Que já não tinhas tempo para elas e para os seus problemas. Que estavas sempre a falar de mim. Que as deixavas para vires comigo ao cinema ou me acompanhares a alguma exposição. Ficavas fula. Detestavas que te controlassem, detestavas cobranças, detestavas que te impusessem fosse o que fosse. *A amizade é um gesto espontâneo*, afirmavas. *Ninguém tem o direito de me dizer como devo conduzir as minhas amizades.* Dizias que te estavas a cagar para elas mas eu achava que, lá no fundo, era mentira. Claro, nunca te disse nada. Para mim era um prêmio. As tuas amigas com ciúmes de mim? Que podia eu querer mais? Não me atrevia a querer mais.

És o meu melhor amigo, costumavas dizer. Ainda dizes. E isso, supostamente, devia deixar-me feliz, mas foi sempre a minha cruz. Uma cruz que carrego com um sorriso estúpido nos lábios. O teu melhor amigo… Honra que dispenso, que sempre dispensei. Mas nunca reparaste, pois não? Ou melhor, se calhar até reparas, e nas minhas costas fazes troça de mim. Ou talvez não, e é mesmo verdadeira e genuína essa tua amizade. A amizade é o sentimento mais nobre que pode existir entre dois seres humanos. Já o disseste tantas vezes... Talvez seja um felizardo, então, por ser o alvo preferencial da tua amizade.

Ao melhor amigo conta-se tudo. Confessavas-me as tuas paixões e eu ouvia, resignado, espezinhado. Choravas no meu ombro e eu dava-te o ombro. Ter-te-ia dado a vida, se ma pedisses. Nunca pediste.

Algumas semanas depois desse nosso primeiro almoço, falaste-me de política. Mostraste-me os panfletos dobrados, escondidos no meio dos papéis, dentro da pasta que trazias todos os dias para a escola. Lembrei-me dos papéis escondidos nas gavetas da oficina dos tios mas não te contei nada. Fizeste-me prometer que iria à próxima reunião na tua casa. Disseste-me o dia e a hora com gravidade.

Não escrevas em lado nenhum, não fales disto a ninguém.

Não precisarias de me fazer jurar, ser-te-ia fiel até o fim da vida. Ainda procurei argumentar.

E não achas que isso é muito arriscado?

Olhaste-me pela primeira vez com desagrado. Arriscado? Claro que era arriscado, respondeste, sem esconder a irritação.

Sabes que há pessoas presas, Álvaro? Apenas por pensarem de maneira diferente? Por defenderem os ideais em que acreditam, por não se conformarem com esta situação?

Entusiasmaste-te. Discursaste em surdina, e notei-te os olhos brilhantes, quase molhados. Falaste da guerra no Ultramar, do absurdo que era.

O que é que achas que te vai acontecer quando acabares o curso, pá? Achas que escapas de ser carne para canhão? Estás enganado, meu caro, só ainda lá não estás, aos tiros no meio do mato, porque estás a estudar.

Falavas com paixão, tristeza, raiva, tudo ao mesmo tempo. Falaste da censura, dos presos políticos, das torturas. Falaste da Segunda Guerra e de Hitler. Dos ideais fascistas. Da revolução em Paris, das manifestações nas ruas, das cargas policiais.

E foram os estudantes, tudo começou com o movimento estudantil! Não percebes, pá? Temos um papel fundamental! Temos de nos unir, de lutar, de resistir! A censura boicota completamente as notícias, mas nós temos fontes seguras, sabemos o que está a acontecer. É um momento histórico único. E ninguém nos há-de parar! Por mais que façam, não vão conseguir!

Não sabia o que dizer. Nunca me interessara muito por política. Acho que a minha família me poupara, durante os anos anteriores, ao confronto com essas e outras realidades. Estremoz era uma cidade pequena. Sabia que as pessoas tinham medo. Via-se nos gestos, na maneira como olhavam para trás, por cima do ombro, quando andavam na rua; no modo como falavam às vezes, em surdina, como se temessem que as paredes tivessem ouvidos; naquele olhar que nunca estava seguro. Sabia que havia livros que não se podiam ler, aqueles livros de capas brancas que iam parar às estantes lá de casa; e muitos outros.

Deixei-te falar. Sentia-me ignorante e frágil. Tinhas um poder qualquer de me deixar sem palavras e sem capacidade de argumentar. Tinha vontade de aprender. De me entregar a ti de corpo e alma. E naquele momento compreendi que, se queria pertencer ao teu mundo, teria forçosamente de entrar nesse outro mundo que nem sequer me atraía por aí além, mas que começava a dizer-me qualquer coisa. Pelo menos o quanto era ignorante.

Passei a frequentar a tua casa e as reuniões no teu quarto, todas as quintas-feiras. Integrei-me facilmente no grupo e nas atividades diárias. Havia outros colegas que já conhecia, alguns até do meu ano. Passei a andar com panfletos escondidos na mala, entre os cadernos e a papelada habitual. Às vezes, à noite, saíamos num carro e íamos escrevendo nas paredes e nos muros com uma trincha, naquelas ruas mais escuras, nos becos, nos cantos onde algum candeeiro fora partido à pedrada. Frases curtas que, por vezes, ficavam a meio. *Abaixo a censura. Liberdade. Não queremos ser carne para canhão. Abaixo a ditadura. Canalhas fascistas.*

Emprestaste-me livros. Os primeiros, nunca mais me vou esquecer, eram três, a trilogia "Subterrâneos da liberdade", do Jorge Amado. *Ásperos tempos, Agonia da noite* e *A luz no túnel.* Li-os até me arderem os olhos. Chorei. Pouco a pouco, qualquer coisa dentro de mim emitia um eco muito tênue. Descobri emoções que desconhecia naquelas páginas. Senti na pele a angústia daquelas personagens; o medo, a raiva, a revolta, a coragem.

Foi então que julguei entender o mistério sinistro que existia em redor da morte do primo Luís. Também ele participara em reuniões clandestinas como eu. E, provavelmente, muitas outras pessoas da minha família de que eu nunca suspeitara. Apetecia-me perguntar à minha mãe, ao meu pai, ao meu irmão, mas tinha medo. Nunca disse a ninguém o que andava a fazer. Tinha medo por eles. Também tinha medo por mim, mas era diferente. Comigo podia bem. Fora eu que me metera naquilo e estava disposto a sofrer as consequências. Para falar a verdade, não pensava muito nas consequências. Andava animado por uma espécie de frenesim e teria dado a minha vida àquela causa se fosse preciso. No fundo, teria dado a minha vida por ti, Patrícia. Foi isso que nunca viste e que nem eu próprio via. Estava cego.

Entretanto, outros dramas iam acontecendo. O meu irmão teve de fugir para a Bélgica para escapar à recruta. Começara por estudar pintura, depois mudara para arquitetura e agora estava em *design.* Já esgotara todos os pedidos de adiamento possíveis e não havia como não ser chamado. Naquela altura, em 1973, a recruta significava ser enviado para a guerra. Partiram numa madrugada fria e chuvosa, a calçada suja refletindo a luz mortiça dos candeeiros, ele e a namorada, acompanhados de três colegas, todos do mesmo ano de curso. Dividíamos um quarto num primeiro andar do Bairro Azul. Os outros três ocupavam os outros dois quartos da casa. A namorada não morava conosco, apesar de dormir lá quase todas as noites.

Fiquei a ver o carro afastar-se, engolido pela neblina, apoiado no varandim, que era de pedra e estava negro da chuva. Nunca soube como conseguiram atravessar a fronteira sem levantar suspeitas. Quatro dias depois tive de informar o senhorio e os meus pais, fazendo-me de parvo, dizendo apenas que dera pela falta deles e não fazia a mínima ideia do que acontecera. Consegui enganar o senhorio, mas não os meus pais. Apareceram-me lá em casa no dia seguinte e não descansaram enquanto não me arrancaram a verdade. No entanto, eu próprio desconhecia os pormenores da fuga. Passada uma semana, recebemos um breve telegrama do meu irmão dizendo que estava bem. Não revelava mais nada, mas foi o bastante para aliviar a angústia da minha mãe.

O primo Zé Eduardo acabou por não conseguir escapar à tropa e, terminado o curso, lá seguiu para Angola. Toda a família ficou em sobressalto. Mesmo sendo médico, o futuro era um sinistro ponto de interrogação: numa guerra nunca se sabe onde começa e acaba o campo de batalha. Lembro-me desses tempos com pouca nitidez. O curso dos acontecimentos parecia ter escapado à lógica da razão e movia-se por atalhos sinuosos onde apenas nos acompanhava o bater descompassado do coração.

O cerco apertava. Muitos camaradas foram presos. Esperava a qualquer momento que me acontecesse o mesmo, ou a ti. Não conseguia pensar com clareza nessa possibilidade nem parar de pensar nela. O medo, às vezes, quase me paralisava. Contudo, a par dele, havia qualquer coisa parecida com coragem que me empurrava para a frente. Se tivesse sido razoável, ter-me-ia afastado. Mas não era coerência o que me arrastava. Nem sequer coragem. Era o frenesim da paixão que ainda sinto por ti. Só a força de uma paixão nos pode dar a energia necessária para nos dedicarmos a alguma coisa de forma tão intensa e obstinada. No teu caso, o amor à própria causa é bem evidente, mas não no meu. Durante muito tempo, contudo, enganei-me a mim próprio. Convenci-me de que me apaixonara pela luta e pela revolução. Sentia a opressão na carne. A vontade de sair à rua e gritar. De quebrar as regras, abalar as estruturas daquele regime podre e caduco. Quando mais um camarada era preso, era como se fosse uma parte de mim a ser encarcerada. Às tantas, todo eu me sentia preso. Imaginava os interrogatórios, as torturas, e sentia uma pontada no peito misturar-se com uma raiva surda. Queria pegar em armas e disparar contra os pides e todos os bufos que nos espiavam. Queria vingança e sangue. Tinha medo. Imaginava que o próximo seria eu, e tinha muito medo. Ao mesmo tempo, quase desejava aquele destino cruel. Ser torturado, espancado, morrer às mãos daquela escumalha. Transformar-me num herói, pelo menos aos teus olhos. Se morresse na prisão amar-me-ias até o fim dos tempos. Claro que tudo isto eram delírios de um puto. Sempre fui pela paz. Não, a revolução em si não me atrai. O que me atraía nela era essa força misteriosa que me atrai em ti – essa vida que vibra em cada célula do teu corpo, que confundi com a multidão.

O ano de 1973 foi uma espécie de furacão. Os acontecimentos sucediam-se à velocidade da luz. O tempo dilatava e encolhia. Alguns meses pareciam muitos anos. O estudo ressentiu-se. Faltávamos às aulas. Quando íamos, não prestávamos atenção. Só consegui fazer duas cadeiras em julho. Em setembro, fiz outras duas e chumbei numa. Uma desgraça.

Por essa altura, conhecemos o Zé Ribeiro e a Lúcia. Descobriste a Ulmeiro numa das tuas caminhadas matinais. Na verdade, aquele passeio foi mais uma busca, pois um dos camaradas falara-te da livraria. Não sabias bem onde ficava a avenida do Uruguai mas lá conseguiste dar com ela, numa manhã de sábado. Quando te encontraste comigo, na segunda, estavas animadíssima.

Tens de lá ir comigo, Álvaro. Bem, tantos livros! Marx e Engels! Nietzsche. Proust. Reich. Até Freud encontrei! Uma treta qualquer sobre os instintos. A obra completa do Eça. Espera, e os brasileiros! Além do Jorge Amado, Ubaldo Ribeiro, Guimarães Rosa, Machado de Assis, Clarice, tu já leste a Clarice? Sim, há malta que não gosta dela, que acha que é uma puta de uma burguesa, mas essas coisas a mim entram-me por um ouvido e saem-me por outro! A mulher escreve como se pintasse, com os sentidos todos! Tens de ler, pá, eu empresto-te. Bem, havias de ver, alguns livros estão dentro de uma salamandra! É incrível a quantidade que cabe lá dentro, fiquei parva, o tipo parecia um mágico a tirar coelhos da cartola! Temos de lá ir os dois. Vais gostar de conhecê-los. Um casal muito porreiro. E o pessoal que lá para também.

A paixão na tua voz. Foram os olhos dessa paixão que me encantaram. Através deles, o mundo é muito mais belo. É essa beleza que eu quero. Quero? Sim, ainda quero. Ainda te amo. E essa certeza, gelada, acerta-me no coração como um tiro. Estremeço. Como se só agora acordasse. Como se despertasse subitamente para a consciência do meu corpo. Ainda te amo e já não te posso amar. Nunca mais te poderei amar.

A visão dos teus olhos é demasiado dolorosa.

Não há lágrimas possíveis para a chorar. Os meus olhos estão secos.

"Meus olhos secos como pedras e minhas duas mãos quebradas."

Era (e é) um dos teus poemas preferidos.

Agora até consigo esboçar um sorriso.

Sempre foste melhor amante da literatura do que dos ideais revolucionários.

Ou deveria antes dizer que o picante dos ideais revolucionários não te impediu de saboreares adequadamente o tempero da boa literatura. E, dentro do mundo da literatura e da poesia, és especialmente romântica. Pena que o não sejas fora dos livros. Comigo, pelo menos.

Já estou a delirar. Não ligues.

Fecha-me os olhos como se estivesse morto. Meu amor.

Nunca te chamarei meu amor. Nunca sentirei os teus lábios nos meus. Nunca farei amor contigo.

Na verdade, nem sei se algum dia voltarei a fazer amor.

E esse pormenor é, neste momento, o que menos me aflige.

Como se o sexo, inerte, insensível, dormente, tivesse deixado de existir.

É um paradoxo. Estou preso dentro do meu corpo mas não sinto o meu corpo.

A prisão onde me encontro não existe.

E, no entanto, prende-me.

Os teus olhos enormes, assustados. Um grito escapando-se da tua boca nessa manhã em que me bateste à porta, o som interminável da campainha misturando-se com o cheiro do sonho na almofada, que abraçava imaginando o teu corpo. Abri a porta estremunhado e a tua voz bateu-me na cara. Parecia que acabara o mundo.

Prenderam o Zé Ribeiro!

Quis fazer perguntas mas a tua urgência era maior do que as minhas interrogações. Entraste pela casa dentro, passaste a porta do quarto e escancaraste as janelas, invadindo de luz o meu recanto solitário e o sonho ainda úmido na cama – o teu corpo nu desenhado nas rugas da fronha, na curva dos lençóis. Nessa manhã violaste-me a intimidade e nem deste por nada. Agarraste na minha roupa, pendurada numa cadeira, e atiraste-ma para cima, o fecho das calças batendo no chão – o ruído metálico, seco.

Anda, veste-te, depressa!

Empurraste-me para a casa de banho sem cerimônias, como se conhecesses todos os cantos da casa. E talvez conhecesses. Talvez os cantos da minha casa fossem os teus.

Vesti-me ainda ensonado, lavei a cara com água fria, escovei os dentes. Tinha um sabor amargo na boca e perguntava-me se sentirias o meu mau hálito. Do outro lado da porta, a tua voz e os nós dos dedos em pancadas desesperadas não me davam tempo sequer para passar o pente nos cabelos. Se a minha mãe me visse naquela figura...

Anda, estás óptimo! Despacha-te, por amor de Deus!

Devias estar mesmo aflita para falares de Deus. Gostavas de afirmar aos quatro ventos a tua descrença em Deus. E eu, claro, adorava ouvir-te.

No caminho, quase correndo para te acompanhar, foste desdobrando frases soltas que tornaram ainda mais opaco o meu entendimento. Nada a fazer; geralmente, depois de me levantar da cama, demoro pelo menos uma boa meia hora a acordar.

Os gajos foram lá, os filhos da puta! E também levaram livros. Prenderam o Zé e o rapaz que lá trabalha, o Jorge. A Lúcia tinha ido ao médico com o puto, já viste isto? Se lá estivesse, tinha ido também. Não posso acreditar numa coisa destas! Filhos da puta!

As pernas doíam-me. Provavelmente, não chegara a acordar e o som da campainha ecoara no meu sonho, no qual me encontrava agora, incrédulo e atordoado.

Filhos da puta! Deve ter havido uma denúncia! Bufos de merda!

Depois de uma eternidade correndo atrás de ti (correria atrás de ti pela eternidade), chegamos. Lembro-me dos prédios altos. A porta, ao lado da montra, dá para um salão fundo, rodeado de estantes com livros. Muitos livros. O sol espreitava por entre as silhuetas dos prédios e batia no vidro. A luz espartilhava-se de encontro às arestas dos móveis e aos grãos de pó que dançavam no ar. Havia uma nota de alegria nos raios de sol que contrastava com o peso do silêncio. Os livros, de repente, pareciam pesar toneladas. A voz da mulher atrás do balcão também.

A Lúcia está lá em baixo, murmurou quando nos viu. Tinha o cabelo preto, escorrido, colado à cara, e fumava um cigarro, nervosa. A voz entrecortada pelas lágrimas. Tu sorriste-lhe e ela retribuiu-te o sorriso numa troca que prescindia de palavras. Percebi nesse momento que já eras da casa. Descemos umas escadas estreitas, alcatifadas a vermelho-escuro, e entramos numa cave com a mesma área do andar de cima. Aqui as estantes não estavam alinhadas e encostadas à parede; ocupavam o espaço todo, criando recantos e várias salas contíguas, onde, mais uma vez, os livros imperavam.

Livros e mais livros. Nas prateleiras, no chão, amontoados ao acaso, em cima de cadeiras e bancos. A desarrumação era indescritível, como se tivesse passado por ali um tornado. Apeteceu-me mergulhar nos seus enredos, para fugir aos olhares do pequeno grupo que ali se encontrava, uns de pé, outros sentados nos poucos bancos que havia sem livros em cima. Uma das mulheres, de olhos molhados, levantou-se da cadeira quando te viu e estendeu-te os braços. Apertaste-a nos teus e adivinhei-te os olhos fechados nas suas costas, as lágrimas querendo saltar e tu engolindo a torrente. Fiquei por isso surpreso ao ver o teu rosto inundado, quando por fim se soltou do abraço. Fizeste-lhe festas na cara como se a conhecesses há muito tempo, como se ela fosse tua irmã ou alguém tão próximo como uma irmã. Fiquei sem saber para onde olhar. Vi-te cumprimentar toda a gente com um abraço, esquecida de mim; a outra mulher, uns anos mais velha, e os dois rapazes, deviam ser mais ou menos da nossa idade. Percebi que ninguém dera por mim e por isso detive-me a olhar os títulos nas lombadas, com a estranha sensação de me ter tornado invisível. Falavam em surdina e depressa deixei de os ouvir. Quando dei por mim estava numa espécie de pequena divisão formada por duas paredes e uma estante. Havia uma mesa encostada ao canto, a abarrotar de livros forrados a papel branco. O pó fazia-me comichão na garganta. Ao lado da mesa estava um homem com idade para ser nosso pai, atarefado a tirar as capas dos livros, ler os títulos e empilhá-los nas cadeiras. Olhou para mim com olhos pequenos e sorridentes. O bigode ocultava-lhe completamente o lábio superior e era grisalho. A cabeça calva, e os poucos cabelos que lhe despontavam por cima das orelhas, quase todos brancos.

Viva!

A voz era jovial. Deve ter adivinhado o meu acanhamento e aquela sensação estúpida de não saber o que dizer.

Queres dar-me uma ajuda?

Sorri, sem responder, mas ele não parecia estar à espera de resposta porque continuou a falar enquanto colocava os livros sobre as pilhas, já de tal maneira altas que ameaçavam ruir.

Vieste com a Patrícia?

Acenei com a cabeça.

Deves ser o Álvaro. Acertei?

Voltei a acenar, esboçando um sorriso idiota. O homem estendera-me a mão, que apertei sem entusiasmo.

Muito prazer. Sou o Francisco. Ela fala muito em ti, acrescentou, piscando o olho numa cumplicidade que me deixou sem saber onde meter as mãos.

Somos... amigos, balbuciei, comprometido, como se deixar aquele homem pensar que éramos namorados fosse um crime imperdoável. Odiei o brilho de ironia que vi nos seus olhos; odiei-o também a ele, com todas as minhas forças. Depois apercebi-me de que eram as primeiras palavras que lhe dirigia; nem sequer respondera ao seu cumprimento. E, em vez disso, ali estava, embasbacado, com um desconforto cada vez maior na boca do estômago. Peguei num dos livros ao acaso e abri-o, fingindo-me interessado. No frontispício lia-se *Lectures de Racine* em letras grandes e o nome do autor, *Jean-Jacques Roubine.* Olhei as letras miudinhas ao fundo da página: *Armand Colin, 1971.*

O tipo não parecia reparar na minha falta de educação. Olhou para o livro que eu segurava e soltou uma exclamação de triunfo.

Não acredito, pá! Deixaram esse? Não devem ter conseguido perceber o título por ser em francês!

Soltou duas gargalhadas sonoras. Continuou como se falasse sozinho e, ao mesmo tempo, me incluísse na conversa.

Sabes que estes gajos desta vez exageraram, levaram para cima de mil livros. Mil! Acreditas?

Ao ver o espanto no meu olhar, o entusiasmo redobrou.

Mas são uns ignorantes, às vezes chego a ter pena deles, sabes? Umas bestas que nem sabem o que estão a fazer. Se um livro fala de amor sem casamento, proibido; logo, apreendido. Fala de Lenine ou de Estaline? A mesma coisa. E se não pode falar de Lenine nem de Estaline, também não pode falar de Racine!

Nova série de gargalhadas que desta vez acompanhei, sem saber ainda muito bem do que ria.

Levaram todos, remexeram tudo, olha para a bagunça que fizeram! Mas este deve ter-lhes escapado! Ah! Ah! Ah!

Ficamos na livraria até a noite. Só mais tarde percebi que um dos rapazes era o tal Jorge que também fora preso. Saíra nessa manhã, depois de uma noite interminável de interrogatórios e horas em estátua: imóvel e sem se poder sentar, por vezes com os braços levantados à altura dos ombros. Estava exausto, pálido, as olheiras tão fundas que pareciam desenhadas a carvão. Lembrei-me das caras negras dos meus primos depois de passarmos a tarde a brincar na oficina. O Zé Ribeiro foi libertado nessa tarde. Quando o vi, gostei logo dele. Mais dez anos do que eu, à vontade, e podia passar por um tipo da minha idade. O olhar vivo, os cabelos rebeldes, já a rarearem. Quando desceu as escadas e abraçou a Lúcia senti um nó na garganta; conseguia ver o amor que unia os dois. Olhei para ti e tinhas lágrimas nos olhos. Invejei-te por não teres vergonha de chorar no meio de desconhecidos, se bem que talvez fossem desconhecidos apenas para mim. O Zé tinha os olhos brilhantes mas sorria e a sua presença emanava uma tal calma e tranquilidade que o invejei sem pudor. Falou do dia e da noite horríveis que tinha passado com ironia.

Os tipos não sabem que já desenvolvi uma técnica de dormir em pé!

Devia estar esgotado, a precisar de se deitar e dormir pelo menos vinte horas de seguida; mas estava ali, bem-disposto, rindo, como se tivesse acabado de se levantar da cama ao fim de umas boas horas de sono. O rosto estava pálido e notavam-se as olheiras fundas, porém o brilho dos olhos engolia tudo. Aos poucos as lágrimas do resto do grupo foram dando lugar ao riso e a palavras animadas. Aqui está um tipo que chega e consegue transformar toda uma atmosfera, lembro-me de ter pensado. E ficamos a ouvi-lo contar histórias assombrosas, dessa e de outras vezes em que fora levado para interrogatórios. Podia escrever um livro, se quisesse. Tem aquele dom, raríssimo, de conseguir ver o lado melhor de tudo; de conseguir, mesmo na situação mais atroz, rir de si próprio e do que o rodeia.

No dia 25 de Abril de 1974 acordei às duas da tarde. Não te via há mais de duas semanas. Voltara a ir às aulas todos os dias e a levantar-me a horas de conseguir chegar à escola sem atrasos. Havia mais de um mês que não ia aos encontros na tua casa, nem à Ulmeiro. Tinha decidido esquecer-te e, para isso, precisava de te apagar da minha vida. Já não aguentava mais estar ao teu lado fingindo que nada se passava, que estava tudo bem, que éramos só amigos. Não éramos. Pelo menos, eu não era. Claro que tu não reparavas e, por isso, nem estranhaste a minha ausência. No início ainda insististe.

Então? Por que é que não apareceste ontem? Passa-se alguma coisa?

Aceitaste as minhas explicações atabalhoadas, *tenho de me dedicar mais aos estudos, os meus pais já andam a fazer perguntas, dizem que se não fizer as cadeiras que me faltam volto recambiado para Estremoz para trabalhar na oficina dos meus primos, enfim, acho que é melhor atinar um bocado, senão ainda vai dar merda.* Não fizeste nenhum comentário sarcástico acerca de quem devia decidir sobre a minha vida ou do facto de já não ter idade para ter medo do papá, o que agradeci, aliviado. Deixei de aparecer, deixaste de me procurar. Simples. O pior eram as saudades. A tua falta, como uma coisa física. Como se me faltasse um braço ou uma perna. Que ironia. Hoje sei que nunca podia sentir a tua falta como se de uma parte do corpo se tratasse. Naquela altura não sabia. Não podia saber.

Na véspera vira-te na escola. Abriste um sorriso enorme. Quase me abraçaste. Havia qualquer coisa diferente em ti. Uma alegria feroz.

Então, pá? Até pensei que já estivesses enterrado na oficina dos teus primos em Estremoz!

Engoli em seco. Disfarcei o mal-estar.

Ando a ver se subo as notas, pá...

Nem me ouviste.

Olha, hoje temos um encontro muito importante, devias vir. A sério, anda lá. É mesmo muito importante!

Olhavas-me com uma expressão intensa, como se me quisesses dizer algo com os olhos; algo que eu não queria ouvir. O tempo sem te ver de repente gelara no meu peito e doía. Duas semanas – o suficiente para esquecer a energia radiosa que te sai dos poros, o modo como o ar à tua volta se torna mais vivo só porque o respiras. Naquele segundo, naquele instante eterno, compreendi que nunca te esqueceria – continuaria a amar-te até o fim dos meus dias. Não, não queria saber do que de tão importante se ia passar na puta dessa reunião. Estava-me simplesmente a cagar. Quis dizer-to, num rasgo de fúria. Sem inventar desculpas – *não vou porque não me apetece.* Em vez disso, disse que sim, que lá estaria. Sorriste – quase senti a textura dos teus lábios na pele – e atiraste, *até as oito, então!,* enquanto desaparecias no meio das pessoas. Fiquei ali especado, olhando o vazio. Dissera aquilo apenas para te calar. Sabia que não iria e que se passariam de novo semanas até nos voltarmos a ver. E a consciência do tempo sem ti abateu-se sobre mim como um peso de séculos, uma eternidade de silêncio. Fiquei sem fôlego e tive de engolir as lágrimas, envergonhado.

Jantei na cantina e, quando me dirigia para casa, ainda sentia aquele nó na garganta, *vou, não vou, vou, não vou...* Decidi caminhar para resistir à tentação. Se fosse a pé nunca chegaria a horas. A tua casa ficava no labirinto de ruas junto da Maternidade Alfredo da Costa. Enquanto subia a Fontes Pereira de Melo o coração pulsava-me na boca. Já passavam vinte minutos das oito mas, se continuasse com aquela passada, ainda estaria lá a tempo. As reuniões nunca começavam a horas, eu sabia, e por essa altura ainda deviam estar a dar umas passas num charro. A vontade de te ver quase me arrastou na direção da tua rua, mas a minha determinação foi mais forte. No fundo, acho que gostava daquele jogo de forças comigo mesmo. O sofrimento dava-me algum prazer. Sentia-me grandioso. Cortei para a Antônio Augusto de Aguiar em passo firme e repeti para mim mesmo, *não, não vou!* Imaginei que podias ver-me naquele instante e quis mostrar-te a minha força. Olha como te ignoro! Quis que te sentisses menor na minha vida, que percebesses que não passavas de uma colega, que me estava a cagar para ti e para as tuas reuniões. Acenar-te com a minha indiferença, imaginar que sofrias. Que ao menos te interrogavas, *mas então ele não vem?* Era uma ideia agradável, um misto de vitória e desdém, pensar que me esperavas e eu sem mover um pé na tua direção. Porém, sabia que, provavelmente, nem darias pela minha falta; só no fim da noite, já de madrugada, quando te deitasses, te lembrarias distraidamente de mim, *olha, o Álvaro, afinal, não apareceu,* e adormecerias a pensar noutra coisa qualquer. Era essa a verdade, e era insuportável.

Subi a rua em passo lento como se carregasse aos ombros um fardo muito pesado. Cheguei a casa com o peito dorido. Rodei a chave na fechadura, e quando a escuridão me bateu na cara, deixei as lágrimas correrem. Estava em casa, podia chorar à vontade. Os outros rapazes nunca chegavam antes da meia-noite. Fui para o meu quarto, tirei o casaco e as botas e deitei-me vestido em cima da cama. Liguei o rádio baixinho e acendi um cigarro. O fumo misturou-se com as lágrimas e os soluços. Não conseguia parar de pensar em ti. Não conseguia dormir. A cabeça estalava. Fumei cigarro atrás de cigarro, até me arder a garganta. Não sei a que horas adormeci mas já devia passar da meia-noite porque ainda ouvi os outros chegar, os passos bêbados tropeçando no corredor e as portas batendo. Talvez tenha ouvido o E "Depois do adeus" ou a "Grândola", mas não consigo precisar. Tampouco me lembro de ouvir notícias. Não ouvi nada. Podia ter-me caído uma bomba em cima da cabeça.

Acordei por volta das duas com a cabeça a latejar e a boca seca. Fui até a cozinha e abri o frigorífico. Precisava de beber qualquer coisa que me tirasse aquele sabor a papel velho. Peguei num pacote de leite e bebi pela abertura. Depois arrastei-me até a casa de banho e enfiei-me debaixo do duche.

Saí para a rua sem saber para onde ir. Apetecia-me desaparecer da face da Terra. O vento na cara e alguns raios de sol acabaram por me animar. Resolvi dar um passeio a pé. Quando estou irritado, depois de uma longa caminhada consigo reconciliar-me com o mundo. Isso é uma das coisas que nunca mais poderei fazer. Andar. Andar. Andar.

Merda!

Não quero pensar nisto agora. Quero voltar àquele dia. Apesar da minha miséria, não sabia a sorte que tinha. Andar, deixar a mágoa para trás nas pedras da calçada.

Merda!

Desci o Parque Eduardo VII. Ver Lisboa de cima alegrava-me. Fui descendo e a perspectiva da cidade alterou-se. Quando olhamos as coisas de longe parece que não estão lá, que é a nossa imaginação que as fabrica. Quando nos aproximamos percebemos o nosso tamanho real e o do mundo à nossa volta. Porém, nessa tarde, a sensação de irrealidade mantinha-se. Já estava na avenida da Liberdade e parecia que estava noutro país. Havia gente a mais. Tanta gente. Mas não era só isso. Talvez o modo como as pessoas andavam. Algumas quase corriam. As pessoas não andavam habitualmente assim. Geralmente os passos eram curtos, os ombros curvados, os olhos pregados ao chão. Nesse dia, cada par de olhos com que me cruzava trazia um sorriso grandioso.

Parei. As pessoas. Eram quatro, cinco, seis, todas juntas. E riam e falavam alto. Não entendia o que diziam mas percebia que alguma coisa se passava. Parecia que tinha acordado noutro lugar. Há quanto tempo não via grupos de pessoas na rua? Algumas tinham lágrimas nos olhos, mas não choravam. Ou antes, choravam, mas os olhos e as bocas riam. Que raio se passava?

Continuei, quase a medo, temendo que o chão me fugisse debaixo dos pés ou que tudo se desmoronasse à minha frente. Às tantas dei por mim sorrindo também, sem saber o porquê.

Está tudo maluco? O mundo endoideceu?

Até podia ser. E que bem sabia a loucura do mundo!

Cheguei aos Restauradores e foi quando tive a certeza de que acontecera mesmo alguma coisa. A praça cheia. O ruído das vozes. Nisto, um homem, à minha frente, sorriu-me e abriu os braços.

Dê cá um abraço, rapaz!

Vi-me envolvido nos seus braços e senti as palmadas que me dava nas costas com a mão aberta.

Que se passa, afinal?, perguntei aturdido. O homem ria e tinha lágrimas nos olhos.

Há quanto tempo esperava por isto, amigo... Há quanto tempo esperava por um dia assim...

Não me ouvia. Acho que nem me via. Sentia que me encontrava no meio de um filme e era invisível. As pessoas andavam e fui andando com elas. No Rossio a confusão era ainda maior. A rua do Carmo estava quase intransitável. Subi por ali acima com o fôlego a morrer-me na boca, a multidão travando-me os passos.

Desconhecia a força que me empurrava. Algo, porém, tomara conta de mim; algo impossível de avaliar, sequer de conceber. Algo fantástico.

Quando cheguei ao cimo da rua do Carmo a multidão irrompeu aos gritos e vi, atônito, um enorme carro de combate assomar por entre os braços e as cabeças à minha frente. Fiquei parado, extasiado, olhando a fila de tanques blindados que passava, o rosto dos homens fardados, as armas que seguravam nas mãos e o modo como sorriam e acenavam. Ao meu lado algumas pessoas abraçavam-se enquanto gritavam, choravam e riam, tudo ao mesmo tempo.

Fui atrás da coluna. Subi a rua Garrett avançando no meio do caudal humano. A distância, vi os blindados virarem para o largo do Carmo e segui-os, lentamente, como se remasse contra a corrente de um rio poderoso. Não dei pelo tempo a passar. Sentia a cabeça à roda. Pensava que teria havido um levantamento militar.

No largo a confusão era indescritível. Havia pessoas penduradas nas árvores, nos candeeiros, na fonte no meio da praça, nos parapeitos das janelas, em todo o lado. Os gritos e as palavras de ordem martelavam-me o cérebro. A multidão parecia unida numa descarga eléctrica permanente. Cravos vermelhos nas mãos. Cravos vermelhos nas fardas dos militares. Um burburinho constante e, cortando esse ruído de fundo, uma voz, desafiando a lei da gravidade, amplificada pela potência de um megafone, pedia calma e anunciava aos quatro ventos que o Movimento das Forças Armadas estava empenhado em que não se fizesse uso da violência.

É imperativo evitar o derramamento de sangue!

Uma voz de comando, altiva e determinada.

Atenção, Quartel do Carmo! O mensageiro deve sair imediatamente, ou então o quartel será destruído!

Os gritos da multidão abafam tudo e, por momentos, não se ouve mais nada. De onde estou não consigo ver o que se passa lá à frente, junto à porta do quartel. Vejo as pessoas empoleiradas nas árvores, debruçadas das janelas, penduradas nos candeeiros e nos postes de eletricidade. Fico momentaneamente surdo. Daí a pouco ouve-se de novo a voz ordenando uma rajada para a varanda no topo do edifício. Os gritos aumentam e cessam subitamente. Tiros. Os pombos pousados no alto dos edifícios e das arcadas levantam voo, o ruído das asas abafado pela barulheira infernal. Com os tiros voltam os gritos. Generaliza-se uma onda de pânico e de movimento descontrolado. Sou empurrado por vários corpos, por sua vez empurrados por outros. Procuro equilibrar-me. As pessoas esbarram umas nas outras mas não param de sorrir.

Desculpe, amigo. Ai, desculpe, camarada.

Os encontrões acabam em abraços. Uma mulher cai ao chão, outra abeira-se dela.

Dê cá o braço, comadre, levante-se!

Outras pessoas ajudam-na. A mulher tem as faces coradas.

Já estou em pé! Isto agora não há quem me derrube!

Risos. Rio-me também. Estou ali e faço parte daquele grupo de gente; porém, ao mesmo tempo, é como se assistisse a tudo através da lente de uma máquina fotográfica.

Solicita-se rendição imediata!

A voz não perde sonoridade nem determinação. Nem calma. Não há ponta de nervosismo naquela voz. Fico a pensar nisto durante um bocado, mas não há espaço para pensar. Ouvem-se mais tiros. De súbito o som dos tiros é algo familiar que se espera com a ansiedade a borbulhar no peito. A voz, impassível, autoritária:

Atenção, devem sair com a bandeira branca e as mãos no ar, sem armas!

O ar está carregado da fúria das vozes. Sinto no pescoço o hálito morno de muitas bocas. Um arrepio percorre-me as costas.

Não queremos sangue! Vamos fazer fogo do carro de combate que vai destruir o edifício!

Ainda mais gritos. Asas assustadas no ar. Sinto-me tonto.

Atenção, Quartel do Carmo, vão entrar dois delegados!

Tenho dificuldade em seguir o que se passa. À minha volta fala tudo ao mesmo tempo.

Parece que chegou alguém!

As pessoas continuam a gritar palavras de ordem. Perco o fio ao tempo. Não sei se estou ali há minutos, se há horas. As pernas doem-me. Procuro sentar-me nos degraus de uma porta atrás de mim. Fico num segundo rodeado de pernas. Volto a ser criança e a olhar o mundo de baixo. Fecho os olhos. Ouço o som das vozes em redor. As gargalhadas.

Lembro-me como se estivesse a acontecer agora.

Fiquei ali horas e pareceram-me minutos. Às tantas, uma mulher ofereceu-me uma caneca de vinho tinto, uma fatia de broa e outra de queijo de cabra. Aceitei com um sorriso. Ela distribuía fatias de broa e queijo e estendia a mesma caneca de vinho a toda a gente, que voltava depois a encher.

A certa altura a multidão aglomerou-se diante da entrada do quartel. Havia pessoas penduradas nas colunas dos arcos, nas guaritas das sentinelas. Gritava-se vitória. *Liberdade.* O capitão apareceu à janela e pediu às pessoas que se afastassem a fim de deixarem passar o carro que ia sair levando o Presidente do Conselho. As vozes à minha volta chamavam-lhe cagarolas.

Borrou-se de medo, foi o que foi!

Outras exigiam-lhe a morte.

Deviam era enfiar-lhe um tiro nos cornos!

Uma onda de assobios encheu o ar. Pus-me em bicos de pés. Não via nada. Mais tarde soube que naquele momento passava o carro onde seguiam os membros do governo que se haviam refugiado durante toda a tarde entre as paredes maciças do Quartel do Carmo.

Foi então que te vi, os cabelos ao vento, o sorriso luminoso. Trazias um cravo atrás da orelha e o contraste do vermelho com o negro dos teus cabelos agitava no ar uma beleza inesperada.

Fiquei sem reação. No meio de toda aquela confusão não me lembrara de procurar ninguém. Estava noutro planeta e noutro planeta não procuramos pessoas conhecidas. As minhas pernas começaram a mover-se na tua direção. Estavas no meio do grupo habitual. Amigos que frequentavam as reuniões em tua casa e o pessoal da Ulmeiro. Quando me viram fizeram uma festa. Abraçamo-nos como se não nos víssemos há muito tempo. E era verdade. Tinha sido noutro século que nos encontráramos pela última vez.

Deste-me o abraço mais apertado de sempre. Não me perguntaste por que não fora a tua casa na véspera. Em vez disso sussurraste-me ao ouvido, muito baixinho:

Senti a tua falta, ontem. Não sabia o que te tinha acontecido. Afinal, estás aqui!

Sorriste e beijaste-me a face. Estavas linda.

Vão libertar os presos em Caxias... O Rui, o Pedro... Nós vamos para lá. Queres vir?

Não queria ir, mas acenei com a cabeça. Não queria assistir ao teu reencontro com o Rui, o teu namorado. Tinha sido preso havia cinco ou seis meses.

À porta da prisão de Caxias a confusão era infernal. Vozes cantavam a "Grândola, Vila Morena" e gritavam *Viva a liberdade* e *O povo unido jamais será vencido.* Os presos iam saindo. Batiam-se palmas. Havia abraços demorados, quentes. Lágrimas nos olhos. Nos meus também. Sentia que também estava à espera de alguém que passara os últimos meses ou anos ali encerrado na mais nefasta das masmorras. Na pior das torturas. E finalmente estava livre. Ou talvez não. Talvez estivesse condenado para sempre.

Vi o abraço que deste ao Rui, o beijo interminável. Fiquei ali, indiferente ao frio que me ia na alma. Abracei-o também, com muitas palmadas nas costas, e ao Pedro, e ao Ricardo, outros amigos que estavam presos. Cada um deles conhecia mais gente lá dentro de maneira que ficamos ainda umas quantas horas, sempre à espera de mais alguém. Lá para o fim fazíamos coro com as canções, completamente desafinados.

Uma das miúdas que saíra da prisão e que estava com o nosso grupo olhava em volta, incapaz de esconder a ansiedade.

Estás à procura de alguém? Dos teus pais?

Abanou a cabeça.

Do meu namorado, sussurrou. Baixou os olhos e, quando os ergueu, olhou-me com intensidade. Eu estava desfeito, e abracei-a. Segurei-lhe o rosto nas mãos. Os olhos eram belos, castanhos, leais, como na canção.

É preciso ser muito burro para deixar uma rapariga linda como tu à espera. Azar o dele!

As palavras saíram-me da boca como se não fossem minhas. E, sem pensar no que fazia, beijei-lhe os lábios que tremiam. Demoradamente.

Tu e o Rui desapareceram e não voltei a ver-vos durante muitos meses. A irmã daquela rapariga misteriosa acabou por chegar. Era mais velha uns dez anos, à vontade. Muito magra, quase esquelética. Abraçaram-se em silêncio.

Esta é a minha irmã Maria, sussurrou a moça, enquanto a irmã me fuzilava com o olhar e eu me dava conta de que não sabia o nome da miúda, nem ela o meu.

Ele... ele é amigo do Fernando, murmurou, sem ousar encarar-me enquanto inventava aquela história descabida. Calculei que o Fernando fosse o tal namorado que não a viera esperar e que não devia cair nas graças da irmã, a avaliar pelos olhares que me dirigia.

Vamos embora, anda, ordenou à irmã, lançando-me novo dardo, certeiro como um tiro. Aquilo estava a incomodar-me.

Espera.

A rapariga travou-lhe o gesto e perguntou-me se eu tinha uma caneta. Por acaso, tinha uma esferográfica no bolso da camisa e estendi-lha. Agarrou-me na palma da mão com uma urgência furiosa e escrevinhou qualquer coisa em gestos desconcertados que quase me arrancaram uma gargalhada, por causa das cócegas.

É o meu número de telefone. Se souberes alguma coisa do Fernando, diz-me, por favor.

Olhou-me como se me pedisse perdão e suplicasse qualquer coisa ao mesmo tempo. Depois desapareceu, engolida pelas cabeças em volta, ao lado do esqueleto ambulante da irmã.

Regressei a Lisboa no carro do Zé Ribeiro e da Lúcia. Deixaram-me no cruzamento da Antônio Augusto de Aguiar com a Marquês de Fronteira. Já passava das três da manhã e ainda se via gente na rua, grupos de pessoas que cantavam e falavam alto, a maioria já a cair de bêbada.

Vais muito esmorecido, camarada, disse uma voz nasalada que me acertou no pescoço, seguida de um coro de gargalhadas.

É verdade, pá... Hoje quem anda assim enfiado são os fachos!

A estas palavras seguiu-se um coro de assobios. Apressei o passo, assustado e atordoado. À medida que me afastava, continuava a ouvi-los.

Fascista, menino do papá! Levanta a cabeça, facho dum cabrão!

Estúpidos, pensei com os meus botões. Que cambada de idiotas. O povo unido podia ser também muito estúpido.

Ainda nas escadas ouvi tocar o telefone. Sobressaltei-me; quem seria àquela hora? Só podia ter acontecido alguma desgraça. Abri a porta em alvoroço e corri até alcançar o telefone. Era a voz do meu pai, que mudou imediatamente de tom quando me ouviu. Estavam aflitos. Disseram-me que tinham morrido quatro pessoas à porta da sede da PIDE. Tinham ouvido na rádio. E viera um batalhão de Estremoz! Só naquele momento me apercebi da verdadeira dimensão do que acontecera.

Nós amanhã vamos para aí. Não saias à rua, filho, por favor. Ouve as notícias, faz o que disserem, está bem?

Lá os sosseguei como pude e fui dormir. Por minha vontade, teria dormido o resto da vida.

No dia seguinte os meus pais chegaram. Uma semana depois regressou o meu irmão da Bélgica com a mulher e a filha de nove meses que entretanto nascera. O Zé Eduardo também acabou por voltar. Tenho memória de várias almoçaradas em casa dos meus avós e na casa da tia Mena, já todos juntos. Os dias seguintes ao 25 de Abril foram uma verdadeira febre. Lembro-me do Primeiro de Maio desse ano. Uma multidão como nunca se vira.

Decidira tirar-te da cabeça de uma vez por todas. Logo que tive oportunidade, marquei aquele número de telefone escrito na mão. Tive de fazer três tentativas porque um dos números entretanto se apagara e só acertei à terceira. A voz que me atendeu era inconfundível. Encontramo-nos nesse mesmo dia. O nome dela era Marta. Não era tão bonita como tu nem muito inteligente e não sei bem o que me atraiu. Possivelmente aquele vazio que se alojava no seu olhar e que adivinhava igual ao meu. Quando nos beijamos no meio de uma algazarra de gritos de *Viva a liberdade!*, *Abaixo o fascismo!* e *O povo unido jamais será vencido!*, senti o sangue ferver nas veias. Perdia-me no calor daquela boca e perguntava-me como era possível aquela rapariga franzina ser tão quente por dentro. Não queria saber de revoluções para nada. Queria beber a água daquela boca até o fundo, até perder o fôlego. Via as frases pintadas nas paredes sujas, *A virgindade provoca o cancro vacina-te!*, e ficava a pensar que tinha de tomar a minha dose de imunidade. Já não tinha idade para ser virgem, porra! Tinha passado tempo demais preso a quem não devia, era o que era!

Na tarde em que subimos ao último andar de uma escadaria íngreme num prédio de Alfama que Marta partilhava com a irmã, decidi que daquele dia não passava. Estava aterrado. Ela convidara-me a ir lá, acrescentando que a irmã não estava. Os olhos estavam diferentes. Aliás, não eram só os olhos, toda ela se transformara. Se calhar era imaginação minha, mas os dias que passáramos juntos de mãos dadas pelas ruas, beijando-nos com ardor, tinham provocado uma lenta mudança na sua fisionomia. Já não parecia a rapariga perdida e assustada que eu conhecera à saída da prisão. Parecia uma mulher. Estava mais bonita. Sei lá!

O andar era acanhado. Marta conduziu-me até o quarto e sentamo-nos na cama, um em frente do outro. A janela dava para um emaranhado de telhados, e lá muito ao fundo, apertado entre as telhas, um pedaço de rio misturava-se com o céu e entrava pelo quarto num assombro de azul.

Eu estava nervoso. Resolvi beijá-la porque sabia que o seu beijo me incendiaria as veias e que só assim era possível esquecer-me do que estava a acontecer. E foi assim, com o sangue em ebulição, que fizemos amor pela primeira vez. Ela entregou-se com uma paixão avassaladora. Beijava-me e eu sentia que não era só a mim que beijava; era também à vida, a vida de que tínhamos sede e se consumia nas nossas bocas. A sua pele ardia e ao mesmo tempo era fresca como as águas do rio. Não tenho vergonha de dizer que foi ela quem me conduziu; eu não tinha qualquer experiência. O máximo que fizera fora apalpar o peito da minha segunda namorada, uma menina redondinha que andava comigo na Secundária em Estremoz, pondo-lhe a mão por baixo da camisola, num dia de calor insuportável, quando estávamos aos beijos no jardim. Mas nem me atrevera a desapertar-lhe o *soutien*.

Receava que Marta percebesse que eu era virgem mas rapidamente deixei de pensar nisso. Deixei de pensar, envolvido no fogo que nos ardia nos braços e arrancava gritos da boca.

Passamos muitos dias e muitas noites dentro daquele quarto, como loucos. O esqueleto ambulante teve de se acostumar à minha presença, apesar de nunca me ter dirigido mais do que secos monossílabos.

Ela estudava Engenharia. A irmã trabalhava num restaurante no Martim Moniz. Havia algures no Norte uma tia que lhes mandava dinheiro todos os meses. A mãe morrera uns anos antes com um cancro e nunca tinham chegado a conhecer o pai.

Namoramos quase um ano. Um dia mostrou-me a fotografia do tal Fernando, o namorado anterior. Um rapaz de sobrancelhas grossas, bigode elegante, com ar de Frank Sinatra. Contou-me que ele morrera no Tarrafal, mas só soubera um mês depois do 25 de Abril.

Mas por que é que não me contaste nada?, indaguei, talvez um pouco magoado.

Estou a contar-te agora.

Tinha lágrimas nos olhos. Amara-o em silêncio até aquele dia. Mas agora já podia contar-me, porque sentia que, finalmente, o tinha enterrado.

Sabes o que custa enterrar alguém que amas?, perguntou numa voz sumida. Olhou-me de frente e nunca vou esquecer aquele olhar. O olhar de uma mulher.

Desculpa, Álvaro. Acho que sabes por que te peço desculpa. Foi por tua causa que consegui esquecê-lo. Se não fosses tu, nunca teria conseguido. Agradeço-te do fundo do coração. Nunca te vou esquecer. Nunca. Mas acho que já não faz sentido. E seria um erro. Tu mereces melhor do que alguém que apenas te ama para poder enterrar os seus mortos...

Quando dei por mim também tinha lágrimas nos olhos. E percebi, incrédulo, que estava a ouvir-me a mim mesmo.

Também eu me envolvera com Marta para te esquecer. Fizera amor para que o cheiro dela, o sabor dela, apagasse o teu. Eras tu, ainda. Sempre tu. Durante todo aquele tempo acreditara que finalmente te esquecera. Que ingênuo!

Não fui capaz de lhe dizer. Terminamos a relação pouco depois. Ficamos amigos, não guardamos ressentimento um do outro. Voltei a envolver-me noutras relações semelhantes. Sempre para te esquecer. Convencido, *desta é que é, desta é que te enterro de vez.* Nunca aconteceu.

O teu namoro com o Rui foi sol de pouca dura. Quando te voltei a ver na escola, em outubro, já não andavas com ele. Os meses seguintes foram de grande atividade. Formamos a associação de estudantes, da qual chegaste a presidente. Querias-me contigo na lista mas consegui escapar-me para cargos de menor responsabilidade. Fugia de ti.

O tempo passou e eu sempre nisto. Às vezes acreditava que te esquecia. Depois via-te nas reuniões da associação e vinha aquele baque, aquele calor no peito, só de olhar-te. Queria amar com tanta fúria que me apaixonava por outras, mas depois percebia que ainda era de ti que gostava e era incapaz de continuar com a farsa. Nunca fui capaz de enganar ninguém. Deixava as namoradas, algumas lavadas em lágrimas, em nome da honestidade. Merda de honestidade!

Agora percebo que nunca me entreguei verdadeiramente a ninguém. E eis-me aqui, nesta cama, completamente derrotado, condenado a não amar ninguém. Nunca mais.

Antes de isto acontecer, voltamos a aproximar-nos. Tu entretanto acabaste o curso e trabalhas num *atelier* de arquitetura e *design.* Arranjaste-me um *part-time.* Estavam a precisar de uma mãozinha e é bom para o meu currículo. Às vezes não sei o que me deu para aceitar trabalhar no mesmo sítio que tu. Só podia estar louco.

Voltamos a conversar. Continuas a fazer-me confidências. Contaste-me que foste para a cama com uma gaja e não gostaste.

Aquilo não é para mim, pá!

Rias. Também me ri. Estranhamente, não senti ciúmes, até achei a ideia excitante. Voltamos a ser os velhos amigos que éramos. Ou que nunca fomos. Não sei. De vez em quando ainda vamos à Ulmeiro. Tu, aliás, nunca deixaste de lá ir, é como se fosses da família. Eu sou o filho desnaturado que partiu e agora regressa a casa.

Voltei a ter esperança? Não sei. Acho que não. Já me resignei à ideia de que não nascemos um para o outro. Se calhar nem existe essa treta de se nascer um para o outro. O amor deve ser mas é uma invenção de um gajo cínico e egoísta, determinado a divertir-se à custa do sofrimento alheio. Pronto, isto sou eu nos dias piores.

Nos dias melhores levanto-me da cama e espreguiço-me sem vontade. Procuro rir com as piadas que me contam. Tenho um grupo de amigos na escola e todas as sextas e sábados vamos para os copos. É verdade, afogo as minhas mágoas num copo. E resulta, pá.

Que estou para aqui a dizer? Isto era dantes, na minha outra vida! Agora já não tenho vida. É tudo uma névoa na minha cabeça. Dias, meses, anos, transformados em névoa.

Nem consigo lembrar-me do dia em que isto aconteceu...

(espera estou deitado na cama)

Sei que fui à manifestação e levei um tiro mas não me lembro de nada. Como se tivesse acontecido num sonho, num pesadelo.

O pesadelo de outra pessoa. Aquele não era eu. Não podia ser eu.

(vou matar-me e deixo-te uma carta a dizer que te amo e me matei por ti. que ridículo pá. alguém se mata por amor nos dias de hoje? deixa-te de merdas pá)

Lembro-me da tua indignação, *fachos dum cabrão, como é possível, só mesmo neste país, terem autorizado a manifestação daqueles fascistas de merda? Tu estás-me a ver isto?*

(é feriado. não está ninguém em casa. já ninguém se mata por amor? está bem. deixem-me em paz. serei o último)

A tua voz, cheia de luz e sombras. Um arco-íris sonoro.

(penso nas várias hipóteses. um tiro na cabeça. não tenho arma. atirar-me da janela. é um primeiro andar. quando muito parto uma perna. e borro-me de medo da dor. como é que se mata alguém que tem medo da dor meu maricas? com comprimidos como as meninas. vá. vai ao armário da casa de banho. está cheio deles)

Arrastaste-me contigo. Deixei-me ir. Já esquecera a vontade de morrer. A teu lado, qualquer vontade me abandona rapidamente. Desconfio de que qualquer raciocínio também.

(vou à casa de banho e abro a gaveta. merda só há aspirinas. vou ter de tomar todas que é para não falhar. pena não ter nenhum daqueles comprimidos para dormir da tia Lúcia)

Já lá estava gente. Gritos. Palavras de ordem. Alarido. As pessoas agitadas. Indignadas. Juntamo-nos a alguns colegas do *atelier*, outros da escola. Não éramos muitos, mas fazíamos barulho que chegasse.

(espera. o som da campainha. parece o grito de alguém que se afoga. podem rebentar com a campainha que os mortos não se levantam)

Vamos pela rua. Há bandeiras à nossa volta. Vozes. Vamos os dois, lado a lado. Fecho os olhos e imagino-nos assim. Sempre.

(a campainha não para. abro os olhos. já estou morto? afinal ainda nem me levantei da cama)

Seguimos no meio de uma pequena multidão que grita, *Fascismo nunca mais! 25 de Abril sempre! Contra a canalha fascista! O povo unido jamais será vencido!*

(estou a ver-me num filme. deitado na cama. vejo-me outra vez na casa de banho. os comprimidos na mão. o medo. não consigo. o grito da campainha)

Já não me lembro bem de quando ouvi alguém gritar, *a bófia, está ali a bófia!* Continuamos a andar. Senti alguma agitação. Vi o creme Nívea e as fardas. As pessoas gritaram com mais força: *O povo está com o MFA!*

(calou-se a campainha. silêncio. o silêncio perfeito para se morrer. espera. passos na escada. decididos. furiosos. pancadas na porta. a tua voz aos gritos. *abre a porta, Álvaro! eu sei que estás aí! os fascistas vão fazer uma manifestação, os nazis da merda! estás a ouvir? eu sei que estás aí, que a porteira disse que ainda não saíste hoje!*)

Vi as armas. O teu olhar alerta. E de repente aquela voz no megafone: *Dispersar! Ordem de dispersar!*

(mas que raio sabe a puta da porteira da minha vida? e tu? por que tinhas tu de vir acordar-me?)

Tiros. Disparos para o ar? As pessoas gritam. Correm em todas as direções. Senti a tua mão agarrar a minha. Lembro-me da força da tua mão. A pele suada. Um suor frio. Nervoso. Disso lembro-me.

(vai para o caralho. estou morto. podes gritar até perderes a voz. bater à porta até cair para o lado. podes até partir a porta. não me levanto daqui. estou morto. morto. ouviste?)

A tua mão na minha e o puxão que me deste; na atrapalhação corremos em direções opostas, parece-me, porque a seguir caí e não senti o impacto, não senti nada, talvez o tiro me tenha apanhado

(abro a porta onde gastas os punhos e a força dos braços como se não houvesse amanhã. estou morto estás a ver que estou morto? e cais-me nos braços. ironias da vida. eu. no dia da minha morte. amparando-te nos braços. poucas horas antes de morrer)

na queda. O som dos disparos. As pessoas à minha volta aos gritos. As expressões de horror. Vi tudo e estava parado no tempo. Parado no silêncio. As bocas abriam-se e não havia voz. As caras confundindo-se umas nas outras. Eu caído no chão. Só.

(parecias uma matraca com a manifestação dos cabrões dos nazis e do raio que os parta e eu morto morto morto como é que não viste que estava morto?)

O silêncio engoliu tudo. O silêncio tinha cor e era branco. Fechei os olhos e era negro.

(e então olhaste-me)

Morri.

(e disseste)

Não senti mais nada.

(Álvaro)

Fechei os olhos.

(olha para mim)

Abro-os agora.

(estás a chorar?)

Estou vivo, porra!

(limpaste-me as lágrimas com um gesto e abraçaste-me. só.)

Vivo!

Quarta voz

Estremoz, 3 de abril de 1974

TEATRO BERNARDIM RIBEIRO

ESTREMOZ

A's 21,5 horas

Sabado, 4 de Outubro de 1924

Grandioso Sarau Musical em que tomam parte o distincto tenor Ex.mo Sr. Tomaz Alcaide, a Ex.ma Familia Pereira e a Filarmonica Artistica Estremocense

PROGRAMA

1.ª Parte

FRA DIAVOLO - Ouverture - Auber, *pela Banda*

BOHÈME (1.º acto) - Che Gelida Manina - Puccini, *pelo tenor Sr. Tomaz Alcaide*

RAMAGE DES FLEURS - Solo de Flautim, *pela banda. Solista o Sr. Luciano Vermelho*

RIGOLETTO (Canzone) - La donna è mobile - Verdi, *pelo tenor Sr. Tomaz Alcaide*

THÄIS - Meditação - Massenet - Solo de Violino, *pelo professor Sr. Carlos Pereira*

2.ª Parte

SAGRA - Quadri Campestre - Fabri, *pela Banda*

DANZA D'ANITRA - Suite n.º 1 - Grieg - Orquestra, *por Pereira & Irmãos*

TOSCA (3.º acto) - Romanza - Puccini, *pelo tenor Sr. Tomaz Alcaide*

LARGO DE HANDEL - Orquestra, *por Pereira & Irmãos*

MADAME BUTTERFLY - Canto dos Marinheiros, *Regencia de Antonio Pereira, pelas educandas do Azilo Batista Rolo. A direcção desta casa de beneficencia acedeu obsequiosamente que as pequenas tomassem parte nesta festa.*

Este programa pode ser alterado por qualquer motivo imprevisto.

Tip. Terra Nossa - Estremoz

Desde que o meu Zé abalou para a guerra que têm sido estas fezes tão grandes. Uma tonteira na cabeça que mal me tenho em pé, uma zumbeira nos ouvidos que não me aguento. E depois esta agonia que nunca passa: não consigo comer senão caldos e mesmo assim fica aquele amargo na boca, uma ânsia subindo do estômago que até parece que me vêm as tripas à boca.

A minha Lídia é que me tem valido. Ela e a Maria, que é como se fosse minha irmã. Sem elas, não sei o que seria de mim. A Lídia às vezes até passa cá a noite para a Maria poder descansar. Apoquenta-me ser um estorvo. Ela tem a vida dela, os filhos para criar, e a vida já lhe deu desgostos que cheguem. Enviuvou há quatro anos, a pobrezita. Um desgosto tão grande, nem me quero lembrar. O Luís era como um filho para mim. Filho da minha prima Lúcia. A minha Lídia, coitadita, foi-se muito abaixo. Só eu sei o que passou, só eu sei. Portanto, não quero ser um estorvo. A Lídia precisa de refazer a vida dela. Durante muito tempo vi-a murchar como uma flor. Uma tristeza de dar dó. E que pode ser pior para uma mãe do que a tristeza de um filho? Por isso, de há uns tempos para cá, notei-lhe logo aquele brilho nos olhos. Fiz de conta que não dei por nada para não a envergonhar. É moça ainda, precisa de um homem ao seu lado, e o Armando é bom rapaz. Trabalha com ela na Tabaqueira, é filho dos Cravinho, gente boa. Há muito que eu reparava nos olhares que lançava à minha filha e não gostava. Mas a Lídia sempre foi muito séria. Agora é diferente, já não é uma mulher casada. E o mais importante é que está feliz. Ele até podia ser um pantomineiro, que, se fizesse a minha filha feliz, já lhe agradecia. Mas a minha Lídia nunca se embeiçaria por um pantomineiro.

Às vezes quer contar-me mas não sabe como. Tem medo de que eu reprove. Por isso faço de conta que não sei. É melhor assim: pensa que nem desconfio e afinal já estou morta de saber. Os filhos não sabem como a gente os conhece tão bem. E se calhar até é bom que não saibam.

Ainda me lembro de os pôr de castigo em gaiatos. Quando calhava, era uma tarde inteira a pão e água e depois iam direitinhos para a cama sem jantar. O que eles sofriam, coitaditos! Isto a gente chega a velha e o coração amolece. Hoje já não seria capaz de tais coisas. Mas naquela altura era assim. Depois a Maria levava-lhes pão com manteiga à cama. Pensavam que eu não via. A gente só não vê aquilo que não quer. Eu fingia era que não via! O meu coração ficava apertadinho só de pensar na fome que haviam de ter. Por isso ficava aliviada quando a Maria adivinhava o que me ia na alma sem ser preciso dizer-lhe nada e lhes levava qualquer coisita para comer. Sempre foi assim, a Maria. Às vezes parece que me lê os pensamentos. É muito duro educar os filhos sozinha, sem o apoio de um homem. Ao pai é que cabe o dever de castigar os filhos. E quando não há pai? Tinha de ser eu, mãe e pai ao mesmo tempo. E sabe Deus com que sacrifício. Ganas de os abraçar e de lhes desculpar as travessuras, mas sempre com aquela aflição, *então os gaiatos têm de aprender a comportar-se como deve ser, quem é que os vai ensinar?* Tinha de ser eu, pois.

O meu Zé deu-me muitas arrelias. Era gaiato, era o que era! Não levava jeito para os estudos e eu já não sabia o que lhe havia de fazer. Se não fosse o meu ti Mariano... Isto eu dizer que nunca tive o apoio de nenhum homem é mentira. Nunca tive marido, mas o meu ti Mariano foi um pai para mim. Devo-lhe tudo. Se não fosse ele, não sei o que teria sido de mim e dos meus filhos. Até o nome lhes deu. Até o nome.

Tantas arrelias me deu aquele gaiato... Um dia mudou e eu nem queria acreditar. Ainda me lembro de quando me disse que queria ser médico. Pensei que estava a mangar comigo. Então aquele mariola que não se chegava a um livro queria ser médico? Depois percebi que eu é que estava enganada. Havia muito que passava tardes inteiras fechado na biblioteca. E a ler sabe-se lá o quê! Ainda agora coro quando me lembro. Mas também me rio, assim para dentro, ah pois rio. Um dia fui dar com ele com um daqueles livros do meu ti Mariano nas mãos. Não sei onde os foi desencantar, nem nunca quis saber. Lembro-me de ser gaiata e de os ver na estante da sala, lá na outra casa. A cor da capa chama a atenção, é assim um verde que não é bem verde, quase azul. Parece que tem luz, aquela cor. Uma vez, eu mais a Maria abrimos um daqueles livros às escondidas. E o que a gente viu, até me dá vergonha! O pior foi quando nos apanharam. A minha ti Vitória ficou uma fera. Lembro-me de os ouvir discutir, a ela e ao ti Mariano, com o ouvido encostado à porta do meu quarto. A ti Vitória, ao contrário do que era habitual, falava tão alto que se ouvia no andar de cima.

Mas que poucas-vergonhas trazes tu cá para casa, um homem da tua condição? Onde foste arranjar isto? Ao menos leva-os daqui e guarda-os bem guardados! Isto é um perigo para as crianças, então não vês?

O ti Mariano resmungou qualquer coisa, e a verdade é que os livros desapareceram. Acho que os escondeu no quarto dele. Só voltei a vê-los quando nos mudamos para aqui, dentro dos caixotes. Deve ter sido a ti Vitória que os enfiou lá para cima, numa das prateleiras junto ao tecto. E lá ficaram.

Ora, um dia entro na biblioteca e dou com o meu Zé com um desses livros no colo, tão absorvido na leitura que nem deu por mim. Fiquei tão envergonhada que quis sair dali mas já era tarde. Ele levantou os olhos e corou. Já não era gaiato nenhum, teria uns quinze anos. Eu não me lembrava de nada para dizer; sabia que tinha de me zangar e lhe dar um castigo, mas não me saía um som da garganta. Aqueles livros têm um poder qualquer de me deixar a cabeça vazia. Talvez sejam as lembranças do que vi em criança e nunca mais esqueci: um homem e uma mulher todos nus! Ainda me sobe o calor à cara quando me lembro. O Zé olhou para mim e vi-lhe o medo nos olhos. E, pela primeira vez, o meu filho falou-me como um homem:

Desculpe, mamã. Não é o que está a pensar. Eu... Tenho andado a ler estes livros porque quero ser médico. E já aprendi muita coisa, nomes de doenças, coisas assim. Se quiser ponha-me de castigo, mamã, mas isso não vai mudar o meu desejo de ser médico.

Tinha fechado o livro. Estendi a mão e entregou-mo, envergonhado. Puxei a escada lateral do armário e subi os degraus para o pôr no lugar. Depois desci e encarei-o. Aquilo tinha-me dado tempo para pensar no que dizer.

Muito bem, meu rapaz. E quais são os teus planos para seguires essa tua vontade?

Não sei, mamã. Mas posso trabalhar. Para ajudar a pagar o colégio.

Os olhos brilhavam-lhe de medo e obstinação. Sorri para dentro. O meu filho, o meu gaiato que tantas arrelias me dera, estava um homem, finalmente.

Muito bem. Vou falar com o ti Carmelo...

Mamã, eu preferia a Tabaqueira, ou a loja do ti Eduardo...

Está bem. Amanhã falo com o Tó para saber se precisam de um ajudante. Quanto aos livros, quando começares os estudos, podes consultá-los. Até lá, é bom que fiquem onde estão. Entendido?

Não há meio de me livrar desta agonia. Há dois meses que não me levanto da cama. Nunca estive tão doente. O doutor Amaro receitou-me uns comprimidos, mas diz que não é nada de cuidado. A minha Lídia acha que são os nervos. Pode lá ser! Desconfio de que me querem poupar à verdade. Às vezes é uma dor, um aperto, como se tivesse um punhal cravado no coração. Sempre, sempre, com o pensamento no meu Zé. Sei lá se o volto a ver. Acho que não vou aguentar muito mais. O que me atormenta é que ele morra antes de mim. Tremo só de pensar nisso. Estou sempre à espera de uma notícia ruim.

Os meus netos também me têm valido. São muito meus amigos, benza-os Deus. O João Luís está cada vez mais alto, quase um homem. A Maria da Luz é a cara chapada da mãe, menos na cor dos olhos. Os olhos da minha Lídia são azuis, lindos.

Ai, aquele azul. Aqueles olhos.

Não me quero lembrar disto agora. Custa tanto...

Ainda era gaiata quando me encantei por aqueles olhos. Um azul como nunca vi. Parecia que tinham o céu inteiro lá dentro. Sonhava com eles. Via-os no escuro, antes de adormecer. Via-os em toda a parte, a toda a hora.

Eu não gostava nada de ir à missa. Durante os sermões era cá um aborrecimento! Dava-me tanto sono que às vezes quase se me fechavam os olhos. Então, para ver se acordava, punha-me a olhar para as colunas, para os vitrais, para as paredes de pedra. Um dia o meu olhar cruzou-se com eles por acaso, e sorriram-me. Fiquei encantada com aquele azul.

O rapaz era muito mais velho do que eu, mas naquela altura ainda tinha o corpo de um miúdo franzino e a voz aflautada de uma menina. Uma bela voz que cantava no coro. As missas deixaram logo de ser uma maçada. Punha-me a imaginar que lhe tocava a face com a ponta dos dedos. Ou lhe dava um beijo de irmã, na bochecha. Ou que ele me dava um beijo. Não sabia o que sentia, era uma gaiata.

A dada altura aquele corpo de menino transformou-se no de um homem. Foi de repente, quase de um dia para o outro. A voz mudou e perdeu aquele tom de anjo. Deixou de ser menino do coro e passou a ajudar o padre Júlio na missa. Atrevi-me então a encará-lo, e aqueles olhos queimaram-me. Sorriam-me, e o sorriso era ácido.

Fiquei enfeitiçada. Fui ficando moça e nunca olhei para outro rapaz. Era uma doença. Uma doença de que nunca me curei. Nunca me curei...

Aqueles olhos... Os olhos da minha Lídia...

Deus me perdoe, que nem sei se são dele os olhos dela. Nunca soube.

Tinha tanto medo. Medo de que toda a gente visse o grito daquele amor que me sufocava. Um amor que me matava por dentro. Todas as noites sonhava com ele. Uma loucura que acabou por ser a minha perdição.

A minha felicidade era refém daqueles olhos.

Durante os anos em que ele foi para o seminário em Évora, julguei que morria. Chorei como uma viúva. Prometi que não entregaria o meu coração a mais ninguém, que o amaria até morrer.

Ai, os anos da mocidade...

Voltou quando o padre Júlio morreu, para lhe ocupar o lugar. Nessa altura já devia ter quase trinta anos e eu vinte e poucos.

Estava diferente: fora-se embora rapaz e voltava um homem.

Fiquei louca. Sofrera tanto na sua ausência. Tinham acontecido tantas coisas: a morte da minha tia, a viagem do meu tio, tanta, tanta mágoa. O meu coração ficara um trapo. E agora parecia que voltava a bater. A respirar. Queria viver. Já bastava de dor e de morte.

A igreja estava velha e a precisar de obras. Então tivemos a ideia de fazer uma venda na Páscoa para juntar dinheiro. Éramos umas quantas raparigas fazendo bordados e rendas. A venda foi um sucesso e repetimo-la em outras épocas festivas.

Eu e ele nunca estávamos sozinhos, mas aqueles breves momentos em que trocávamos meia dúzia de palavras sobre a organização das festas, os dinheiros ou o andamento das confecções eram para mim o verdadeiro paraíso. Sem testemunhas, só mesmo durante a confissão: eu mal conseguia erguer os olhos, apesar de protegida pelo picotado de madeira que deixava entrever o brilho dos dele, subitamente escurecidos pelas sombras dos reposteiros carmins. Balbuciava meia dúzia de pecados com um nó na garganta e o coração aos saltos, receosa de que ele lhe ouvisse as batidas. Quando me calava e era a sua vez de falar, dando-me o sermão e a penitência, fazia-o num tom tão terno que a textura da sua voz era uma carícia e os padre-nossos e as ave-marias que me mandava rezar tinham o sabor de beijos.

Os andores das procissões estavam velhos. Os tecidos amarelos e desbotados. O do manto da Nossa Senhora também. Ofereci-me para o renovar. E um dia aconteceu, um momento qualquer em que ficamos sozinhos na sacristia: acercou-se de mim e beijou-me. Senti-lhe as mãos agarrarem-me os ombros, a dureza dos seus lábios descerrando os meus e a sua língua invadindo-me a boca. Assustei-me. Ansiara muitas vezes pelo toque dos seus lábios, mas nunca por aquilo. Sonhara com um beijo carinhoso e leve, não com uma língua mexendo-se como um réptil dentro da minha boca. Desembaracei-me a custo daquele abraço e fugi, apavorada. Jurei que não voltaria a acontecer.

Nessa noite, porém, a recordação do calor da sua boca não me deixou dormir. Acendeu-me formigueiros pelo corpo todo. Na distância, a sua saliva transformou-se em mel e a força das suas mãos num abraço dócil. Um tremor oculto e estranho dentro de mim. Aquele beijo despertou-me um furacão no peito. Não foi preciso muito para que ansiasse por outro com uma febre desconhecida.

A esse encontro sucederam-se outros, sempre roubados aos poucos minutos em que nos apanhávamos a sós na sacristia. Mais coisa menos coisa, eu sabia a que horas ele costumava estar sozinho e dava comigo arranjando desculpas para ir à igreja nesses momentos. Todavia, o mal-estar não passava, antes se avolumava. Um mal-estar que me revolvia as entranhas sempre que me agarrava com aquelas mãos de águia e me tirava o ar quase com violência. A minha boca chegava a doer. Acabava por me ir embora, jurando nunca mais voltar, mas depois o susto morria-me no peito e no seu lugar nascia uma ânsia medonha. Uma ânsia que não me deixava pensar, que me cegava, que me punha louca.

Uma vez, depois da confissão, segredou-me uma hora para voltar nessa tarde. Sete e meia. Fiquei aterrorizada. Não queria ir. Por outro lado, queria. Fui para casa como uma sonâmbula. Até a última repeti para mim mesma que não iria; até que por volta das sete e vinte e cinco, já com o meu tio sentado à mesa para começarmos a jantar, agarrei no saco da costura e balbuciei uma desculpa qualquer. Que tinha combinado com o senhor padre levar o manto de Nossa Senhora para o provar e acabara por me esquecer. Até podia esperar pelo dia seguinte, mas o senhor padre estava à minha espera, coitado. O ti Mariano ainda perguntou se não podia mandar a Maria, ao que atalhei que assim tirava logo as medidas e ficava o assunto arrumado. E saí disparada, não sem antes garantir que ainda voltaria a tempo de o acompanhar na sobremesa.

Tinha vinte e cinco anos. Lembro-me como se fosse hoje. Os passos trôpegos a caminho da igreja. Queria voltar para trás, para o conforto da casa de jantar, mas uma estranha força empurrava-me para a frente. Sentia-me desmaiar. Clarões de luz borravam-me a vista. Quando cheguei à porta da igreja tinha o coração na boca. Os batimentos podiam ouvir-se no pelourinho. O que vale é que não se via ninguém por ali àquela hora. Eram horas de jantar.

Empurrei a porta e ela deslocou-se devagar. Lá dentro a escuridão podia segurar-se nas mãos, enredada num silêncio fúnebre. Os meus passos ecoaram pelas paredes altas. A luz das velas tecia sombras fantasmagóricas nas colunas de pedra. Caminhei lentamente entre os bancos de madeira. A umidade afagava-me o rosto como o bafo de um animal assustado. O cheiro da cera dava-me náuseas.

Entrei na sacristia vazia. Uma luz morta coava-se pela pequena janela junto ao tecto e escorria pelas paredes numa neblina de cemitério. Só conseguia distinguir as silhuetas da pesada mesa de madeira escura, das três cadeiras à sua volta, dos quadros de grossas molduras. O silêncio absorvia o pouco ar respirável. Suspirei, pousando o saco da costura em cima da mesa, com um profundo alívio a invadir-me o peito. Já se tinha ido embora. Era melhor assim.

Foi então que senti algo colar-se às minhas costas como uma cobra, uns braços rodeando-me a cintura, uma língua encharcando-me o pescoço. Dei um pequeno grito enquanto uma descarga eléctrica me percorria de alto a baixo até me morrer no ventre. Ouvi-lhe a voz, *por que é que demoraste tanto?*, enquanto a sua língua se enfiava na minha boca sem cerimônia, impedindo-me de dizer fosse o que fosse. Mal lhe distinguia as feições na penumbra velada pela luz mortiça, e os meus sentidos excitaram-se quando me apercebi de que ele também não me podia ver. Sentia-me protegida, escondida.

Arrastou-me para a salinha anexa, um cubículo sem janelas atafulhado com os andores das procissões e inúmeras outras coisas indistinguíveis na escuridão e, usando a sua força, pegou em mim e obrigou-me a sentar em cima de qualquer coisa que pareciam caixotes empilhados, cheios de livros ou jornais velhos. Num segundo, estava colado a mim, entre as minhas pernas abertas, o seu ventre roçando o meu, mas não conseguia vê-lo. Soltei um grito quando toquei os seus ombros e me apercebi de que estavam nus. A boca continuava naquele frenesim medonho à volta do meu pescoço e a pressão fazia os pelos ralos da barba arderem-me no rosto. Enchia-me os ouvidos e a boca com aquele bafo de animal. Comecei a tremer. Sem que disso me apercebesse, arrancara-me o casaco, desapertara-me os botões da camisa e enfiara as mãos por baixo da minha combinação. As suas mãos escaldavam. Um formigueiro acendia-me as entranhas. Ele apertava-me os bicos do peito por cima do cetim do *soutien*. Quis gritar de protesto, dizer que parasse com aquilo, que estava a magoar-me, mas só conseguia suspirar. Os dedos espremiam-me os mamilos e comecei a sentir uma torrente de água morna nascer-me no ventre. Cravei-lhe as unhas nas costas nuas. Queria magoá-lo e ao mesmo tempo prendê-lo nos meus braços. Queria ouvi-lo gemer de dor. Senti-lhe as mãos descerem, urgentes, levantando-me as saias, puxando-me as ligas, lutando com o elástico da cinta, até me deixar exposta, nua, frágil. Não mexia um dedo para o ajudar, apenas esperava, como se lhe seguisse os gestos de fora do meu corpo. O ar frio no interior das coxas acariciou-me os pelos do sexo. Fiquei petrificada. Ele agarrou-me pelas nádegas com tal violência que soltei um grito de dor, o que o entusiasmou: puxou-me para si e senti uma dureza trespassando-me a carne, entrando-me no corpo como uma cobra, arrancando-me gemidos de pavor. Doía e a dor era quente e o calor abria aquela torrente que queimava e subia por mim até me morrer no peito.

Quando a tortura acabou, estava exausta e dorida. Parecia que se tinha aberto uma caverna de chagas no meu corpo. Ele saiu de cima de mim e escorreguei pela pilha de caixotes até o chão, onde, a tremer de frio e de vergonha, ajeitei as roupas.

Lágrimas escaldavam-me a face gelada. Saí quase correndo, sem sequer o olhar no meio daquela escuridão, deixando o saco da costura em cima da mesa. Só parei à porta de casa para respirar de novo. E então olhei para o relógio. Eram oito e um quarto.

Fiquei ali ainda um minuto, sem acreditar. Parecia que tinham passado muitas horas, talvez mesmo dias, anos, séculos. Olhei para baixo, para a roupa que envolvia o meu corpo, à procura de um sinal que denunciasse o que acontecera. Estava tudo no devido lugar. Menos eu.

Fui para o meu quarto. Não tinha coragem de aparecer na casa de jantar naquele estado. Doía-me a barriga, ou melhor, doía-me a alma. Tinha a alma partida. Despedaçada. O estômago, colado à boca. Só de pensar em comer vinham-me náuseas. O gosto da boca dele ainda na minha garganta.

A Maria bateu à porta. Entrou depois de me ouvir responder. Olhou para mim e adivinhou tudo. A Maria sempre foi a minha irmã.

Diz ao tio que estou doente. Que me sinto mal. Que tenho febre. Qualquer coisa, diz-lhe qualquer coisa!

Estava desesperada, as lágrimas prontas a inundarem-me os olhos. Ela chegou-se ao pé de mim e pôs-me a mão no ombro.

Digo, está descansada. Precisas de alguma coisa? Que foi que aconteceu?

Não digas nada... Deixa-me sozinha. Amanhã, amanhã conto-te tudo.

Mesmo assim, teimosa, só me deixou com a promessa de que eu tentaria beber um chá de camomila.

Para te acalmar, Mena.

Concordei, porque percebi que não ia desistir até que lhe obedecesse. É a minha irmãzinha, a Maria. Quando ninguém nos pode ouvir tratamo-nos por tu. Em crianças, chamava-me *menina* em frente de toda a gente. Hoje trata-me por *senhora* quando está mais alguém. Afinal, é apenas uma criada. Para os outros, claro.

Estava com medo de sair do quarto e esbarrar com o ti Mariano. Por isso meti-me dentro da cama vestida e apaguei a luz. Ele ainda veio à porta perguntar se não queria que chamasse o doutor Amaro.

Não é preciso, tio. É só uma má-disposição, alguma coisa que comi...

Só quando o ouvi fechar a porta do quarto e lhe ouvi o ressonar me atrevi a sair para ir à casa de banho. Precisava de me lavar. Sentia aquela umidade pegajosa entre as pernas. A saliva dele agarrada ao meu pescoço. Quando me despi, vi o sangue e assustei-me. Uma nódoa escura nas cuecas.

Naquela altura já não era nenhuma gaiata, mas não sabia nada da vida. O pouco que sabia ouvira-o à minha prima Lúcia. A Lúcia sempre foi a prima com quem me dei melhor. Temos a mesma idade.

Nasci na aldeia da Casa Branca a 19 de agosto de 1912. Quando tinha quatro anos a mãezinha adoeceu. Foi a gripe espanhola, uma doença ruim, muita gente morreu. Não me lembro dela. Para mim a minha mãe sempre foi a ti Rosário; fui viver com os meus tios logo que a mãezinha adoeceu, pois não podia cuidar de mim naquele estado. Nessa altura vivíamos na Casa Branca. Os tios tinham três filhos, o Eduardo, que era o mais velho, a Maria da Lúcia e o Justino. Acho que a tia já estava à espera do Sandro, lembro-me da barriga grande como um balão, mas nessa altura as crianças não faziam perguntas. Foram tempos muito difíceis. Imagino o sacrifício que era alimentar mais uma criança. E o Sandro nasceu pouco depois da morte da mãezinha. Lembro-me do medo que todos tinham de que ele apanhasse a doença, da tia fechada num quarto com o bebê e de a gente só se poder chegar à porta. De estarmos sempre trancados em casa porque era perigoso andar na rua, podíamos ficar doentes. Lembro-me do choro que se ouvia lá fora, quando mais alguém morria. Quem nos valeu foi a irmã do ti Carmelo, a Francisca. Os homens trabalhavam o dia inteiro e ela é que cuidava de nós e da casa.

As minhas memórias começam aí, nesse tempo, como se os quatro anos anteriores não existissem e tivesse nascido ali, naquela família. O meu pai voltou a casar-se passados uns anos e nunca mais vivi com ele. Nunca nos demos bem. Depois que se casou ficou aquela distância. E os meus irmãos é como se fossem uns estranhos.

Eram tempos difíceis aqueles, oh se eram. Mas naquela terra toda a gente se ajudava. Todos tinham o seu bocadinho. Criavam-se galinhas, coelhos, recos, vacas, ovelhas. O que uns tinham de mais, os outros tinham de menos, e no fim cada um dava um poucochito do que era seu e acabávamos todos com o suficiente. As mulheres faziam o pão, ordenhavam as vacas, cuidavam dos animais, matavam as galinhas e recolhiam os ovos. De vez em quando havia uma matança e era uma festa, chegava para todos. Naquele tempo havia lá dinheiro, ninguém precisava disso. A vida era dura mas se calhar vivíamos melhor do que agora.

Aos sete anos fomos para a escola, eu mais a Lúcia. Era uma casinha modesta ao pé da igreja. Do outro lado da praça ficava a escola dos rapazes. Quem nos ensinava a ler e a contar era uma senhora já velhinha. Aprendi depressa. Foi nessa altura que o ti Mariano apareceu. Lembro-me de chegar um dia da escola e de o encontrar lá em casa, sentado num dos mochos ao pé da lareira. A ti Rosário disse-me para lhe dar um beijinho porque era meu padrinho. Obedeci a medo. Tratava-se de um homem alto, de ombros largos e olhar acutilante que parecia ver para dentro de mim. Tinha a gargalhada fácil e estrondosa, o que me assustou. A ti Rosário mandou-me ler umas palavras de uma folha do jornal que o tio trouxera consigo. Eu nunca vira um jornal na vida nem imaginava que pudesse haver tantas palavras juntas. O tio deu-me um beijo na testa depois da sessão de leitura.

Muito bem, cara linda.

Em setembro, depois de fazer oito anos, o ti Mariano veio buscar-me, a mim e ao Justino. Guardo uma lembrança muito triste desse dia. Éramos crianças e não percebíamos por que tínhamos de nos ir embora daquele lugar que tanto amávamos. Deixar a casa, os tios e, principalmente, a Lúcia foi um desgosto tremendo. Chorei o caminho todo, embalada pelo andar dos animais puxando o carro, até adormecer de cansaço. O meu primo Justino também deve ter sofrido muito, mas conteve as lágrimas. Só me lembro da carinha dele muito triste e dos olhos mudos de espanto. Chegamos a Estremoz já de noite.

O ti Mariano era solteiro e não tinha filhos. Vivia com a sua irmã Vitória, e eram ambos meus padrinhos. Ele sentia-se na obrigação de ajudar os sobrinhos, aliás, já tinha feito o mesmo com os meus tios, o Tó e o Zacarias, pouco depois de eles nascerem, porque naquela altura a minha avó não tinha condições de os criar. O ti Mariano tinha muito dinheiro e queria dar-nos uma vida melhor. Acabou por trazer o Justino, uma vez que a Lúcia era a única rapariga e, como tal, tinha de ficar para ajudar a mãe a cuidar da casa e dos irmãos mais novos. Entretanto, nascera outra menina uns meses antes, a Maria Aurora, e apesar de a ti Chica dar uma mão, havia sempre muito que fazer. O Eduardo ficou, pois era um grande apoio na oficina. O ti Carmelo era ferreiro e tinha uma pequena oficina ao lado de casa, onde fabricava peças e pequenas máquinas agrícolas.

A princípio estranhei muito. Se do ti Mariano tinha medo, da ti Vitória então tinha pavor. Era um pouco mais nova do que o irmão mas com um ar mais envelhecido. As rugas ao canto dos olhos e dos lábios eram fundas, e o olhar ainda mais penetrante. Tinha uma voz calma e arrastada e acho que era isso que me inquietava. Preferia as gargalhadas estrondosas do tio àquele murmúrio contido. A tia nunca levantava a voz, mantinha uma expressão impenetrável que nunca sabíamos o que queria dizer. Raramente a vi sorrir, ou rir, ou chorar. Era sempre aquele ar ausente e sisudo.

Na casa dos tios tinha um quarto só para mim, e o Justino também. Um quarto espaçoso como nunca vira. Na primeira manhã, quando acordei, nem percebi onde estava. Era tudo tão estranho e diferente... Na Casa Branca a maioria das casas tinha chão de terra batida. As paredes eram caiadas todos os anos, e não lisas e altas como aquelas. Nunca tinha visto janelas tão grandes. E a rua, lá fora... Parecia que estava noutro mundo.

Depois apareceu uma senhora gorda com cara de mãe. Gostei logo dela, tinha os mesmos modos carinhosos da ti Rosário. Sorria e falava comigo como se me conhecesse desde sempre. Disse que se chamava Rita e que tinha uma menina da minha idade. Levou-me para uma casa de banho enorme e meteu-me dentro da banheira de água quentinha. Eu tinha perdido a fala, abismada. Nunca pusera os olhos numa banheira, branca até fazer doer a vista. Tudo era branco naquela casa de banho. Havia umas coisas metálicas por onde saía a água quando a senhora Rita as girava. Parecia magia. As toalhas de linho estavam impecavelmente dobradas. Ela falava, falava, mas eu não a ouvia.

Depois de vestida e penteada, olhei-me ao espelho e não me reconheci. A senhora Rita trouxe-me para o andar de baixo, para um salão do tamanho de toda a casa da ti Rosário e do ti Carmelo, com uma lareira a um canto e uma mesa rectangular, enorme, do outro lado. Sentados à mesa, posta para o pequeno-almoço, já estavam o ti Mariano, a ti Vitória e o Justino que, tal como eu, se encontrava muito bem vestido, lavado e penteado.

Ora aqui está a nossa menina!, exclamou, triunfante, o ti Mariano. *Vem dar um beijinho a esta senhora. É a tua tia Vitória, e a partir de agora é como se fosse tua mãe.*

O ti Mariano tinha aquele sorriso bondoso, mas na cara da ti Vitória apenas havia a tal expressão indecifrável. Foi aí que comecei a perder o medo daquele homem enorme que ria alto, cada gargalhada fazendo estremecer os vidros das janelas. Dei um beijo na face da tia, que era dura e picava ligeiramente, e sentei-me no lugar que me indicaram, de olhos baixos.

O Justino e eu estávamos habituados a viver à solta. Na maior parte do tempo andávamos descalços, brincávamos na rua e trazíamos sempre os joelhos, a cara e as mãos sujos de terra. Os nossos brinquedos eram as pedrinhas do chão, as folhas das árvores, a água das poças, e aquelas figuras de cortiça que o ti Leandro, marido da ti Chica, nos fazia. Também ajudávamos os adultos: os rapazes iam com os homens para as courelas e as raparigas auxiliavam as mulheres na cozinha e na lida da casa. Acompanhávamos a ti Rosário a matar as galinhas e os coelhos, a apanhar os ovos e a dar milho às galinhas e, quando era a matança, era certo e sabido que lá estávamos, de olhos curiosos, a espreitar atrás de alguma árvore, eu sempre de mãos nos ouvidos porque não suportava os guinchos do pobre animal. Agora andava calçada e apertada dentro dos vestidos. Sentia falta do vento na cara e de poder rebolar-me no chão. À mesa não podíamos falar e tínhamos de pôr o guardanapo no colo, segurar nos talheres como deve ser e comer de boca fechada. Também não podíamos fazer barulho a beber água. O tio dizia que tínhamos de mastigar muito bem a comida e depois falava-nos de coisas complicadas, como a viagem que os alimentos faziam no interior do corpo, começando na boca, passando pelo estômago, intestinos, e acabando sempre com a tia, com cara de poucos amigos, a dizer: *Já chega, João, vê lá onde é que a conversa vai parar.*

Ao pequeno-almoço o tio bebia o leite em pequenos goles que depois mastigava, com movimentos lentos, e obrigava-nos a fazer o mesmo. Dizia que era bom para a digestão. Ainda hoje guardo o hábito de mastigar o leite por causa dele.

Aos poucos fui-me acostumando à minha nova vida. Aprendi que a tia não era má pessoa, apenas carrancuda. Era muito exigente quanto ao nosso comportamento e depressa aprendemos a corresponder ao que nos pedia e até a arrancar-lhe alguns elogios.

O ti Mariano tinha a dedicação de um pai, embora fosse um homem muito ocupado e passasse a maior parte do tempo fora de casa. O medo que sentira ao princípio rapidamente deu lugar a um imenso afecto. Continuava a chamar-me *cara linda* e a dar-me um beijo na testa todas as manhãs, e isso lá ia apagando as saudades que sentia da ti Rosário e do ti Carmelo.

Tínhamos um professor e uma professora que iam lá a casa todos os dias. Eram cerca de duas horas de lições de história, geografia, álgebra e caligrafia, isto além de sessões de leitura. Depois havia as aulas de lavores, nas quais aprendi a coser, tricotar, bordar e fazer renda. Finalmente, o piano, que era o meu maior sacrifício. Por mais que me esforçasse, não conseguia juntar mais do que dois ou três acordes desafinados.

A filha da senhora Rita, a Maria, depressa me conquistou. Era uma menina uns meses mais velha do que eu, com ar acanhado, o cabelo e os olhos muito pretos e a pele morena, que eu ao princípio mal conseguia encarar, mas logo comecei a seguir para todo o lado. Ela conhecia os segredos daquela casa, bem como as linhas que não podíamos atravessar. Começamos a dar-nos como duas irmãs. O que eu gostava de ir para a cozinha ajudá-la! Enquanto a senhora Rita se ocupava dos tachos e das panelas ao lume, a gente ia pelando batatas e cenouras, partindo ovos, descascando alhos, picando cebola. Chorávamos que nem umas madalenas e a seguir ríamos à gargalhada. Ali podia dar largas à emoção e rir sem medo de estar a fazer muito barulho. Foi assim, vendo a senhora Rita cozinhar, que aprendi quase tudo o que sei hoje. Posso dizer que foi ela a minha mestra. Antes também dava uma mãozinha à ti Rosário, mas era mais gaiata e não prestava tanta atenção.

Naquela altura, em 1920, Estremoz, ao contrário da Casa Branca, já era uma vila iluminada. Muitas casas já tinham instalação eléctrica. A fábrica que gerava eletricidade tinha sido inaugurada quatro anos antes pela sociedade Rosa & Serrão, pertencente ao senhor Jacinto Rosa e ao meu ti Mariano. O último nome do tio era Serrão, apesar de toda a gente o tratar pelo primeiro apelido.

A fábrica ficava ao fundo da rua dos Reguengos. Um edifício muito comprido, alto, com dois andares e janelas amplas rasgando a fachada. O que eu gostava de lá ir! O meu lugar de eleição era a casa dos motores. Havia também a sala dos moinhos e o sítio onde se fazia a pesagem da farinha, numa balança enorme. A maioria dos operários já me conhecia, e às vezes deixavam-me meter as mãos na farinha. Sempre que podia, acompanhava o tio nas suas idas e vindas. Ele não se importava, mas a ti Vitória não gostava. Achava que o meu lugar era em casa, a estudar, ou então a bordar e tocar piano.

Do que eu gostava mesmo era ir ao mercado com a senhora Rita e a Maria. De vez em quando a ti Vitória lá me autorizava. Acho que era o ti Mariano que a convencia: *Tens de perceber que esta criança cresceu no campo. Lá na Casa Branca eles andam à vontade o dia todo! Não podemos prendê-la sempre em casa.*

Ao que a tia respondia: *Sim, mas ela tem de aprender a comportar-se como uma moça. O lugar de uma moça de bem é em casa!*

E o tio: *Há tempo para isso, Vitória. Ela ainda é uma criança.*

Quando a senhora Rita ia comprar azeite, eu pedia sempre ao ti Mariano permissão para a acompanhar. Com o tempo aprendi a evitar pedir à tia fosse o que fosse. O lagar era escuro como uma gruta cavada na rocha, cheio de corredores compridos onde se alinhavam pequenos compartimentos para depósito da azeitona. A pouca luz, provinda de pequenas janelas e das candeias que pendiam do tecto, ia tecendo sombras em redor. A umidade movia-se no ar como uma velha coruja cujas penas nos afagassem o rosto com lentidão. E havia aquele cheiro quente, que escorregava pelas paredes sujas e deslizava pelas nossas gargantas para se alojar na boca do estômago como água morna.

Com a ti Vitória ia à missa todos os domingos de manhã, à Igreja de Santo André. Aos domingos acordava às oito para ter tempo de tomar banho e de me arranjar. A senhora Rita fazia-me uma trança que me deixava o cabelo colado à cabeça, exatamente como a ti Vitória gostava.

Assim, para se ver bem essa carinha.

Gostava de andar com o cabelo solto mas ela não deixava.

As mulheres de má-vida é que andam de melena desgrenhada.

Não sabia o que era melena, muito menos de que mulheres falava ela. Mas também não perguntava. Às vezes íamos na rua e a tia segredava-me: *Não olhes para elas, não olhes para essa gente.*

Baixava os olhos, mas pelo canto do olho observava-as. Eram mulheres sem idade, a pele queimada do sol, quase tão escura como a das ciganas. Os cabelos compridos ao vento, soltos como as crinas dos cavalos. Não se vestiam como as senhoras que iam lá a casa tomar chá. Nem se pareciam nada com elas. As roupas deixavam ver a pele. Os decotes cavados. As saias mais curtas do que o habitual e o andar rebolado, deixando bem visível a dança das pernas. O rosto pintado, os lábios vermelhos, as longas pestanas. E a voz da minha tia: *Desavergonhadas, são umas desavergonhadas!*

O ti Mariano, pelo contrário, cumprimentava toda a gente. Um dia, passando pela igreja, deparamos com o padre Júlio e mais umas quantas pessoas à porta. O tio aproximou-se e fui atrás. Ao lado do padre Júlio estava um homem que também usava batina, mas mais velho, com muitas rugas na cara. Havia três mulheres, daquelas que a tia dizia que eram da má vida. Uma delas desfazia-se em lágrimas e outra amparava-lhe o corpo quase desfalecido. Fiquei a olhá-las com curiosidade. A terceira estava ao lado do homem de batina e ambos falavam com o padre Júlio. Este olhava as pedras do chão e abanava a cabeça. Quando o tio se aproximou tirou o chapéu e deu as boas-tardes. O padre Júlio olhou para ele e abriu a boca mas ficou calado. A mulher lançou o olhar na nossa direção. Os olhos eram límpidos, quase transparentes. Abri a boca de espanto, porque nunca tinha visto uns olhos tão bonitos, pareciam feitos de luz. Quando bateram nos do meu tio, até fizeram faísca. Foi então que ela falou, sem os desviar: *A coitada perdeu o filho. Quatro anitos. É devota de Santo André. Nem queria vir, eu é que insisti. Tenho a certeza de que o padre Júlio nos pode ajudar...*

Nesta altura aquele olhar radioso virou-se de novo para o pároco, que continuava fitando as pedras da calçada.

Estou certa de que as pessoas que vêm aqui à sua igreja podem sentir pela dor desta mulher. Esquecer a condição e ver apenas o coração despedaçado de uma mãe...

Os soluços da visada subiam de tom, a cara completamente escondida nos cabelos.

Dinheiro não é problema. Já encomendei o caixão, está tudo tratado. Uma missa pela alma do menino. Não se pode negar uma coisa destas a uma mãe que acabou de perder o filho! Não acha, senhor?

A pergunta era dirigida ao ti Mariano. A voz determinada, o olhar altivo, parecia uma rainha. Reparei melhor nela. Talvez tivesse a idade do meu tio. Nunca vi o tio como um homem velho. Aquela mulher tinha qualquer coisa parecida com ele: não se lhe adivinhava a idade. A pele tinha rugas que várias camadas de pó de arroz escondiam. Os cabelos eram pretos e caíam em ondas até os ombros, mas de perto viam-se as raízes brancas. E os olhos! Olhos de água, transparentes, líquidos. Não conseguia desfitar o encanto que deles emanava e pensei que era por causa disso que o tio fazia o mesmo.

Este ficou muito sério e, ignorando o olhar de pasmo do padre Júlio, disse com gravidade: *Tem toda a razão, senhora. E estou certo de que o padre Júlio e todos os seus devotos estarão dispostos a acompanhar e acolher a dor desta mulher. Não é verdade?*

O pároco lançou um olhar aterrado ao tio, e este continuou: *É apenas uma criança, padre, uma criança igual às outras. Lembra-se das palavras de Jesus? Deixai vir a mim as criancinhas, não era assim? Todas as crianças são iguais perante Deus. É ou não é?*

O padre continuava mudo. O tio parecia não reparar nisso.

Tem a minha palavra, acrescentou, na direção dos olhos radiantes.

O padre não moveu um músculo da cara. Continuava de olhos baixos. Os soluços da mãe haviam parado e, desprendendo-se do abraço da outra, mostrou pela primeira vez o rosto, tão transfigurado pela dor que metia medo. Pegou na mão do meu tio e levou-a aos lábios, beijando-a repetidamente e balbuciando entre lágrimas:

Deus lhe pague, senhor, Deus lhe pague...

Imaginei a cara da ti Vitória se ali estivesse, mas o tio não pareceu nada atrapalhado. Colocou o chapéu na cabeça e a mão livre por cima das mãos da mulher, dando-lhe umas palmadinhas de consolo.

Não precisa de agradecer, senhora. Sinto muito pela sua perda.

A mulher dos olhos de luz tinha agora um sorriso de triunfo nos lábios vermelhos.

As portas da casa de Deus estão abertas para vós. Não é verdade, padre?

Desta vez o pároco não teve outro remédio senão fazer um sinal mudo de aprovação. O tio e o outro padre apertaram as mãos. Depois o tio fez uma vênia às mulheres e ficou a ver o pequeno grupo afastar-se em passos miúdos. O padre Júlio estava branco como a cal da parede.

O senhor Mariano desculpe-me, mas sabe como é, vai ser muito difícil convencer as senhoras, principalmente senhoras como a sua irmã, isto vai ser um bico-de-obra...

O ti Mariano não devia estar com paciência para conversas com o padre. Eu já o ouvira chamar-lhe padreco uma vez que falava com a tia.

Não se preocupe com a minha irmã, que dela trato eu. Além disso, o senhor padre sabe muito bem convencer o seu rebanho quando quer. Tenha uma boa tarde.

No dia seguinte, quando o cortejo fúnebre passou no Rossio, a caminho do cemitério, eu estava na varanda da sala, aquela que fica mesmo por cima do Café Alentejano. Fez-se um silêncio soturno. A fila de mulheres era interminável, todas vestidas de preto e de olhos baixos. O outro padre acompanhava a mãe da criança, que parecia uma planta vergada ao vento, apoiada na mulher dos olhos de água. Reparei que o tio veio à porta do escritório da firma, que naquela altura era onde hoje é a Tabaqueira, e seguiu a pequena multidão com os olhos, até esta desaparecer ao cimo da rua, a caminho das Portas de Santo Antônio.

Tinha havido uma discussão terrível entre ele e a ti Vitória por causa daquilo. A tia gritou pela segunda vez desde que eu entrara naquela casa. A primeira tinha sido por causa dos livros proibidos. O meu tio acabou por prometer-lhe que não iria à missa nem ao funeral. No dia seguinte, a Maria contou-me que a igreja estava vazia, só lá estavam aquelas mulheres, e quem rezou a missa foi o padre Manuel, o velhinho. O padre Júlio nem lá pôs os pés. A Maria ouviu isto à senhora Rita durante uma conversa no mercado.

Voltei a ver aquela mulher ainda umas poucas de vezes. Acabou por morrer poucos anos depois. Começou a emagrecer muito e os olhos foram perdendo a luz. Sempre que me cruzava com ela tinha a sensação de que me olhava também com alguma curiosidade, mas deviam ser coisas da minha cabeça. Nem eu naquela altura sabia o que se escondia por detrás das palavras que a ti Vitória usava para se lhes referir – às mulheres de má-vida.

Também me lembro de ver passar o enterro dela da varanda da sala. Era uma tarde de março, uma tarde ensolarada, a fazer jus ao ditado, *março, marçagão, manhã de inverno, tarde de verão*. A ti Vitória estava na sala com mais duas senhoras a tomar chá, a dona Mizé e a dona Eugênia. A dona Mizé era casada com o senhor Jacinto Rosa e a dona Eugênia com o senhor Tiago Abrantes, que também trabalhava na firma. O cortejo era pobre, apenas algumas mulheres cobertas com véus negros, e o padre na frente. Havia muitos curiosos seguindo a pequena procissão com os olhos, mas ninguém se aproximava, como se aquelas pessoas padecessem de doença contagiosa. O caixão ia em cima de uma carreta puxada por uma mula. Ao lado estava um homem alto, bem vestido, que chamava a atenção no meio daquele pequeno grupo. A princípio não o reconheci, mas depois vi que era o ti Mariano. Andava devagar e ia pesaroso. Nunca o vira assim de olhos baixos. Que estaria ali a fazer? Provavelmente apenas a mostrar a sua solidariedade. O meu tio era assim, sempre preocupado com os pobres e desvalidos. Tinha um grande coração. A ti Vitória é que não achou graça nenhuma.

Que está ele a fazer no enterro daquela indigente?, ouvi-a murmurar atrás de mim. Voltei-me e a cara dela estava com aquela expressão enigmática. Apressou-se a sentar-se de novo à mesa, perguntando às senhoras se queriam mais chá, para que estas não se chegassem à janela e vissem o que se passava na rua.

Isto passou-se em 1927. Mais ou menos um ano antes, Estremoz foi elevada a cidade. Uma festa tão bonita! A banda tocando no coreto, as ruas enfeitadas, os foguetes riscando o negro do céu. Durante o dia houve desfile, parada militar e muitos discursos. O ti Mariano também discursou. As nuvens baixas despejavam uma morrinha sobre a cidade. Eu estava debaixo da sombrinha com a ti Vitória. Ao nosso lado estavam o ti Carmelo e a ti Rosário com os filhos, o Eduardo, a Maria da Lúcia, o Justino, o Sandro, a Maria Aurora e a Josefina, que era a mais nova, na altura com cinco anos. Eu tinha catorze, a mesma idade da minha prima Lúcia. Eles tinham vindo da Casa Branca uns meses antes. Fora ideia do ti Mariano. O tio estava sempre a ter ideias e a pô-las em prática. Já investira na fábrica de moagem e eletricidade, em dois cafés, numa papelaria e livraria, e agora, dizia ele, Estremoz precisava de uma boa oficina. O trabalho nos campos prosperava e havia cada vez mais procura de máquinas agrícolas.

Quem podia tomar conta disso era o Luís.

Luís era o primeiro nome do meu ti Carmelo. Um dia o ti Mariano preparou o automóvel (ele foi das primeiras pessoas a ter automóvel nesta cidade, muito bonito, brilhante, que andava devagar como uma velha tartaruga comparado com estas modernices de agora), chamou-nos, a mim e ao Justino, e disse-nos que íamos dar um passeio. Não disse aonde, de maneira que ficamos radiantes quando reconhecemos a estrada para a Casa Branca. Quando paramos à porta do ti Carmelo e da ti Rosário tínhamos um bando de gaiatos descalços aos saltos atrás do carro. Era hora de almoço e logo se arranjou lugar à mesa para mais três bocas, depois dos abraços e lágrimas de saudade. A ti Rosário apertou-me tanto que eu mal conseguia respirar. Mas não me importei porque estava felicíssima.

Os tios ficaram imenso tempo na conversa. As caras deles estavam muito sérias no início, mas depressa começaram a sorrir. Acho que foi ali, à roda da mesa, que combinaram tudo. Depois foram à do mestre Malaquias, que era o mecânico lá do sítio. Tinha uma pequena oficina no quintal de casa. Estiveram lá a tarde toda, enquanto nós brincávamos por ali e matávamos saudades dos primos e das correrias.

Passado pouco tempo, os tios mudaram-se aqui para Estremoz, mais o mestre Malaquias com a mulher e a filha, que se chamava Flora. Nessa altura, a firma do meu tio ia de vento em popa. Ele tinha adquirido muitas propriedades e agora tratava-se de as rentabilizar, como dizia. O terreno onde se construiu a oficina e as casas dos meus tios e da família do mestre Malaquias era uma dessas propriedades pertencentes à firma, que esta cedeu a troco de uma renda mensal e de uma pequena quota na sociedade.

Nesse tempo só o Justino estudava. O ti Mariano queria que eu fosse também para o colégio, mas a ti Vitória não concordava, achava que o meu lugar era em casa. O ti Mariano era um homem com ideias muito modernas para a época. Meteu aquilo na cabeça e nunca desistiu. Quando os meus tios se mudaram para Estremoz, tratou de conseguir o apoio deles. Insistiu em que todos continuássemos os estudos, tanto raparigas como rapazes. Dizia ele que a gente nunca sabe o dia de amanhã e que é sempre bom ter um ofício para, em caso de necessidade, podermos ganhar o nosso sem depender de ninguém. Desconfio que as coisas já não andassem muito bem na firma. Se calhar até foi por isso que nos puseram na escola industrial, porque não havia dinheiro para nos mandar a todos para o colégio.

Voltei à escola, pois. Mas não por muito tempo. Quando o tio se foi embora, a tia aproveitou para exigir que eu ficasse em casa a ajudá-la. Dizia que agora que o homem da casa não estava precisava de um braço direito. Para falar a verdade, nem me importei por aí além. Nunca me senti bem na escola: achava que não era o meu lugar.

Foi um choque, a partida do meu tio. Ainda hoje me custa lembrar. Até parece que sinto o mesmo arrepio de quando ouvi a ti Vitória gritar naquela manhã. Assustei-me tanto com aqueles gritos... Pensei que tivesse acontecido alguma coisa, que tivesse morrido alguém. Era muito cedo ainda, pouco passava das seis e meia, e a tia estava sentada na cama dele, com a cara escondida nas mãos, chorando como uma criança. Corri para ela.

Que aconteceu, tia?

Ela estava fora de si.

Onde é que ele está, meu Deus? Já procurei na casa toda! É muito cedo para ter saído, ele levanta-se sempre às seis e meia... E sem tomar o pequeno-almoço? Não, nunca vi o teu tio falhar um único dia o pequeno-almoço. Nem naqueles tempos malucos em que andava metido na política. Mas então... Onde pode ele estar? Já dei volta à casa, e a cama nem foi aberta... Ele não dormiu aqui! Ai filha, tenho um pressentimento muito ruim... Muito ruim... Esta noite... Esta noite tive um sonho muito mau... Ai filha, que vai ser de nós sem ele?

Nunca a vira assim. As lágrimas corriam-lhe pela cara abaixo e parecia nem as sentir. A voz tremia-lhe. Pela primeira vez apercebi-me de como era uma criatura frágil por detrás daquele ar determinado. Parecia que estava vendo ruir uma fortaleza.

Não, não era possível, o meu tio não podia ter-se ido embora, olha o disparate! Naturalmente tivera de sair, acontecera algum imprevisto que o impedira de vir dormir a casa, sabia lá! A tia estava a exagerar, a fazer uma tempestade num copo de água. Tentei acalmá-la. Em vão: parecia que sabia que ele se fora embora para sempre. *E que vai ser de nós agora, filha?*

Comecei a irritar-me. Mandei a senhora Rita chamar o médico e pedi-lhe que, de caminho, passasse no escritório da firma para ver se, por acaso, o meu tio não estaria lá. Ou talvez encontrasse quem lhe pudesse dizer alguma coisa. Alguém havia de se ter cruzado com ele, com certeza. A possibilidade de encontrar alguém no escritório àquela hora era quase nula. Contudo, não custava tentar.

O médico chegou, mas a senhora Rita demorou uma eternidade a voltar. A Maria fez um chá de beladona para acalmar os nervos da tia, a pedido do doutor, enquanto eu ia contando os minutos que não passavam. Quando, finalmente, a senhora Rita apareceu, não trazia boas notícias. No escritório da firma não encontrara vivalma. Fora até a fábrica, podia ser que tivesse acontecido algum imprevisto que exigisse a presença do tio, mas ele não estava lá e nenhum dos operários o via desde o dia anterior. Entretanto, enquanto subia a rua dos Reguengos, encontrara o senhor Jacinto Rosa. Este ficara muito admirado com a pergunta. Não sabia do ti Mariano, não se viam desde a manhã da véspera, quando tinham ido juntos à fábrica. Depois disso o ti Mariano dissera que precisava de tratar de um assunto pessoal, e não o voltara a ver. A senhora Rita passara ainda no asilo, na igreja, na oficina, na padaria, batera à porta da Tabaqueira que ainda não abrira, mas onde já estavam os tios, fora ao Café Águias d'Ouro, ao Alentejano, à farmácia. Nem rasto do ti Mariano. Ninguém sabia dele. Parecia que a tia, no seu delírio, tinha afinal razão.

No meio daquele pan demônio ainda ninguém se lembrara de ir aos armários do tio ver se faltava alguma coisa. Foi o que fiz de seguida, e qual não foi o meu espanto quando, ao abrir as gavetas da cômoda e o guarda-fatos, dei por falta de um número considerável de roupas e outros pertences.

Era então verdade? Que podia ter acontecido, santo Deus? Pensar nas várias possibilidades era aterrador, mais ainda para uma gaiata de quinze anos. Depressa precisei também de uma infusão de beladona para me acalmar.

Quando isso aconteceu já morávamos nesta casa havia coisa de quatro ou cinco meses. A ti Vitória nunca se conformou com a mudança e ouvi-os discutir muitas vezes por causa dela, sempre em surdina. Uma vez o meu tio disse que as coisas na firma não iam bem. O tom de voz era muito sério. Falou em dívidas, em pagamentos que não eram feitos a tempo e horas. Falou também de outras coisas que eu não entendia, coisas de política, que ainda hoje não entendo. Dizia ele que depois do golpe a situação não estava boa e que agora então, depois *daquela desgraça,* pior ficara. Falou de gente que fora presa e mandada embora em navios. A minha tia ouvia-o em silêncio e pela primeira vez não se apressou a contestar.

Se vendermos a casa, sempre conseguimos algum dinheiro.

E para onde vamos, João?

Não te preocupes, vamos para casa da prima Leopoldina. Ela está doente, até vai ser bom porque a podemos ajudar. Não te preocupes, que nada nos vai faltar.

Nessa noite, depois de lhe dar as boas-noites, ouvi a tia chorar atrás da porta. Nunca a ouvira chorar. Fiquei ali colada ao chão, com a mão na maçaneta, sem saber o que fazer.

Mais tarde percebi que o tio vendeu a casa para nos proteger. Ele já tinha percebido que, como as coisas iam, mais tarde ou mais cedo perderia a casa para pagar as dívidas. Resolveu adiantar-se e deixou-nos uma parte do dinheiro quando se foi embora. Penso que também terá sido graças a esse dinheiro que pôde fazer a viagem.

A certa altura apareceu lá em casa o senhor Tiago Abrantes. Já não me lembro se a tia o mandou chamar, só me lembro dele sentado no sofá da sala com um ar muito grave, contando-me que acompanhara o ti Mariano o comboio nessa madrugada. A tia estava no quarto e ele falava em surdina, como se ela, deitada na cama, a duas portas de distância, pudesse ouvi-lo. Disse-me que o tio fora a sua casa na noite anterior, já depois do jantar, e que ambos tinham ido até o escritório, onde ficaram a noite toda fazendo contas e cálculos. O tio já tinha depositado o dinheiro da venda da casa no banco e tratou de tudo para que tanto eu como a ti Vitória pudéssemos ter acesso à caderneta bancária. O senhor Tiago Abrantes tinha com ele os papéis, dentro de uma pasta preta, que me passou para as mãos e disse para guardar num sítio seguro. Mostrou-me os vales e os cheques e explicou-me como se fazia. Mostrou-me também dois títulos de depósitos e engoli em seco, porque nunca tinha visto tanto dinheiro junto. Eram uns poucos de contos de réis, mas naquela altura uma fortuna. Necessidades não íamos passar. Mas isso bastaria?

Eu era uma gaiata, não percebia nada de negócios, e muito menos dos problemas que a firma atravessava. O senhor Tiago Abrantes não tocou nesse assunto, e eu também não perguntei. Tampouco falou disso à minha tia. Aliás, com a minha tia praticamente não falou e recomendou-me que olhasse por ela. Perguntou-me se já chamara o médico e eu disse que sim. Queria que ele me explicasse o que acontecera e por que raio o meu tio se fora embora sem avisar ninguém, mas a única coisa que ele disse foi que o tio lhe tinha pedido para se despedir de nós por ele.

O seu tio estava muito abalado e muito preocupado convosco. Pediu-me para olhar por vós durante a sua ausência e assim farei. Qualquer coisa de que precisem, estarei ao dispor, sabe onde me encontrar, menina. O seu tio foi-se embora de coração partido, acredite. Pediu-me muito que lhe transmitisse o seu afecto e a sua preocupação por vós. Confessou-me que preferia partir assim, porque de outra maneira não conseguiria. Não aguentaria o desgosto da despedida.

Nunca mais me esqueci destas palavras. Até parece que estou a ouvi-lo, agora, àquele homem baixinho, careca, de orelhas de abano e olhos muito vivos cheios de uma infinita tristeza, a voz grave e sussurrada como se estivesse num velório. Comecei a chorar e vi-o tirar um lenço do bolso, um lenço branco enorme como uma fronha, e estender-mo. Acho que nos olhos dele também luzia uma lágrima.

Aqueles tempos foram um inferno. Agora, contudo, que estou neste inferno mil vezes pior, quase consigo sorrir ao lembrá-los. Achei que o mundo ia acabar, chorava por tudo e por nada. Depois foi o rosário das mortes. Primeiro, a prima Leopoldina, que já estava muito doente quando nos mudamos para cá. E depois a ti Vitória, uma morte lenta e arrastada. A doença começou a comê-la por dentro com muita paciência. Aquela mulher austera que tanto me atemorizara depressa se tornou uma velhinha doente e a definhar.

No início era só melancolia, passava os dias deitada, sentada no sofá ou numa cadeira do quintal quando se sentia melhorzita, mas sem vontade de nada. Acho que desistiu de viver. Quando recebemos a primeira carta do tio, um mês depois da sua partida, ficou tão contente, coitadita! Chorou de alegria, mas depressa o choro deu lugar à angústia e ao desespero de o saber tão longe. Sempre que chegava uma carta era aquele alvoroço, mas logo a seguir caía outra vez na apatia.

Depois, aos poucos, a doença foi-se instalando. Começou com uma má-disposição permanente.

Parece que tenho as tripas na boca.

Nessas alturas deixava de comer. Só bebia água, e mesmo assim era um castigo.

Não aguento esta agonia.

Tenho-me lembrado tanto dela! É que sinto a mesma coisa, este mau gosto na boca, sempre sem vontade de nada, tudo me agonia, tudo me agonia. Se calhar ainda morro como ela. Ao menos acabava-se de vez este inferno.

As más-disposições foram dando lugar a dores constantes e crises de vômitos. Não segurava nada no estômago, a pobrezita. E mesmo assim muito resistiu ela. Quase um ano a vomitar, sempre a vomitar, lá para o fim só pele e osso. Uma desgraça de se ver. Ai, uma desgraça! Eu rezo todas as noites para que a minha hora seja rápida, para que não sofra como ela. Sofreu tanto, a pobrezinha. E eu, para o que ainda estou guardada só Deus sabe, só Deus sabe.

Às vezes tenho a sensação de que me movo numa gruta muito escura, onde custa respirar, e mal tenho espaço para pôr um pé à frente do outro. É como se habitasse uma escuridão profunda que nunca me larga e me verga os ombros. Habituei-me a respirar devagar, a ver no escuro, a carregar este fardo ao ponto de já não lhe sentir o peso. Estou tão acostumada às sombras que chego a confundi-las com a luz. E tantas vezes me pesa a verdadeira luz, quando a olho de frente, que corro a fechar as cortinas quando o sol brilha com mais força, com medo da sua fúria de fogo.

Se olhar para trás consigo distinguir mais ou menos o dia, ou os dias, em que esta escuridão entrou dentro de mim. E quase posso afirmar que foi nessa manhã de angústia em que o ti Mariano se foi embora. Antes disso a luz era demasiado viva, ou eu demasiado nova, ou ingênua. Não sei. Sei que naquela manhã alguma coisa se apagou. Como uma pequenina morte.

Os tempos antes da partida do meu tio tinham sido um sonho. Íamos ao teatro sempre que uma peça estreava. O ti Mariano arranjava-nos lugares na primeira fila, e eu passava a sessão espiando o sobressalto da minha prima Lúcia, que trocava olhares apaixonados com um dos atores. Era um homem com idade para ser nosso pai, mas a Lúcia jurava-me a pés juntos, com a cara vermelha de emoção, que ele a olhava de maneira diferente. Não sabia explicar em que consistia essa diferença, mas era suficiente para o coração lhe disparar no peito. E acrescentava que os olhares duravam demasiado para as regras do decoro. Comecei a estar atenta e reparei que era verdade. Depressa fiquei eu também empolgada com aquele entusiasmo, e ir ao teatro passou a ser, para nós, uma autêntica excitação.

A minha prima ficou enfeitiçada por aquele homem. Às vezes calhava cruzarmo-nos com ele na rua e eu bem a via corar como um tomate. Era um homem muito bonito, se era. Mas aquilo incomodava-me.

Lúcia, dizia-lhe, *ele podia ser teu pai. Não é homem para ti, nem penses nisso. Já reparaste que anda sempre acompanhado de senhoras da idade dele? Já o vi abraçado àquela atriz da companhia. Lúcia, por favor, tira isso da cabeça.*

No entanto, nada a demovia. Parecia mesmo feitiço.

Não, Mena, não vês como ele olha para mim? Ele não olha assim para mais ninguém. Nem para ela. Ele só anda com ela para disfarçar. Mas gosta é de mim, tenho a certeza.

Aquilo preocupava-me, mas não insistia. O pior cego é aquele que não quer ver! Passou bastante tempo. Quando o Zé Maria foi trabalhar na oficina, ela começou a contar-me coisas. A forma como ele gaguejava cada vez que se lhe dirigia e os seus modos educados e respeitadores. A cada dia que passava era mais evidente a declaração muda que os seus gestos denunciavam. E, pelos vistos, a família toda acolhia o namoro de bom grado.

O paizinho está sempre a elogiá-lo quando estamos à mesa. Sempre comentando a sua dedicação ao trabalho, a forma como é honesto e responsável. Outro dia até deixou escapar que dará um bom chefe de família e um excelente pai.

E então? Tu também gostas dele?

Ai, Mena... Que sei eu...

Não me digas que... Ainda pensas no ator?

E, perante o meu assombro, a minha prima desfez-se em lágrimas. Sim, ainda pensava nele, no homem que vira pela primeira vez no palco do Bernardim Ribeiro, com apenas treze anos de idade, e por quem perdera o coração logo naquele primeiro encontro. Não podia ser... Mas era. Ali estava ela, lavada em lágrimas, contando-me como se iludira, pensando que aqueles olhares incendiados eram só para ela. E como se encontrara com ele em cantos escuros, nas noites de festa, quando no Rossio se soltavam foguetes no céu e toda a gente estava distraída e encandeada pela fúria da luz. Do sabor da sua boca, que a assustara ao princípio e a assaltara com uma febre desconhecida depois. Das mãos esgueirando-se para dentro da sua roupa e de como ela, querendo e não querendo, acabara por fugir. E dele sempre rodeado de mulheres; de como o surpreendera num beijo de outra boca, e sofrera horrores e descera aos infernos. Deixara de acorrer aos seus chamados, sabia Deus como conseguira resistir. Tanto que tentou interessar-se por outros, não havia de ser difícil encontrar alguém da mesma idade que lhe despertasse algum sentimento. E agora o Zé Maria, um rapaz tão educado, bem-parecido, honesto e trabalhador, até o pai aprovava, ela via que sim, todas aquelas conversas sobre ele, os comentários; tinha a certeza de que só estava à espera de que ela manifestasse interesse, não era homem de querer impor namoros às filhas, tão diferente dos outros nesse aspecto, aquele pai.

Mas, Mena, que hei de fazer se não consigo tirá-lo da cabeça? Já fiz de tudo, já rezei tanto, e não consigo, e quero tanto esquecê-lo, mas parece que quanto mais quero mais ele teima em permanecer agarrado à minha pele. Parece que tem vontade própria, este sentimento, parece uma pessoa teimosa a medir forças comigo. Às vezes pergunto-me, Mena, será que me conheço de verdade? Será que sei o que quero? Porque, Deus me perdoe, mas às vezes dá-me uma vontade doida de correr porta fora e ir ter com ele, entregar-me de corpo e alma, dizer-lhe: sou tua, faz de mim o que quiseres, usa-me, ama-me, mata-me se for o caso, mas não me deixes, leva-me contigo para longe, tenho a certeza de que poderei fazer-te feliz, mas, se mesmo assim não te bastar, podes ter outras mulheres, quantas quiseres, porque sei que só a mim amarás. Ai, Mena, tanto que eu queria ter coragem de viver este amor... Mesmo que fosse para sofrer. Achas que estou louca? Só posso estar louca, não achas? Mas até isso é bom...

Poucos meses depois ela e o Zé Maria ficaram noivos. Nesse dia houve festa em casa dos tios, já o ti Mariano tinha voltado da África. Éramos de novo uma família, e toda a gente estava feliz. Depois do jantar subimos as duas ao quarto dela. Os olhos brilhavam-lhe e tinha as faces coradas. Quando fechamos a porta abraçamo-nos.

Vais ser muito feliz, tenho a certeza.

Ela sorriu-me, mas uma lágrima espreitou-lhe do olho.

Eu sei que vou, murmurou.

Com gestos lentos abriu uma gaveta da cômoda, retirou do fundo das meias dobradas uma chavinha, abriu o roupeiro e tirou lá de dentro um pequeno cofre. Enfiou a chave na ranhura e rodou. Estava cheio de pequenos objetos que brilhavam à luz da lua, pois não tínhamos acendido as luzes. No meio dos objetos havia um pequeno estojo. Entregou-mo. Abri-o a medo. Continha um anel, adornado com uma pequena pérola e duas pedrinhas brilhantes.

É para ti...

Que é isto?, perguntei.

Ela suspirou.

Foi ele que me deu.

Percebi imediatamente a quem se referia. Levei a mão à boca, assombrada.

Mas... Ele ofereceu-te isto? Quando?

A minha prima voltou a suspirar.

Isso agora não tem importância. Pertence ao passado.

Mas, Maria, não posso aceitar...

Eu é que não posso guardá-lo, não percebes? Vou dizer o quê quando me perguntarem quem me ofereceu um anel tão bonito? Não posso, nem quero. Quero esquecê-lo. Enterrá-lo.

Por que não o deitas fora?

Mena, por favor. Não sou capaz. Se quiseres, desfaz-te tu dele. Eu não sou capaz. Por favor... És a única pessoa a quem posso pedir isto.

Assenti, um pouco contrariada. E afinal guardei o anel até hoje. Ainda aqui está, junto com as poucas coisas de ouro e prata que possuo, dentro de uma caixa, na gaveta da mesa de cabeceira.

Nunca falamos sobre isto. É um segredo que ficou enterrado, e permanecerá assim para sempre. Às vezes penso naqueles tempos e pergunto-me se ela de facto terá esquecido o grande amor da sua vida. Tento convencer-me de que o amor da sua vida é o Zé, que é tão bom rapaz e sempre foi tão amigo dela. Peço a Deus pela felicidade deles todas as noites, nas minhas orações.

O padre Romeu regressou do seminário uns três ou quatro anos depois de o meu tio ter voltado da África. Foi como se se acendesse o sol na minha escuridão. O ar entrava-me nos pulmões com uma frescura nova. O meu corpo expandia-se e abraçava o mundo. Eu queria ir com ele, com o mundo, com o vento, queria ir para longe, queria conhecer o mar. Nunca desejei tanto conhecer o mar. Ficava horas ouvindo o meu tio contar coisas da viagem com um fascínio desconhecido. Metade de mim sentia raiva pelas coisas maravilhosas que ouvia e detestava aquela terra longínqua, onde o ar era mais vasto e mais quente, a terra vermelha e os homens e as mulheres pretos como o carvão; mas lá muito no fundo a outra metade desejava entrar nas palavras dele e errar por esse mundo fora.

Como amei aquele maldito! Naquela altura, ele era o ouro, o sol da minha vida. A luz que me iluminava. É por isso que no meu mundo só há sombras, porque a luz esteve sempre envenenada.

Depois daquele encontro na igreja em que me desonrou, jurei que não voltaria a olhar para ele. Qual quê! Quando somos jovens somos especialistas em enganos. Iludimo-nos com a perícia de um profissional. No domingo seguinte lá estava eu na missa, de olhos pregados ao chão, sem ousar encará-lo, sentindo a tez escaldar de cada vez que imaginava os olhos dele pousados em mim. O azul dos seus olhos vindo até mim numa maré de ternura. Era capaz de imaginar tudo. Pobres ilusões. Ternura foi coisa que aquele homem nunca me deu. Aliás, nada. Nunca me deu nada.

A não ser...

Sim, deu-me o meu Zé. O meu rico filho, que nem sei se está vivo se morto, lá para aquela guerra maldita. Ai, cada vez que penso nisso morro mais uma vez; já morri tantas vezes e nunca como agora, todos os segundos uma agonia, uma agonia, uma agonia. E o medo, um medo tão grande, de ficar viva e ele me morrer. Não vou aguentar, que Deus me leve antes dele e me perdoe por não ter forças.

Meu rico filho.

O único que carreguei na barriga.

E, no entanto, amo-os aos dois, tanto, como se os tivesse carregado a ambos.

Lembro-me da minha Lídia bebê, tão linda que era! Os olhos aguados, ainda não se percebia que seriam azuis, mas imaginei-os logo azuis, lindos como os dele; estava tão parva, tão parva, que nem percebi logo! E ele foi comigo ao asilo mostrar-me aquela bebezinha que alguma mãe desnaturada abandonara à porta da igreja.

Já viste como há pessoas tão sem coração, Mena?

Até me chamou Mena, e eu arrepiei-me toda, ele nunca me chamava nada, nada. Nunca me dizia nada, nenhumas palavras, nenhuma ternura, apenas aquela respiração ofegante no meu ouvido e a língua devorando-me de cada vez que nos enfiávamos no quartinho dos fundos da sacristia como dois animais.

Naquela tarde, porém, chamou-me Mena, e contou-me da menina que tinha encontrado nessa manhã dentro de uma alcofinha. Estava a dormir, o anjo.

Já viste como há gente sem coração?

E eu, parva, parva, pensando que afinal ele até tinha coração, e estava escondido debaixo daquele olhar azul que gelava. Talvez afinal os beijos que me tiravam o ar fossem feitos de ternura. E ele a perguntar-me: *Queres ir ver a menina?* Eu? Ir com ele? Os dois? Parva, parva. Sem perceber nada. Andando na rua a seu lado, vendo-o cumprimentar as pessoas, os olhos de toda a gente postos em nós, sentindo-me no céu, eu e ele, numa missão tão nobre, a caminho do asilo. Talvez fosse eu, afinal. Talvez fosse eu que precisava de aprender a amar.

Fomos. O sorriso das freiras. Levaram-nos até um quarto acanhado, onde estava uma noviça a dar um biberão à menina. Mamava como uma cabrinha, toda vestida de branco. Linda... Quando a olhei tive logo a certeza de que seria minha. Adivinhara as intenções dele, apesar de não me ter dito uma palavra sobre o assunto. Mas eu sabia ler-lhe o pensamento. Sabia, na altura achava que sabia. E talvez soubesse. Por isso percebera o que ele queria, e adoptara o seu desejo como meu. E, quando me aproximei daquela coisa pequenina que mamava com sofreguidão, senti o desejo de a proteger e aninhar nos braços. O mesmo de o abraçar a ele, de o proteger nos meus braços, de o beijar e de lhe dar toda a ternura que me nascia no ventre de cada vez que nos amávamos. Água amarga, mas que eu achava que, um dia, nasceria pura. Sorri para ele e para as freiras. E quando perguntei a medo, *E que vai acontecer à menina?*, já sabia o que diria a seguir. Nem precisei de ouvir a resposta:

Vamos ver, pode ser que apareça alguém que lhe queira dar um lar... Mas, se isso não acontecer, encontrará aqui todo o afecto de que precisar.

A noviça era muito jovem. Ainda hoje me lembro dos olhos dela, tão ternos, pousados nos da menina. Acho que em segredo já a tinha adoptado, também. Por isso foi sem surpresa que vislumbrei neles uma sombra quando me ouviu, as palavras saindo-me da boca quase sem eu querer:

Não será preciso, porque já há quem lhe queria dar um lar e todo o amor de que for capaz... Posso pegar-lhe?

A jovem freira olhou-me e sorriu tristemente, antes de me pôr nos braços a bebê, que começou a chorar quando deixou de sentir a tetina nos lábios. Rimo-nos desajeitadamente e sentei-me, ao mesmo tempo que ela me passava o biberão para eu o levar aos lábios da pequenita, fazendo com que deixasse de chorar. O padre também se ria, e depois perguntou:

Tem a certeza, menina Filomena?
Nunca tive tanta certeza de nada na vida, padre.

Foi amor à primeira vista. Olhei-a e soube que era um presente de Deus. Deus confundia-se com o padre. O amor que lhe tinha estava tão carregado de vergonha e pecado que aquilo só podia ser um sinal divino, uma forma de Deus me perdoar. Ele afinal não estava tão zangado comigo como eu imaginara. Dava-me uma oportunidade de fazer algo de bom. E, ao mesmo tempo, abençoava o meu amor pelo padre naquela menina. Como se fosse a nossa filha.

Parva. Tão parva que nunca me passou pela cabeça. Só muito mais tarde, quando o apanhei nos braços da outra, em cima dos mesmos caixotes em que se esparramava em cima de mim. Ainda me lembro como se fosse hoje, já o meu Zé era gaiato. Há muito tempo que não entrava na sacristia. Ia à igreja, mas não passava da linha do altar. Cuidar das crianças não me deixava tempo para mais nada. Não sei o que ia fazer naquele dia, não me consigo lembrar. Era verão e estava calor. Um daqueles princípios de tarde em que o sol derrete as pedras e nos espeta farpas de luz nos olhos. Se calhar passei pela igreja e só entrei porque não aguentava o calor. Lá dentro estava sempre fresco. Não sei dizer como fui ter à sacristia. Lembro-me de ver a porta fechada e estranhar. Ouvi barulho. Gemidos. A desavergonhada gritava. Nunca gritei assim nos braços dele. Não percebi o que era aquilo. Julguei que alguém estivesse a gemer com dores. Assustei-me, empurrei a porta, e fiquei ali, sem forças para avançar. Os gritos da cabra davam-me arrepios. Percebi num instante que vinham daquele quarto minúsculo. A porta estava entreaberta, mas dava para perceber o tumulto que lá ia dentro. Parecia que as paredes vinham abaixo. Ouviam-se pancadas secas, como se alguma coisa dura batesse de encontro à parede. Ao fundo o ronco da respiração dele, misturado com os guinchos daquela porca. Fiquei horrorizada. Durante uns segundos pensei que me tinham visto, mas depressa percebi que não, que nem que a casa viesse abaixo dariam por alguma coisa. Saí dali a correr, não sem antes ter vislumbrado, através da porta entreaberta, um bocado de perna, grossa como um presunto, a brancura da carne no meio da escuridão da batina que ondulava como se tivesse vida própria.

Caiu-me o céu em cima. O sonho partiu-se aos bocados. Durante aquele tempo todo, e apesar de tudo, vivera na ilusão. Desde que trouxera a minha Lídia para casa, naquela mesma tarde em que a fôramos ver ao asilo. O ti Mariano não se opôs, nem fez perguntas. Aceitou simplesmente o que lhe disse, que a menina tinha sido abandonada e eu queria ficar com ela. Que fora uma revelação de Deus. O meu tio nunca foi homem muito religioso, tinha lá as suas ideias progressistas, mas não disse nada. Nem nunca me perguntou se eu não pensava casar, ou o que pensava fazer da minha vida. Reagiu como se fosse perfeitamente natural uma moça da minha idade ter vontade de adoptar uma menina órfã, apenas por achar que era um sinal divino. Às vezes pergunto-me se ele sabia. Se via os olhares que eu e o padre trocávamos, assim como eu vejo os olhares da minha filha e do Armando. A gente só não vê o que não quer. E o meu tio tinha muito boa vista.

Bem sei que houve gente que falou. Mas não me importava. Tinha a minha menina, a minha filha, a que Deus me oferecera. A que o padre me oferecera, o amor da minha vida. Era nossa, apesar de ele nunca mais se ter interessado por ela. E eu a pensar cá para mim que talvez fosse por timidez. Imaginava que ele não dormia a pensar nela e que ensaiava perguntas tímidas para me fazer mas que depois lhe faltava a coragem. Imaginava tanta coisa. Tanto disparate, meu Deus.

O ti Mariano insistiu em registá-la com o seu nome. E, passados alguns meses, fiquei de esperanças. Então, sim, foi um escândalo. Houve muito falatório. Mas eu nunca liguei a falatórios. Sempre tive o apoio da minha família, e isso foi o mais importante. O ti Mariano foi muito recto. Nunca me perguntou quem era o pai. Disse-me que contasse com ele para tudo. Eu chorei e pedi-lhe perdão, mas ele disse não haver nada para perdoar, uma criança era sempre uma bênção. Por mais anos que eu viva, nunca esquecerei o que o meu tio fez por mim.

Quando a minha barriga começou a crescer, algumas pessoas viravam-me a cara na rua. Houve mesmo quem deixasse de me falar e cortasse relações com a família. Eu suspirava e dava graças a Deus por a ti Vitória já cá não estar. Foram sobretudo velhas senhoras das relações dela as que mais se indignaram com o facto. Deixei de ir à igreja, porque era lá que mais sentia aqueles olhares como ferros em brasa.

Deixei de ver o padre. E sofria. Sofria calada. Sempre calada. Chorava para dentro. Por fora desenvolvi uma espécie de carapaça, de armadura gelada. Ninguém me viu derramar uma lágrima. Só a Maria, claro. Dela nunca escondi nada. Ela conhece-me como à palma da mão.

Acho que só aguentei porque imaginava que ele, o amor da minha vida, sofria tanto como eu. Inventava romances na minha cabeça. Dizia a mim mesma que ele queria proteger-me da ira daquelas velhas beatas e que era por isso que me ignorava. *Ele tem é medo que descubram que é o pai, tem medo que descubram o nosso amor, é por isso que faz como se eu não existisse e nunca pergunta pelo filho.* Acho que a primeira vez que ele viu o meu Zé o gaiato quase largara as fraldas. E isto porque passamos à porta da igreja e calhou ele estar cá fora.

E aqui a parva sempre a desculpá-lo. Sempre. Até aquele dia em que o apanhei encavalitado na outra. Nem sei quem era.

Mais uma solteirona como eu que não saía da igreja. Se calhar alguma casada... Sei lá eu! Nem quero saber. Parva, parva, parva. Caiu-me o céu em cima. E, com ele, veio a verdade. Eu era só mais uma de que ele se servia. Aquele homem era um animal. Um animal insaciável. O asco veio ao de cima. O nojo daquela boca, da língua até a garganta, o vômito que me subia do estômago. Velhaco! Odiei-o com todas as minhas forças. Quis que morresse. Quis morrer também, mas os meus filhos chamavam por mim e obrigaram-me a andar para a frente. Se não fosse por eles, acho que teria enlouquecido de desgosto. Às vezes penso que enlouqueci à mesma, mas guardei tudo cá dentro, empurrado para o fundo, e depois fechei o alçapão, tranquei-o à chave, e atirei-a ao mar. A chave. Para sempre. E nunca mais libertei o monstro. Contudo, ainda o sinto, preso e amarrado, completamente derrotado. O monstro.

É por isso que os olhos dela, da minha Lídia, são azuis, do mesmo azul dos dele. Por que é que alguém deixaria uma criança à porta da igreja? As crianças abandonadas eram sempre deixadas no asilo. Alguma mãe desnaturada, sim, mas louca de raiva. Louca como eu estava naquela altura, que se pudesse tinha-o matado a sangue frio. Uma mãe para abandonar um filho tem de estar doida. Mais uma desgraçada como eu que ele usou e que lhe descobriu a careca. Aquilo era um homem do diabo, que Deus me perdoe! E aqui a parva criou-lhe a filha, a filha dele com outra! Só mesmo uma parvalhona como eu. Nunca, porém, nunca na vida, nem nos momentos mais terríveis, pensei em abandonar os meus filhos. A minha Lídia foi minha desde a primeira vez que lhe pus os olhos em cima. Foi amor à primeira vista. Esse amor puro, ninguém conseguiu conspurcar. Nem mesmo aquele porco imundo do pai dela, que Deus me perdoe. Foi por isso que jurei a mim mesma que jamais, jamais, lhes contarei quem é o pai. Prefiro que me matem a revelar este segredo. Não quero dar-lhes esse desgosto. Já me basta a sina de carregar com tamanha vergonha.

Não, chega. Chega o que sofri.

Só Deus sabe. A vergonha, a humilhação.

Os meus irmãos, esses, viraram-me as costas. Eles e o meu pai. Estiveram que tempos sem me falar. Era como se eu não existisse. Nessa altura ainda viviam na Casa Branca. Quando foi o casamento do Ernesto, nem me convidaram. Chegaram a virar-me a cara uma vez que nos cruzamos na rua.

Depois de ter os meus meninos, tudo mudou. A rotina das crianças e da casa absorveu-me completamente. Às vezes lembro-me com saudades desse tempo. O Luís e o Vitorino, filhos da minha prima Lúcia e do Zé Maria, já tinham nascido, e também o João Vítor, filho do Justino e da Maria Rosa. As gêmeas, a Tina e a Engrácia, nasceram no mesmo ano da Lídia. Um ano depois do meu Zé nasceu a Juliana, irmã do João Vítor. Quando se reuniam todas as crianças, era uma alegria. Entretanto, o meu primo Eduardo casou-se com a Flora e foram viver no número 1 do Bairro Operário. O Augusto nasceu passado um ano e, três anos depois, foi a vez da Alma. No ano seguinte casou a Josefina, a minha prima mais nova, com um rapaz que trabalhava à do Pinto, o Francisco. O moço ganhava mal e o tio Eduardo deu-lhe emprego na loja. Ficaram todos a morar na casa do Bairro Operário. Um ano depois, nasceram o Afonso e a Lucília. Aquilo foram casamentos e nascimentos uns atrás dos outros! Sempre que nos juntávamos era uma festa.

Nessa altura já fazia doces e salgados para fora, fornecia os cafés, aceitava encomendas; nem sei como me aviei, se não fosse a ajuda da Maria não tinha dado conta do recado. Ainda o meu tio não voltara quando começamos. Aquilo foram tempos ruins, assim quase de um dia para o outro as pessoas deixaram de ter dinheiro, tantos sem trabalho, coitados, lembro-me bem daqueles andrajosos que às vezes vinham bater à nossa porta a pedir qualquer coisita... Nem sei bem o que aconteceu, que eu cá de política nunca entendi nada. A azeitona caía e apodrecia no chão, os donos dos olivais sem dinheiro para contratar quem a apanhasse. Ainda me lembro do Jesuíno que trabalhava à do lagar se queixar, como podia haver azeite se ninguém vendia azeitona? Depois aquelas herdades enormes, algumas parecia que nem tinham fim, e as terras abandonadas, já ninguém podia pagar aos rendeiros, tantos despedimentos que houve, Jesus. Não se vendia a cortiça, não se vendia o gado, os animais chegavam a morrer... Uma desgraça de se ver. Mesmo depois de o meu tio voltar, era de ano para ano pior, e ele a dizer que era por causa de uma crise lá para a América, eu sei lá se era, mas ele devia saber, que era homem culto e informado. Quando parecia que as coisas estavam assim a ficar melhorzitas, rebentou a guerra, e aí é que foi ruim, se foi, havia o racionamento, tão difícil que era arranjar farinha e outras coisas, mas o pior era mesmo a farinha, que nos fazia tanta falta para as massas dos croquetes, dos rissóis e dos pastéis. O que nos valeu foi o pessoal que trabalhava na moagem, a gente ia lá buscar umas sacas pequenas que escondíamos debaixo das saias. Os pães eram cada vez mais pequenos, que o padeiro, a ver se conseguia fazer mais, ia tirando um pouco da massa de cada um, de tal maneira que lá para o fim cada pão de quilo só pesava aí uns seiscentos, setecentos gramas. Era vê-los a encolherem! Isto agora a gente até se ri, mas aquele tempo não foi para graças. E o azeite, o azeite foi outro castigo. Uma garrafita de meio litro tinha de dar para um mês, e então a gente lá ia buscá-la e debaixo do capote e trazíamos mais uma que o Isaltino nos passava por baixo da mesa. Era muito bom rapaz, o Isaltino.

Com o tempo arrumei os desgostos, tinha tanto que fazer e tantas preocupações que não havia tempo para sofrimentos.

A Maria sempre foi a minha confidente. Da minha prima tinha muita vergonha. Olhava para ela como um modelo a seguir. Sempre foi mais do que eu: mais alta, mais bonita, mais inteligente. Adoro-a, mas essa adoração está misturada com uma espécie de veneração que nunca me deixou ser completamente verdadeira e espontânea. Com a Maria, era o oposto: igual a mim, feita da mesma carne. Era a minha sombra, a minha consciência, um diário em que eu desabafava tudo o que me pesava e oprimia o peito.

Durante muito tempo pensei que ela fizesse o mesmo comigo, e já tarde vi como estava enganada. Um dia confessou-me, no meio das lágrimas, que estava esperando. Fê-lo apenas porque já não podia esconder o tamanho da barriga nem a agonia que a deixava à beira do vômito. O meu Zé devia ter um ano e pouco, a minha Lídia já teria uns três. Não imaginava como aquilo podia ter acontecido mesmo nas minhas barbas. Insisti em que me dissesse quem era o pai. Ela só chorava. Por fim lá disse que ele não queria saber dela para nada, que lhe tinha dito que o filho não era dele de certeza. Fiquei tão indignada que quis ir atrás do pantomineiro e obrigá-lo a assumir a criança à força. Só não o fiz porque ela, chorando baba e ranho, mo proibiu.

A partir daí percebi que conhecia muito pouco aquela que considerava minha irmã. A princípio, fiquei magoada mas depressa me passou. A verdade é que enquanto lhe abrira o coração nunca me preocupara em ouvi-la. Talvez ela me visse um pouco como eu via a minha prima e tivesse vergonha. Essa possibilidade entristecia-me, mas eu sabia que, se assim fosse, não seria por má vontade dela.

Foi a única vez em que a nossa afeição sofreu um abalo, e acho que saiu fortalecida. E fiz com ela o mesmo que o meu ti

Mariano fez comigo: aceitei sem fazer perguntas. Ela nunca me disse quem era o pai da Gracinha e eu respeitei isso. Disse-lhe que receberia a criança cá em casa como se fosse minha, e assim foi. A menina foi criada com os meus filhos e nunca lhe faltou nada. Teve foi um destino muito triste. Está há anos internada nos Canaviais, em Évora, com aquela doença na cabeça que eu nem sei dizer o nome. Esquizo qualquer coisa. A Maria vai lá todas as semanas, e eu bem vejo como, de todas as vezes, volta um bocadinho mais morta.

A senhora Rita também acabou assim mal da cabeça, talvez até seja alguma coisa de família, não sei. Foi logo a seguir à minha ti Vitória morrer, nem me lembro se o meu tio já tinha voltado. Deu-lhe para ali uma coisa, acordou um dia sem saber onde estava, parecia que a memória se lhe tinha varrido. Dizia coisas sem nexo, pedia perdão a alguém que nunca chegamos a perceber quem era.

Perdoa-me, Ana, pelo amor de Deus, Donana.

Gemia baixinho, de olhos fixos num ponto à sua frente, sem ver coisa nenhuma. Tivemos de a internar, e pouco tempo depois lá se foi. Os médicos falaram num derrame, mas estou em crer que seria outra coisa de cabeça, como essa esquizo não sei quê.

Mal da cabeça fico eu, para aqui deitada sem me conseguir mexer, tudo me dói, e às vezes nem sei bem o que dói mais, se o corpo, se a alma. Ainda moça, numa noite pouco depois da partida do meu tio, não consegui dormir com medo de morrer durante o sono. Não era apenas medo: era uma certeza aterradora. Sentia o coração saltar no ouvido encostado à almofada e cada pulsação era um passo que a morte dava na minha direção. Foi a primeira de muitas noites terríveis que passei. Sempre aquele medo terrível de fechar os olhos, aquela certeza mórbida de que estava a viver os meus últimos instantes. Com o tempo, habituei-me; sabia que, quando me sentisse exausta, acabaria por adormecer, vencida, e acordaria no dia seguinte, morta de cansaço e de pasmo por, afinal, me encontrar viva. Noites e noites no terror de morrer, para agora ansiar por essa mesma morte. Não deixa de ser irônico. Que Deus me leve e eu não dê por nada, é tudo o que lhe peço.

Aquele tempo, depois de o meu tio partir para aquela terra do diabo, foi a pior altura da minha vida. Tudo de ruim aconteceu. Vi a minha tia definhar, como se não pudesse viver sem o irmão, e este fosse um pulmão, ou o ar que respirava, ou o coração a bater-lhe no peito. Certas tardes sentava-se numa poltrona, à janela do quarto, porque estava convencida de que, mais dia, menos dia, ele voltaria e queria ser a primeira a vê-lo chegar.

Ele volta, repetia mais para si mesma do que para nós. *Quando lhe faltar a comida no prato e a cama feita de lavado, volta a correr.*

Ouvia-a sem compreender. Às vezes tinha a sensação de que estava perante as dores de uma mulher abandonada pelo marido, mas depressa afastava tais pensamentos, assustada com o meu atrevimento. *Devo estar maluca.* E estava. À noite não dormia, com medo da morte. Sentia-lhe a presença como se de uma pessoa se tratasse. Cheguei a vê-la, de pé, parada no corredor, um vulto com um manto negro e um capuz ocultando-lhe o rosto de pedra.

A gente deixa de temer a morte no instante em que passa a desejá-la, com o mesmo ardor com que desejamos as mãos do homem que amamos. Um ardor que nos faça esquecer a dor de existir.

Quis escrever ao tio contando da doença da ti Vitória, mas ela opôs-se. Estava amargurada. Dizia vezes sem conta que não precisava dele para nada. Proibiu-me terminantemente, e lia as minhas cartas de fio a pavio para se certificar de que não lhe desobedecia. Ainda pensei escrever-lhe em segredo mas tive medo. Depois, quando o seu estado se deteriorou, começou a chamar por ele. Foi nessa altura que corri a escrever-lhe rogando que voltasse. Infelizmente, não conseguiu chegar a tempo de a ver viva.

Quando a tia morreu, caiu a última pedra daquela frágil construção que era a minha vida, desde que tinha chegado a Estremoz, ainda menina. Nessa altura sentira-me como se me tivessem arrancado da terra e metido numa jarra de cristal. Tudo me faltava: a luz do sol, o vento na cara, a água da chuva. Acabei por acostumar-me. A gente acostuma-se a tudo. Quando a tia morreu, porém, percebi que, afinal, não era bem assim. Apenas cerrara os dentes e aguentara, como aguentamos que uma dor passe, de olhos fechados, à espera de sentir o alívio.

Quis morrer também. Mas era jovem, e a juventude é o melhor remédio contra a morte. Por isso continuei vivendo, como se morresse. Fechei os olhos e fui em frente. Deixei de pensar, agia mecanicamente. Fechei o coração, fechei a voz, fechei a porta, e escondi-me do mundo. Escondi-me da dor e de mim. Sentia-me sozinha, tão sozinha que era insuportável. Engolia as lágrimas a toda a hora, acho até que desaprendi de chorar. E continuava andando, sem saber para onde, sem ver nada, apenas aquele nevoeiro branco.

O que não nos mata fortalece-nos, e se calhar foi isso mesmo que aconteceu. Quando o ti Mariano voltou eu já vertera todas as lágrimas. E nem senti a emoção de que estava à espera. O tio já não era aquele homem forte que podia proteger-me e apagar todo o sofrimento que a sua ausência deixara. Não, agora estava velho. Nunca o vira como um homem de idade e, de repente, tinha-o à minha frente, magro, mirrado, a pele gasta e seca do sol daquela terra, os cabelos todos brancos, as costas curvadas, os olhos pequeninos. Que impressão que aquilo me fez!

Quase desejei que tivesse ficado por lá, para me poupar àquela decepção. A voz dele, que era um trovão, agora vacilava, hesitante, perdendo-se no meio de uma tosse renitente. Cheguei a temer que também ele estivesse doente, mas não. Estava apenas velho.

Às vezes maldigo-lhe o bom coração, que fez com que os outros se aproveitassem, e ainda lhe guardo rancor por, na hora das dificuldades, nos ter abandonado. Acho que nunca lhe perdoei, e isso é mais uma ferida que carrego, uma chaga aberta que ainda dói. Não consigo entender por que diabo se foi embora. Por piores que as coisas estivessem, ele tinha era de ficar ao nosso lado, proteger-nos da desgraça, que é o que um chefe de família deve fazer. Por que não o fez é um mistério que vou levar para a cova. E um desgosto sem remédio, um sofrimento que me vai perseguir até o último suspiro.

Claro que nunca lhe disse nada. E talvez tenha sido um erro. O que mais queria, agora, era poder reconciliar-me com os mortos. Vê-los mais uma vez e dizer-lhes tudo o que nunca lhes disse. Ao meu tio havia de lhe despejar na cara toda a agonia que me fez passar e a seguir dava-lhe um abraço como nunca lhe dei e podia enfim perdoá-lo no fundo do coração. E sei que nesse instante ficaria em paz. Não há pior do que irmo-nos deste mundo com litígios por resolver. O que nos dá serenidade na hora de partir é saber que não levamos rancores para a cova. O ódio é um sentimento muito pesado. O amor, pelo contrário, torna-nos leves.

Quinta e última voz

Estremoz, 13 de março de 1927

"Foi preciso regar com sangue generoso as ruas da Capital para implantar o systema democratico. Está implantada a republica, que o paiz abraçou com indescriptivel enthusiasmo – tal era o rancor com que olhava o vandálico regimen, que nos desacreditava no estrangeiro, reduzindo a nação ás mais precarias condições, collocando-nos abaixo da Turquia e Marrocos, e ainda do Egypto, antes da administração ingleza, no que respeita a liberdade, instrucção e finanças. O arrojo com que o nosso povo e grande parte do exercito affrontaram a metralha e a fuzilaria causou a admiração da Europa, e não menos a generosidade dos vencedores. Agora é preciso não nos illudirmos com as adhesões da ultima hora, nem adormecer sobre os louros da victoria. As toupeiras hão de pretender minar a grande obra da nossa regeneração, e quando isso succeda é preciso esmaga-las sem piedade logo que appareçam á luz do sol. A republica é hoje uma religião para o povo e para o exercito, e é por ella que nos devemos sacrificar para o bem commum. [...]"

"*A República*" por Manuel J. Gonçalves, primeira página do jornal *Ecco d'Estremoz*, 27 de outubro de 1910

"Conforme noticiamos no passado domingo, faleceu nesta cidade, a 13 do corrente e com 91 anos de idade, o nosso velho amigo e assinante, sr. João Francisco Carreço Simões, antigo comerciante e pessoa muito estimada no meio estremocence. Natural de Casa Branca, concelho de Sousel, [...] desde muito novo manifestou inclinação para o trabalho e desejo de ser Alguém. Assim, com 11 anos apenas, conseguiu de seus pais autorização para se empregar no comércio, partindo por isso para a freguesia da Granja, concelho de Mourão, donde, passado algum tempo, se transferiu para Évora; aqui se manteve durante bastantes anos ao serviço de uma importante firma comercial. Mas os seus sonhos eram Estremoz, pelo que conseguiu obter mais tarde colocação no escritório da importante e conceituada, ao tempo, Casa Barbosa & Irmão. Do que foi o seu trabalho nesta casa e a forma como foi apreciado basta destacar-se o facto de, por falecimento do principal sócio, Constantino Barbosa, ser Carreço Simões o seu principal herdeiro. [...] Mais tarde constituiu ainda uma sociedade com Máximo José Rocha para a exploração de uma Fábrica de Moagem e de Energia Elétrica e a quem foi dada pelo Município a concessão para o fornecimento de energia elétrica à nossa cidade. Republicano desde os primeiros tempos da propaganda, conviveu com os vultos mais proeminentes dessa época, designadamente com o dr. Antônio José de Almeida, de quem era grande amigo e a quem sempre acompanhou nas lutas partidárias. A notícia da proclamação da República foi conhecida em Estremoz por seu intermédio, por telegrama que lhe foi dirigido com carácter oficial. Dotado de bondoso carácter, ao seu prestígio se deve não terem havido no nosso concelho cenas desagradáveis após o 5 de Outubro, devendo salientar-se a sua directa intervenção para que as Religiosas, que prestavam serviço no Asilo, não sofressem qualquer desacato. Fez parte da primeira Comissão Administrativa do novo regimen, como vice-presidente, ficando a sua passagem assinalada por uma política de concórdia e de colaboração com todos os elementos republicanos. Apesar de não ter filhos constitui-se chefe paternal e estimadíssimo de uma numerosa família – mais de 90 sobrinhos – auxiliando-os quase todos, senão todos. Assim, poderam muitos deles tirar cursos superiores, outros seguirem a vida comercial ou dedicarem-se a diferentes misteres de artes e ofícios. O seu funeral, que teve lugar no dia seguinte para o cemitério desta cidade, constituiu uma grande manifestação de pesar e de sentida homenagem a um Homem Bom. À família enlutada apresentam todos os que trabalham em *Brados do Alentejo* o seu cartão de profundo pesar."

"*Da Vida que Passa*", notícia publicada no jornal *Brados do Alentejo*, março de 1954

Hoje é o dia da minha morte e sinto-o por todo o corpo, que o corpo desde sempre fala comigo. Sei-o como soube o exato instante em que emprenhei, das duas vezes que aconteceu. E sinto-o porque o ar está mais leve à minha volta e mais pesado dentro do peito. De há uns tempos para cá respirar tornou-se um martírio, mas nunca tão doloroso como hoje. Logo que acordei, notei a diferença. Não deveria dizer "logo que acordei", porque a verdade é que não durmo há meses. Ou, antes, não faço outra coisa senão dormir e viver mergulhada num sonho interminável. Um sonho que se transforma, aos poucos, em pesadelo.

A primeira vez que a dona Mariana me leu a mão disse que eu teria uma vida curta. *Vais morrer comida por bichos,* vaticinou. Aquilo encheu-me de pavor e tirou-me noites de sono. Mas agora vejo que tinha razão. Os bichos que me comem por dentro já estão a chegar ao osso.

Dona Mariana nunca se enganou nas suas leituras. Acho que tinha olho. Mas talvez se tenha enganado quando viu que aquele homem ia destruir a minha vida. Não foi nenhum homem que destruiu a minha vida, eu já nasci com ela destruída. E, se alguém deu cabo dela, fui eu mesma, com estas mãos e estes braços que a terra há-de comer.

Eu não gostava que ela me lesse a mão, mas aguentava, tal como aguentava o cheiro imundo do seu corpo. Também não se podia dizer que o nosso casebre cheirasse bem, mas a isso já eu me habituara.

Vais sofrer muito. Vais chorar tanto que as tuas lágrimas se vão tornar pedras.

Eu fechava os olhos e procurava a luz lá ao fundo, onde não a podia ver. Apesar de estar acostumada ao sofrimento, era um tormento imaginar pedras saindo-me dos olhos. *Safa, deve doer que se farta,* lembro-me de pensar. Andava pelos dez anos, mais coisa menos coisa, porque não sei quando nasci. Nem o ano, nem o dia, nem a hora. A senhora nunca mo disse, e não foi por maldade, desconfio que nem soubesse. O dia do meu nascimento deve ter-se perdido na sua memória, como se perderam tantas outras coisas. Afinal, os seus dias eram sempre iguais, de tal forma que a sua vida, no final, se resumiu a uma linha em branco.

Os meus, durante muito tempo, também não eram diferentes. Desconhecia por completo os meses e os dias da semana. Nem ler nem contar sabia, e a senhora também não.

As pessoas chamavam-lhe *Marirrumina* – lembra-se, minha mãe? –, que era a maneira apressada de dizerem Maria Rumina. Vivíamos num monte de paredes grossas e esburacadas, a cal esboroando-se, coberta de caruncho, as telhas velhas deixando entrar a água da chuva. O monte ficava atrás de um cabeço, e subindo até lá acima avistava-se outro, e depois mais outro. Do cimo do último via-se a Casa Branca e, seguindo pelo atalho a meio da linha dos sobreiros, alcançavam-se as primeiras ruas de terra batida e casas de paredes brancas.

Eram caiadas todos os verões, e depois pintava-se uma faixa azul a toda a volta das paredes e a encimar as portas. Não me cansava de olhar aquelas cores tão bonitas, o branco ainda mais branco do que os lençóis que via estendidos nos quintais, as portas cada uma com a sua cor: verde-escuro, castanho, vermelho-vivo. Aquilo era uma delícia para os olhos. Comparadas com aquelas, as paredes do nosso monte eram tristes e deslavadas.

Éramos muito pobres. Os homens que iam lá a casa levavam sempre alguma coisa de comer. Farinha, azeite, um galo velho de carne rija. *Foi o que se pôde arranjar,* ouvia-os dizer quando a senhora reclamava. Se havia uma matança, lá traziam uns pezinhos, uma orelha de porco, um saco de torresmos; uns enchidos ou umas costeletas, se estávamos com sorte.

Os homens chegavam e a senhora levava-os para o quarto do fundo, sem janelas, onde a gente dormia. A porta era um arco na parede que tinha uma cortina velha e desbotada, já muito puída. Os barulhos que ouvia por detrás da cortina não me despertavam grande curiosidade. Fora sempre assim: o homem a grunhir como um porco e a senhora a respirar fundo como se lhe faltasse o ar. Quando era mais miúda às vezes ainda os espreitava, pensando como eram feias as pessoas sem roupa. O seu corpo quase não se via, afundado entre as mantas e os braços e pernas do homem.

Todas as manhãs tínhamos de ir ao poço da Casa Branca buscar água. Às vezes, vossemecê não se levantava e lá ia eu sozinha pelos campos fora. Conhecia-os como à palma da minha mão. Em chegando ao segundo cabeço, se descêssemos um pouco a encosta para o lado direito, por detrás de umas azinheiras, encontrávamos o monte da dona Mariana. Nunca percebi por que lhe chamava assim, ela nunca foi dona de nada, nem daquela casa velha que, como a nossa, estava caindo aos bocados. Era vidente e curandeira, mas eu na altura nem fazia ideia do que isso queria dizer. Sempre que ficava com febre, lá vinha ela dar-me a beber umas infusões que sabiam mal e pôr-me pachos molhados na testa. Depois queimava folhas de eucalipto na braseira para clarear o ar e afugentar os maus espíritos.

Foi ela que cuidou de si quando já estava nas últimas e nessa altura a casa cheirava sempre a ervas queimadas. Fazia uma papa de raízes e ervas esmagadas no gral e depois punha-lhe aquilo em cima do peito e da barriga com uns panos quentes por cima. Mas o seu estado já não tinha remédio, minha mãe.

Na Casa Branca, as pessoas evitavam-nos. Não nos olhavam e algumas viravam-nos mesmo a cara. Ouvia-lhes sussurros e resmungos, como se falassem para dentro. A senhora nunca dizia nada – e eu também não fazia perguntas. Seguia caminho, olhando em frente, desconfio que para coisa nenhuma. E nos seus olhos eu via uma mágoa qualquer, um grito amordaçado, e era para silenciar esse grito que não perguntava nada.

Também via as pessoas desviarem os olhos, apressarem o passo, tomarem outro caminho, e não entendia o porquê. Olhava-as com o mesmo interesse que dedicava às varejeiras em volta dos dejectos à passagem dos muares, ou ao pão acabado de fazer, tapado com um pano branco, em cima de um tabuleiro à cabeça da forneira, que identificava logo por causa do cheirinho que se espalhava em redor. Vivia isolada, não brincava com crianças da minha idade nem convivia com ninguém além de si e da dona Mariana e, como tal, essa gente merecia toda a minha atenção. E foi assim, bebendo avidamente o que a vista alcançava, que um dia encontrei uns olhos que não se desviaram dos meus. Tinham qualquer coisa parecida comigo, como se fossem a minha imagem num espelho. E sorriam-me. Eu acenei, sem dar conta.

Quando ia sozinha ao poço, era um inferno. Havia sempre outras mulheres a encherem as quartas e eu ficava ali à espera de que todas terminassem, mesmo tendo chegado primeiro do que muitas delas. Às vezes eram horas! Bem me tentava aproximar, mas elas formavam uma barreira compacta à volta do poço. Faziam de propósito. Eu ficava ali parada, sem coragem para me mexer, com vontade de lhes dar um empurrão que as atirasse para dentro do poço. Para me distrair, ia mirando a nora a girar e os passos do muar, arquejante, enquanto cantava baixinho.

Uma vez, já tinha a quarta cheia, uma das mulheres, com um gesto desastrado, deu-lhe um encontrão e a água entornou-se. Nem olhou para mim, fez como se nada fosse. Tremi de raiva. E foi nesse instante que ele chegou, o gaiato dos olhos sorridentes. Nunca o vira assim de tão perto. Ele pegou na quarta, pô-la em pé, depois estendeu-me a mão e eu, percebendo o que queria, passei-lhe o caldeiro. Entendemo-nos sem palavras. Ele sorriu outra vez, virou-se e falou para a mulher: *Dá licença, prima?*

Ela olhou para ele e abanou a cabeça.

Vê se tens tento, João, olha que a tua mãe não vai gostar de saber...

Ele parecia não a ouvir. Manejou o caldeiro com perícia até o fundo e voltou a erguê-lo cheio de água; depois despejou-a para dentro da quarta, repetindo o gesto uma e outra vez, e durante todo esse tempo não me olhou. Por fim, devolveu-me o caldeiro cheio e os seus olhos pousaram nos meus. Fiquei muda de espanto. Agradeci-lhe com o olhar e fui-me embora. No caminho de regresso, não dei pelas pessoas. Tampouco senti o peso da quarta na cintura ou a dormência do braço segurando o caldeiro contra o peito. Não dei por nada.

Cada vez me custa mais respirar. Parece que me entram facas no peito, minha mãe. Devia pedir que chamassem o padre, mas faltam-me as forças. Ainda morro para aqui sem que ninguém repare. Ao menos não dou trabalho. Só quero que seja rápido para não sofrer muito. Lembro-me da sua agonia, pobrezita... Mas preciso de um padre. Tenho de expiar os meus pecados, que são muitos. Será que tenho perdão? Estou a ver o sorriso trocista do João. Se calhar tem razão, o padre não faz falta.

Podia confessar-me a ele. Não, acho que não é boa ideia. Há coisas que nunca lhe poderei dizer. Na hora da morte, ficamos só com a verdade. E a verdade é demasiada. A vida é uma sucessão de mentiras para chegar à verdade, àquela que nos leva deste mundo. Ele ainda vai viver muitos anos, pelo que não pode saber o que isso é.

E o que é a verdade? É o meu amor por ele. Agora já não tenho medo de o dizer. Fugi-lhe toda a vida; enfeitei-o, dei-lhe outros nomes, escondi-o, machuquei-o, cheguei a deitá-lo fora. Tudo por medo. O medo sempre me paralisou. O medo de desaparecer, de não existir. Quando era criança as pessoas desviavam o caminho do meu. Não me viam. Depois de adulta as coisas não mudaram assim tanto, se formos a ver. Saberá ele o que é isso? Sabê-lo-á algum dia? Duvido. E nem desejo que assim seja. Não o desejo a ninguém.

Estou prestes a encarar a morte. Essa, tenho a certeza, não vai desviar o rosto. Vai fixar-me com aqueles seus olhos que são dois poços vazios. E neste momento, em que já lhe pressinto os passos, tanto que queria ter-lhe dito que sim.

Nos momentos de mais ardor, chegou a prometer-me tudo. Que se casava comigo. Na igreja, se eu quisesse. Que me levaria para sua casa, me sentaria à sua mesa e me deitaria na sua cama. E eu ria. Às vezes ficava furiosa. Gritava. Tinha de o fazer, para abafar aquela vontade louca de lhe dizer que sim.

Estás doido? Não digas isso, que é pecado! Tem juízo, homem! Deixa-me quieta!

E ele, imparável:

Se quiseres apresento-te ao próprio Presidente da República!

Ah! Ah! O que eu me ria!

E depois vais levar-me a jantar com esses homens todos bem-postos de fato e gravata, cheirando a perfume e bebendo champanhe? E onde enfias a cara quando perceberes que todos já me viram sem roupa?

Tinha de o calar. Não podia deixar escapar o que me ia na alma.

Quando a senhora morreu, minha mãe, a dona Mariana ficou lá em casa. Os homens continuaram a vir. Era ela agora quem os levava para o quarto dos fundos. Um dia olhou para mim e disse:

Ana, vais ser moça quando o sangue te sair pela boca do corpo e depois tens de ganhar o teu. Era a vontade da tua mãe. Ela já cá não está para te ensinar, ensino-te eu. Abres as pernas e deixas os homens entrar. Mas só enquanto o sangue não descer. Com os sangues é pecado, muitas vidas no inferno. Não faças essa cara, gaiata de má raça! A vida é assim, a gente tem de cumprir o nosso destino. O teu é sofrer, lembras-te do que li na tua mão? As tuas lágrimas hão-de ser duras como pedras. Não, filha, não chores. Não é que a tua mãe quisesse, mas a filha de uma laranja podre não escapa aos bichos. Tu não vês que ninguém te vai dar trabalho? Que hás-de tu fazer, Ana? A gente tem de se conformar com o que tem na vida. E aprende, que eu não duro sempre.

Chorei muito enquanto ela me fazia festas na cabeça. Depois fiquei a vê-la fazer uma açorda só com água, pão e coentros. Escureceu.

Já não há azeite.

Ordenou-me que comesse. Eu não conseguia engolir fosse o que fosse. Nessa noite dormi mal. O seu fantasma visitava-me no meio de uma paisagem inóspita. Olhava-me com aquele grito mudo, aflito, crescendo-lhe dentro dos olhos.

Nunca soube nada de si, senhora. Apenas lhe conheci a respiração pesada debaixo daqueles homens. Terá amado algum deles? E qual era o meu pai? Nunca lhe exigi nada, nunca lhe fiz perguntas. Por que me deixou nascer? Nunca o soube e hoje julgo saber, porque também eu, senhora, também eu, pari o fruto de um amor. Só não tive a coragem que vossemecê teve.

E talvez tenha sido melhor assim. Talvez essa criança seja hoje o que eu nunca pude ser.

Tantas coisas que lhe queria dizer, senhora. Hoje, no dia da minha morte. Talvez vá encontrá-la. Talvez seja a vossemecê que me devo confessar, para poder deixar este mundo limpa do pecado.

O tempo passava e os meus sangues não desciam. Parecia que o corpo se recusava a cumprir o destino que lhe estava traçado. Dona Mariana estava velha, gasta, cansada. Já poucos homens vinham procurá-la. A gente comia batatas da horta, beldroegas, espargos e alcagoitas. Um dia a dona Mariana mandou-me arrumar a trouxa.

Para onde vamos, senhora?

Para onde Deus quiser.

Deus tinha a barba por fazer e usava um cordão de ouro ao pescoço, que brilhava à pouca luz da manhã. Quando abria a boca vislumbravam-se-lhe os dentes podres. Ajudou-me a subir para o carro, onde me deitei em cima de uns fardos de palha, junto das trouxas que juntavam os nossos poucos pertences. Dona Mariana sentou-se ao lado dele. No meio, pousada no banco, como uma velha enxada, estava uma caçadeira carregada. Eu não fazia perguntas, já me habituara a nunca encontrar respostas. O homem deu de beber aos machos e lá partimos.

Eu nem olhei para trás. Não podia saber que nunca mais voltaria àquele lugar.

A viagem durou o dia inteiro. Quando chegamos ao destino era noite cerrada. Havia muitas casas, tantas como eu nunca vira. As ruas eram escuras, iluminadas apenas pela luz fraca de alguns candeeiros a gás. Passamos por uma igreja, um largo com um chafariz, casas altas de paredes brancas rasgando a escuridão. Largas janelas, do tamanho de portas. Varandas nas fachadas. Nunca tinha posto os olhos em nada tão bonito. À roda do largo, as casas tinham arcadas em pedra escura que àquela hora formavam sombras assustadoras.

Os cascos dos animais ecoavam no silêncio da noite. O carro andava aos solavancos devido ao empedrado irregular. O homem deixou-nos à porta de uma casa de paredes sujas num beco sombrio. Dona Mariana bateu à porta. Uma, duas, três vezes. Demorou muito até se ouvir uma voz do outro lado perguntando quem era. Dona Mariana respondeu um nome que não era o seu. A porta abriu-se e apareceu uma mulher com uma touca na cabeça e uma candeia de azeite na mão.

Rosa? És mesmo tu?

A mulher tinha cara de quem acaba de ver uma assombração. Eu estava morta de sono e mal conseguia manter os olhos abertos. Entramos depois de as duas mulheres terem trocado meia dúzia de palavras e fomos conduzidas ao longo de um corredor comprido e úmido, com um cheiro nauseabundo, até um minúsculo quarto sem janelas onde uma velha cama ocupava quase todo o espaço. Adormeci sem dar conta.

No dia seguinte, quando acordei, a dona Mariana já não estava na cama. Nunca mais a vi. Fui levada por um braço até uma sala espaçosa onde estava uma mulher sentada à mesa comendo sopas de leite. Eu ainda vestia a roupa que trouxera, as remelas fechavam-me os olhos e tinha o cabelo em desalinho. Fiquei ali de pé enquanto ela me fazia perguntas. Tinha cara de poucos amigos e muitas rugas.

Como te chamas?

Ana.

Ana do quê?

Ana Rumina.

Silêncio sacudido pelo barulho que ela fazia mastigando, como se tivesse castanholas na boca.

Quantos anos tens?

Não sei, senhora.

Não sabes?

Os olhos dela pareciam os de uma águia, quando fita a presa lá do alto.

Acho... Acho que tenho quinze...

Era o que ouvia à dona Mariana: *Com esses peitos assim empinaditos deves ter uns quinze anos.*

A mulher ergueu-se da mesa e aproximou-se. Recuei, assustada. Havia nela algo de tenebroso. Parou perto de mim, estendeu a mão e mexeu-me na cara. Agarrou-me no cabelo com um gesto brusco. Depois abriu-me a boca, espreitou os dentes, tocou-lhes com os dedos, e eu senti a rudeza da sua pele na língua, juntamente com uma vontade irresistível de lhe morder, mas contive-me. A mão dela apalpava-me o corpo, as mamas que ainda não o eram, a cintura, o baixo-ventre e o mistério entre as pernas. No fim arrastou-se de novo até a mesa e, deixando-se cair sobre a cadeira, falou, sem me olhar:

Podes ficar, mas ainda és muito novita para a função. Trabalho não falta: ajudas na cozinha, fazes as camas, limpas o pó, lavas a roupa e enceras o chão. A paga é uma cama e comida no prato. E lembra-te: sem trabalhares não há uma nem outra.

Uma semana depois, fugi daquela casa. Fugia a uma semana de exaustão, fome e maus-tratos. Tinha nas costas as marcas de uma mangueira de borracha com a qual uma das mulheres me batera quando entornara um balde cheio de água pelas escadas abaixo. Fiquei um dia a pão e água, trancada num armário, depois de ter entrado num dos quartos quando lá estava um homem em cima de uma rapariga aos urros e encharcado em suor.

Passei uma noite na rua, o frio fazendo-me tremer o corpo todo, no meio de umas ruínas que pensava serem os restos da casa de alguém importante. Talvez um antigo palácio, com aquelas colunas antigas, tão bonitas, apesar de estarem quase a cair. No meio dessas pedras encontrei o aconchego de uma casa, minha mãe.

Não preguei olho toda a noite, cheia de medo e de frio, e quando a manhã rompeu levantei-me a custo e deambulei pelo mercado, morta de cansaço e de fome, até cair para o lado. Quando voltei a mim estava deitada numa cama de ferro, num quarto arejado e cheio de luz, com cinco pares de olhos perscrutando-me. Nunca vira um quarto tão bem mobilado: uma cômoda de madeira escura com muitas gavetas, *naperons* de renda por baixo dos dois candeeiros a petróleo, um espelho enorme por cima da cômoda; ao pé da janela, uma cadeira e uma camilha com saia vermelha e toalha de renda e, do outro lado, um lavatório de loiça branca com flores azuis, com o jarro da água por baixo e as toalhas de linho impecáveis penduradas no varão de ferro. A colcha da cama era de um tecido suave e macio. Não sei como tive fôlego para reparar em todos estes pormenores, se as cores ainda não me tinham voltado ao rosto nem a voz à garganta. Os olhos das cinco mulheres abriram-se numa expressão de espanto, e começaram todas a falar ao mesmo tempo até que a mais velha fez um gesto com a mão e elevou o vozeirão acima daquele burburinho:

Alto lá, que a criatura ainda mal veio a si e precisa de sossego. Vamos embora, vá, lá para fora, já!

Fiquei sozinha com aquela mulher. Tinha um rosto bondoso, cheio de rugas fininhas disfarçadas pela maquilhagem. O cabelo estava preso numa trança que lhe caía sobre o ombro. Usava uma saia comprida, vaporosa, e uma blusa com um amplo decote do qual lhe espreitavam os peitos. Tinha anéis nos dedos de unhas longas e vermelhas, pulseiras e colares. Parecia uma rainha.

Gostei logo dela. Algo me dizia que ali estava em segurança e não sofreria os maus-tratos de que fora vítima na outra casa.

A mulher, que se chamava Rosalina, perguntou-me o nome e a idade e sorriu quando lhe disse que tinha quinze anos. Mandou que me trouxessem um caldo de galinha, que devorei sem hesitar, e depois disse-me que descansasse, que mais tarde conversaríamos melhor. Por fim, saiu, fechando a janela e a porta, depois de me tapar com um cobertor de lã grossa que tirou de uma das gavetas da cômoda. Quentinha e com a barriga cheia, adormeci imediatamente.

As meninas da Rosalina eram conhecidas na vizinhança e arredores pelos seus talentos exóticos e a higiene e aprumo do lugar. A casa era das mais bem frequentadas da cidade de Évora e lá só entravam cavalheiros bem vestidos e importantes. Depressa me tornei uma delas, e por minha própria vontade. Espantei toda a gente quando recusei a oferta da dona Rosalina para ajudar na cozinha, na limpeza da casa e nos recados, dizendo que queria trabalhar exatamente como as outras.

Tens a certeza, filha?, perguntou-me, de olhar apreensivo. Baixei os olhos e fiz que sim com a cabeça, teimosa. Foi um ato de desespero. Desde que ouvira da boca de dona Mariana que o meu destino seria igual ao seu, minha mãe, a ideia tornou-se um tormento. Mas, já que tinha de ser, que fosse logo de uma vez. Não aguentava a tortura da espera.

O meu primeiro cliente foi criteriosamente escolhido pela dona Rosalina. Era um senhor de meia-idade, cabelo grisalho e narinas peludas, que fumava cachimbo e arrastava atrás de si o cheiro adocicado do tabaco. Tinha uma loja de fazendas onde as senhoras compravam panos para fazerem vestidos, cortinados e colchas. Quando entrei no quarto, dirigi-me para um canto e comecei a despir-me, como me tinham ensinado, sem ousar erguer os olhos. Estava morta de medo e os gestos eram mecânicos, independentes da minha vontade. Assim que fiquei nua, senti uma mão agarrar-me o queixo e obrigar-me a levantá-lo. O homem segurava na mão um pequeno rebuçado e estendia-mo com um sorriso. Vieram-me as lágrimas aos olhos e ele limpou-as com os dedos.

Então, uma cara tão bonita a chorar?

Estremeci e contive o pranto. O homem sentou-se na cama e começou a desapertar a gravata. Baixei de novo os olhos e só os levantei quando ele me agarrou nos braços e me sentou ao seu colo, em cima de uma coisa dura que se enterrou no meu corpo com uma dor lancinante. Gritei, e ouvi os meus gritos como se não fossem meus, mas fiquei com a sensação de que ele não os ouvia, pois continuava a segurar-me com força, enquanto, com movimentos ritmados, me fazia balançar com ele. Parecia só existir esse movimento, a força nos meus braços e aquela respiração suada no meu ouvido.

Nessa noite, alaguei a fronha do travesseiro e sonhei consigo, senhora. Chamei por si numa lamúria. Desejei como nunca a sua mão na minha cabeça e o calor do seu embalo. Onde estava vossemecê? Onde tinha estado esses anos todos, quando vivíamos as duas no monte? De onde vinha vossemecê? Quem eram os seus pais, e os pais deles? E por que me deixou nascer, senhora? Por que me deixou nascer se sabia ao que eu vinha?

Não lhe tenho raiva. Só quero é ter tempo de lhe contar tudo. É do seu perdão que preciso. Por não ter tido a mesma coragem que vossemecê.

Aquele homem passou a vir todas as semanas, às sextas à noite, e eu depressa me arrependi e maldisse a decisão de ter recusado a proposta da dona Rosalina. No entanto, era tarde para arrependimentos, o que estava feito não tinha remédio. O tempo foi passando, vieram outros homens e fui-me habituando. A gente habitua-se a tudo. Vossemecê com certeza sabe disso.

Fiz-me mulher e comecei a reparar que afinal os homens com quem me deitava não eram assim tão velhos. Ganhei experiência e comecei a fingir o prazer com mais afinco e menos discrição. Tornei-me, em poucos anos, uma menina de ouro da dona Rosalina. Ao mesmo tempo, aprendi a contar, através do valor do dinheiro, e soube pela primeira vez que estávamos no ano de 1878, quase a entrar em 1879. E também que nesse janeiro ia fazer cinco anos que eu chegara àquela casa.

E tenho de o confessar, senhora, pela primeira vez na vida, era feliz. Não vou dizer que o fui consigo porque nunca fui uma criança feliz e acho que vossemecê o sabe melhor do que eu, que nessa altura percebia lá o que era a felicidade. Naquela casa encontrei o que nunca tivera: aconchego, proteção e amigas. Quando lá cheguei, ainda criança, apaixonei-me por aquelas mulheres bonitas que se passeavam meio despidas pela casa a qualquer hora do dia. O que eu gostava de ficar deitada nas suas camas, enquanto elas, em frente ao espelho, se maquilhavam para a noite! Aquilo era como um espetáculo de magia, para mim, que nunca pusera os pés num circo. Ansiava por crescer e tornar-me bonita como elas. Elas também gostavam de mim, não corriam comigo dos seus quartos e algumas até me deixavam pôr um pouco de *rouge* nas bochechas e uma corzinha nos lábios.

Quando cresci percebi que eram todas muito novas, algumas mais velhas do que eu apenas dois ou três anos. Éramos uma família, e a dona Rosalina era a mãe que nenhuma de nós tinha. Perdoe-me se lhe magoo o coração ao dizer estas coisas, mas é a mais pura verdade. Aqui chegadas, já só podemos contar com a verdade.

Foi nessa altura que voltei a encontrá-lo, ao homem que me enfeitiçou. Agora já posso falar assim porque já nada tenho a perder. Durante toda a minha vida lutei com unhas e dentes contra este feitiço e agora percebo que foi em vão. O amor que sinto por ele vai comigo para a cova.

No dia em que o vi na Praça do Giraldo, junto ao chafariz, ao lado de uma parelha de cavalos e em conversa com outro rapaz, fiquei sem pinga de sangue. Não queria acreditar. Fugi o mais depressa que pude, sem saber do que fugia.

Depois comecei a vê-lo amiúde. Reconhecia aqueles olhos, claro que sim, eram os mesmos do gaiato da Casa Branca, os únicos que não se desviavam de mim. Mas depois ficava na dúvida. Seriam mesmo? Não estaria a fazer confusão? Tinha passado tanto tempo, já nem me lembrava bem da cara dele. Como podia ter a certeza de que era a mesma pessoa? Adormecia e acordava com a imagem do seu rosto, via-o em todo o lado, parecia louca. Depois, quando estava com os homens, comecei a sentir uma coisa estranha: um calor, uma sensação de formigueiro, uma vontade de gritar. E de madrugada, quando ia dormir, era a mesma coisa, uma palpitação no peito, uma queimadura no ventre, uma água morna inundando-me as entranhas. Apertava o sexo com urgência e pela primeira vez soube o que era o prazer.

Até que uma noite ele me entrou no quarto. Ainda não deviam ser nove horas. Não sei como terá feito para se esgueirar até lá sem chamar a atenção de ninguém. Ou talvez tenha contado com a cumplicidade de uma das raparigas, quem sabe? Foi coisa que nunca indaguei. Eu estava a pentear-me. Já tinha pintado os lábios, sombreado os olhos e posto um pouco de *rouge*. Ficara bonita. Sempre me achara feia, pequena, suja. Naquele dia, porém, sentia-me diferente.

Ouvi o barulho da porta e virei-me, naturalmente, à espera de ver uma das raparigas entrar – era habitual alguma vir pedir o *bâton* emprestado ou ajuda para entrançar o cabelo. Virei-me, sem surpresa, e de repente os meus olhos bateram nos dele.

Saltei da cadeira. Olhei instintivamente para baixo, para me certificar do que trazia vestido, não fosse estar em combinação ou só com o *soutien* e a cinta.

Ele fechou a porta atrás de si e ficou parado no mesmo sítio. Só.

Vejo um homem, dissera dona Mariana, *um homem que vai destruir a tua vida.* Sem saber por quê, lembrava-me destas palavras. Voltava a ouvi-las, com uma clareza surpreendente, como se a voz de dona Mariana tivesse viajado através dos anos até ali. Olhei-o como se mirasse as chamas de um incêndio. Devia ter uns dezoito anos. Talvez até fosse mais novo, dezasseis ou dezassete. Os olhos, sem cor definida, eram os mesmos de que me lembrava e dentro deles a luz de um mistério atraía-me sem remédio. Ouvi uma voz, vinda da minha cabeça, sussurrar-me ao ouvido:

Atenta-te, Ana, que é que te deu?

Talvez tenha sido essa voz que fez com que avançasse para ele, enquanto a chama trêmula do candeeiro de petróleo fazia as sombras dançarem nas paredes e no seu rosto quieto. O silêncio estava cheio da minha respiração. As palavras que não saíam ardiam-me na garganta.

Nunca te vi por cá antes. Deixa-me adivinhar: é a primeira vez...?

Geralmente, era assim que brindava os novatos que me entravam no quarto. Gostava especialmente de vislumbrar a faísca de pavor que aquelas palavras, *a primeira vez,* despertavam neles. Uns gaiatos ainda, mal haviam largado as saias da mãe. Desta vez, porém, não encontrava a voz. Estava completamente muda.

Atenta-te, mulher, 'tás parva ou quê?

Sem desviar o olhar, comecei lentamente a despir a blusa. Desapertei os botões um a um até o *soutien* ficar a descoberto. A pele ardendo na carícia dos meus próprios dedos. Os olhos dele, incrédulos.

Um homem que vai destruir a tua vida. Tem cuidado, Ana. Muito cuidado.

Não, não podia ser ele; era um gaiato ainda. E no entanto lembrava-me dele gaiato, os mesmos olhos de agora. E se não fosse ele? Só podia ser, os olhos não mentem.

Mas tu 'tás parva, Ana?

Peguei-lhe numa das mãos com fúria e meti-a dentro do *soutien*. Estávamos tão perto que lhe sentia a respiração entrar-me nas narinas. O seu cheiro embriagava-me. Ele continuava a olhar-me como se me matasse e eu, sem saber o que fazer para não me deixar morrer, desfiz-lhe a gravata, arranquei-lhe a camisa e, quando a minha pele roçou na dele, quase soltei um grito. Os seus olhos entraram então para dentro dos meus e aguentei a dor de não os desviar. A boca tão perto da minha, quase lhe sentia o gosto, a saliva, o beijo; *mas não, não posso beijá-lo, não foi para isso que aqui veio.*

Compõe-te, Ana, 'tás doida, mulher?

Abri-lhe o fecho das calças e meti-lhe a mão entre as pernas; e foi sem surpresa que lhe encontrei o sexo flácido. Se não estava frio, só podia ser medo. A boca dele tocou na minha, os lábios úmidos aflorando os meus com receio, e a mão que eu tão sem delicadeza pousara no peito deslizou pelo pescoço até o meu rosto. Engoli o ar de toda a minha vida naquele beijo. Já só ouvia a voz lá muito ao fundo.

Ana, Ana, que estás fazendo, perdeste o juízo?

Quando as nossas bocas se separaram, as palavras escaparam-se-me dos lábios, não as que eu queria dizer:

Deixa lá isso, não fiques a matutar que não é nada. Acontece a todos.

O quê? O que é que acontece a todos?

Era a primeira vez que lhe ouvia a voz, ao fim de tanto tempo; aquele tempo, nós ainda gaiatos.

Isto...

E a minha mão esgueirou-se de novo para o meio das suas pernas. O riso dele chocalhou-me dentro da cabeça.

Acontece a todos?

A dúvida na voz. Um gaiato ou um homem? Os olhos puros, ingênuo; maliciosos, cruéis?

Acontece a todos da primeira vez.

E como sabes que é a primeira vez?

Estávamos abraçados, meio despidos, a nossa nudez brilhando à luz fraca da lamparina. As minhas gargalhadas cortaram o ar como facas. Ele não desapertou o abraço. Não lhe respondi. Olhei para dentro dos seus olhos já sem medo. Era mais velha do que ele, mais experiente; uma puta, já tinha ido com mais homens do que ele podia imaginar. Vi a boca do abismo que tão bem conhecia. Vi mais qualquer coisa além da vertigem. Um incêndio consumindo-me a razão. E, depois, deixei de ver.

Uma loucura, aquela noite.

Sabe do que falo, senhora? Sabe o que é ter o corpo de um homem, sem precisar de pensar no que fazer para lhe agradar ainda que isso nos dê asco e vontade de vomitar? E estarmos tão habituadas àquilo que o asco já nem é nada, é como se fosse uma pouca de azia, a gente cerra os dentes e logo passa? Sabe o que é perdermo-nos no corpo de um homem? Deixarmos de saber quais são as nossas pernas e quais são as dele, onde temos as mãos, a boca, onde nos param os braços? Deixarmos de sentir o corpo e só vermos o brilho dos olhos inundando tudo de luz, e a alma saindo do peito num murmúrio de água? Sabe, senhora? Esquecermo-nos de nós, esquecermos quem somos; apenas a urgência, a sede, a calma que escorre dos dedos de um homem percorrendo o nosso corpo com vagar, com a carícia da seda, como se em cada milímetro da nossa pele morasse o riso que lhe cabe inteiro na boca? Sabe o que é darmos por nós guiando-lhe os passos; os dedos, as mãos, a boca; guiando-o pelos caminhos do prazer que desconhecíamos até aquele instante? Com cuidado para que não perca o passo, como se fosse um cego que tivéssemos de conduzir numa rua escura? Sentirmos um homem entregar-se nos nossos braços, como quem renasce e recomeça a dar os primeiros passos? Como se beijar fosse uma nova língua? Sabe, senhora?

Tomara que saiba, porque sem isto de que falo a vida não tem graça nenhuma. Não é vida, não é nada.

Quando acordei, já a manhã ia alta e estava sozinha na cama. Sentia-me leve. Parecia que tudo não passara de um sonho. Mas não. Sobre a mesa de cabeceira estava a prova: três moedas em cima de um papel com umas letras. Eu não sabia ler, atirei com o papel para o ar depois de o ter amarrotado e, agarrando nas moedas, contive-me para não as atirar pela janela. Não saberia dizer porque aquele dinheiro me queimava as mãos e me dava aquela vontade de chorar até querer partir tudo à minha volta. Raça de um cabrão. Mas do que estava eu à espera? Enterrei a cabeça no travesseiro, chorei baba e ranho. Fiquei com a cara tão inchada que tive de a mergulhar depois em água fria.

Nessa noite o desgraçado voltou, pois voltou. E eu estava à sua espera, no salão, sentada a uma das mesas com um cliente habitual; tinha passado horas em frente ao espelho a pôr-me que nem uma rainha e, quando ele entrou, nem lhe dirigi o olhar, virei-me para o homem e comecei a beijar-lhe o pescoço enquanto lhe sussurrava palavras lânguidas ao ouvido. Não foi preciso mais: arrastamo-nos escada acima para o quarto, no meio de risadinhas, e só tenho pena de não ter visto as trombas de fome daquele estafermo. No dia seguinte regressou por volta da hora do almoço, bateu à porta e disse que queria falar comigo, imagine o descaramento. Nem saí do quarto, mandei dizer que não estava, que me tinha mudado, que tinha ido para o inferno, sei lá! Deve ter ouvido os meus gritos. A partir daí via-o da janela, durante um bocado à hora do almoço e depois à tardinha. Escondi-me durante dois dias. Ao terceiro perdi a paciência. Saí, estava ele prantado à esquina. Passei sem lhe dirigir o olhar e ouvi-lhe os passos atrás de mim. Às tantas agarrou-me no braço. Tentei sacudi-lo, mas ele apertou-me com força e obrigou-me a parar. A minha alma estava parva. Como tinha coragem de vir atrás de mim, à vista de todos? Sabia que ele era gente importante, via isso na maneira de se vestir, de falar, nas companhias com quem andava. A última coisa que qualquer rapaz daquele meio queria era ser visto na rua com uma mulher da minha laia. A ele, porém, parecia que tal nem lhe passava pela cabeça.

Por que andas a fugir de mim?

Estás doido? Larga-me! Olha toda a gente a olhar...

E que me importa? Achas que me faz alguma diferença o que as pessoas pensam? Tentei soltar-me, mas ele aumentou a pressão. *Não te largo enquanto não me disseres: Que foi que eu te fiz?*

Nada, não fizeste nada. Deixa-me ir embora. Olha as pessoas!

Não te largo enquanto não me deres uma resposta!

Estava zangado, os olhos faiscavam, mas eu via neles também uma ansiedade, uma atrapalhação, um desejo quase louco de me agarrar e beijar. E depois percebi que o desejo era meu. Comecei a tremer.

Está bem, mas aqui não, está toda a gente a ver, vai-te embora e mais logo conversamos, pode ser?

Mais logo quando? E onde?

Vai lá a casa hoje à noite, eu...

Para mandares dizer que te mudaste?

Não, juro que desta vez te recebo. Juro por Deus, pela alma da minha mãe que...

Está bem, deixa lá a alma da tua mãe em paz. O tom de voz abrandara, e agora quase sorria. *Mas aviso-te já que, se repetes a graça, entro por ali adentro e faço um escândalo. Se me quiseres impedir de entrar, vais ter de chamar a autoridade.* Depois soltou uma gargalhada. *Estou lá às oito.*

Isso é muito cedo... Ia começar a protestar, mas ele nem me deixou acabar.

Às oito e não se fala mais nisso.

E deixou-me atarantada, com o coração aos saltos, depois de me ter pregado um beijo na boca sem aviso, ali à vista de quem quis ver.

Às oito em ponto, lá estava. Subimos para o quarto, ante o olhar atônito das moças e da dona Rosalina, que estava intrigada e não perdeu a oportunidade de ver com os próprios olhos *o moço da Ana*, como já lhe chamavam. Eu não suportava as miradas irônicas que adivinhava nas nossas costas.

Quando fechei a porta, ele ficou de pé, à minha frente, a expressão inquiridora:

Vais dizer-me o que aconteceu?

Fiquei muda. Parecia que toda a raiva se sumira. Fui à gaveta da mesa de cabeceira e tirei as moedas que lá guardara na manhã que se seguira àquela noite louca. Sem uma palavra, estendi-lhas. Ele pegou nelas e continuou a olhar-me.

Foi por causa disto? Por causa do dinheiro?

Envergonhada, fiz que sim com a cabeça.

E o papel?

Qual papel?

O papel que estava com o dinheiro. Não viste? Acenei com a cabeça. *Não o leste?*

Suspirei. Começava de novo a irritar-me.

Não.

Por quê?

Por acaso andaste comigo à escola?

Ele ficou de boca aberta, a meio de uma palavra. Vi o brilho dos olhos escurecer. Abanou a cabeça, levantou os braços e baixou-os de novo. Mordeu o lábio antes de falar:

Desculpa, eu...

Não peças desculpa.

Virei as costas e dirigi-me para a janela. Ele alcançou-me em duas passadas e agarrou-me no braço, exatamente como fizera na rua nessa tarde. Só que a minha resistência era menor.

Não... Desculpa. A sério. Que estúpido... Nem me lembrei... Não queria magoar-te.

Encolhi os ombros. Sentia qualquer coisa partida dentro do peito. Resolvi desviar a conversa.

Mas afinal o que é que dizia o papel?

Olhou para mim com uma expressão esquisita.

Queres mesmo saber?

Já agora...

Desenhou-se um sorriso no seu rosto. Parecia que estava a pensar em qualquer coisa divertida. Eu é que não estava a achar graça nenhuma.

Não, não te vou dizer. Espera, não te zangues. Voltou a segurar-me os braços com as mãos. *Ficamos amigos, pode ser? Eu venho ver-te sempre que quiser. Espera, não, ouve primeiro, isto é um trato. Não te pago, nunca mais te deixo dinheiro, juro. Bem, se algum dia precisares, podes pedir-me emprestado, está bem assim? Mas falta uma coisa, tenho de te dar qualquer coisa em troca, e se não te posso dar dinheiro posso ensinar-te a ler. Que dizes?*

Dava tudo para ter visto a minha cara.

Ensinas-me a ler?

Não disseste que queres saber o que diz o papel? Pois bem... Vais ter de descobrir.

Não tive coragem de lhe dizer que, provavelmente, o raio do papel já estava no lixo.

Estás louco!

Ele riu-se enquanto me abraçava.

Sim, estou louco. Acho que foi a senhora que me enlouqueceu...

Para com isso...

Sim ou não?

Havia muito que não sentia aquele pavor devorando-me as entranhas. Tanto tempo que já quase me esquecera dele. O medo, todavia, é um companheiro para a vida. E fiel. Tive um impulso de gritar que não, que me desaparecesse dali, enxotá-lo, bater-lhe, pô-lo fora. Contudo, era tarde demais. Já estava enterrada no lodo daqueles braços poderosos. E deixei-me afogar.

Na manhã seguinte acordei de novo com aquela leveza na alma. Pus-me debaixo da cama, arrastei a cômoda, espreitei para baixo da mesinha, até que me lembrei de procurar atrás do espelho, e lá estava o tal papel com as misteriosas palavras, todo amarrotado. Alisei-o com cuidado e guardei-o religiosamente até hoje. Algum tempo depois, pude decifrar a mensagem. Dizia: *Bom dia, minha Luz. Não quis acordar-te. Tenho de estar no escritório às 8. Deixo-te algum dinheiro para te compensar do que perdeste ontem por teres passado a noite comigo. Imagino que te faça diferença uma noite inteira sem ganhar. Não penses que é para pagar a nossa noite, porque, mesmo que te desse todo o ouro do mundo, ainda ficaria em dívida. Volto logo à noite, espero que não te importes. Um beijo já com saudades, João. P.S. Ainda não sei o teu nome, mas já te batizei: és a minha Luz...*

Minha Luz. Era assim que me chamava.

Ainda chama, minha mãe. Ainda chama.

Esteve cá ontem. Não o volto a ver...

Anda apoquentado comigo, coitado. Tem sido incansável, traz cá o doutor, depois vai buscar-me os remédios, dá-mos à boca... Segura-me na mão e beija-a, e começo a senti-la molhada de lágrimas.

Não te vás, minha Luz... Luta, luta pela vida. Não te deixes morrer.

Diz isto numa voz de criança, como se fosse de novo o rapazinho que me entrou no quarto naquela noite. *Como eu queria lutar, meu amor... Mas a minha hora chegou. Não posso fazer nada. A morte é um momento íntimo. É bom que me deixes e te acostumes à ideia. Vai-te, João. Já nada tenho para te dar, e o que tu tiveres para mim já não me servirá.*

O nosso trato acabou por funcionar, mas com uma pequena alteração imposta por mim: ao contrário do que ele pretendia, marcaríamos um dia para os nossos encontros. Não queria que pensasse que estava sempre à sua espera. Afinal, aquele era o meu trabalho e requeria obrigações. Por último, queria ser dona do meu nariz.

Aprendi assim a ler ao mesmo tempo que aprendia o prazer da carne. Pode parecer um paradoxo que eu, uma profissional, diga uma coisa destas, mas a verdade é que até ali pouco percebia de sexo. Sabia, isso, sim, como excitar um homem e fazê-lo delirar, ir ao encontro das suas fantasias mais secretas, que a bem dizer não têm segredo nenhum: tudo o que eles querem é sentir que controlam as mulheres, que nos dominam, que podem fazer de nós gato-sapato. Depois há aqueles que tiram um prazer especial da humilhação. Uma mulher aprende rapidamente a corresponder, a fingir-se dominada, subjugada e, mais importante de tudo, a fingir que gosta. Não há ciência nenhuma.

Por isso é muito natural que, com o tempo, nos vamos esquecendo do que nos dá prazer a nós. Ou que nunca o cheguemos a saber. Habituamo-nos a anular o que sentimos e a satisfazer apenas desejos alheios. E, às tantas, começamos a gostar das migalhas que comemos.

Eu já tinha tirado os três a muitos. Sempre borrados de medo, nem pô-lo de pé, quanto mais. Aquilo que lhe disse a ele não é mentira nenhuma, acontece a todos. Claro que há outras maneiras de acordar os mortos e não deixar as coisas por ali. A maioria vinha-se dentro da minha boca, uns segundos depois. A alguns, bastava chegar-lhes com a mão.

O que esses rapazolas querem é convencer-se de que já são homens. Quase sempre saem de monco caído e orgulho ferido e, para compensar, lá vão armados em galos de capoeira com uma grande história para contar, eu fiz isto e aquilo e aqueloutro. Uma grande paródia. Depois, quando voltam, vêm humilhados e mudam o jogo. Porque o medo deu lugar à raiva, e a raiva é um motor do corpo, dos mais potentes. E pronto: a partir daí já podem dizer que os têm no sítio.

Não me enganei quando disse que aquela noite era a primeira dele. Uma mulher sabe quando um homem não percebe nada de mulheres. Na primeira vez são todos iguais. Depois há dois tipos: os que querem aprender e os que não querem. Entre os primeiros, há ainda os que apenas querem aprender e os que gostam de fazê-lo. O João sempre pertenceu aos últimos. Não sabia nada de nada, mas aprendeu depressa, e com tanto gosto que mesmo quando era desajeitado me fazia estremecer.

Aqueles tempos foram o céu e o inferno. O céu, quando estava com ele; o inferno, quando me punha a pensar na vida. E quanto mais pensava mais inquieta ficava. Nunca antes me apaixonara e tudo acontecera demasiado depressa. Naquela altura nem me atrevia a admitir que se tratava de paixão, mas sabia que nunca tinha sentido aquilo antes: uma coisa que me deixava fraca de espírito, o que me desagradava, pois não estava habituada a perder o controlo.

Às vezes via-o na rua, e o meu coração inchava só de o ver ao longe, no meio de um grupo de homens, todos impecavelmente vestidos, os chapéus escuros na cabeça, os charutos na boca. Ele trabalhava numa das principais firmas comerciais da cidade e em pouco tempo ascendera a uma posição importante, apesar de tão novo. Quando o avistava no meio daqueles homens, a maioria deles banqueiros ou ocupando outros cargos de prestígio, ficava dividida. Por um lado, era um sonho um homem daqueles ser meu; por outro, era impossível. Não, ele não me pertencia; eu não era do seu mundo e um dia isso viria ao de cima. Haveria de casar-se e esquecer-se-ia de mim. E, ainda que continuasse a procurar-me, nunca mais seria a mesma coisa. *Um homem que vai destruir a tua vida. Tem muito cuidado, Ana.* Seria ele, no fim de contas?

Isto durou quase um ano. Por fim, começamos a discutir. Veio com aquela conversa de eu deixar a vida, de ficarmos juntos. Cada vez que falava nisso era como se me espetasse uma faca nas costas. Eu lá sabia ser outra coisa senão puta! E quem é que se junta com uma puta, ainda para mais um homem da condição dele? Enfurecia-me de tal maneira que tinha ganas de o esbofetear.

Estás louco, gritava-lhe, *está mas é calado, homem! Vais andar de braço dado comigo para que se riam de ti?*

Ele dizia que não se importava mas eu não acreditava. Ou não queria acreditar. Como é que podia ser, se eu já me deitara praticamente com todos os homens com quem me cruzava na rua? E depois teria de o acompanhar ao teatro, aos bailes, à tourada, à ópera, ficar junto dele nas festas da cidade, dar-me com as pessoas do meio dele, os amigos, as esposas dos amigos... O que não seria, meu Deus. E, ao contrário de me enternecer, torturava-me com a ideia de que ele não me aceitava. Sim, no fundo, no fundo, se calhar tinha vergonha. Vergonha de mim, o bandido. Senão, para que é que me queria mudar? De orgulho ferido e enxovalhado, dava-me um ataque de casmurrice.

Nasci puta, vou morrer puta! A gente não escolhe o berço onde nasce, e eu nasci com esta marca! Se não gostas, procura outra!

E depois, emprenhei. Soube-o no segundo em que aconteceu. Aquela sensação cálida espraiando-se no ventre. Tinha-me esquecido da esponja umedecida em vinagre que colocava antes de estar com um homem. Era assim que me prevenia, aprendera com as outras raparigas. Nunca me esquecia, excepto com ele. Com ele ficava zonza e deixava de pensar.

A princípio achei que era mania minha. Mas depois o tempo passou e vieram outros sinais: má-disposição de manhã, enjoos, e à noite umas agonias que não me tinha em mim. Preparava às escondidas chá de canela e lá ia disfarçando como podia, desviando a conversa às perguntas embaraçosas sobre o que tinha. A certeza, contudo, veio quando as regras falharam. Uma, duas semanas, era aceitável. Mais de um mês, evidentemente que não.

Senti-me perdida. Ele não podia saber de nada. Sim, porque eu tinha a certeza de que a criança era dele. Em rigor, havia uma grande probabilidade de o pai ser qualquer um, mesmo usando aquele método que, a bem da verdade, não é completamente eficaz. Isso, no entanto, eu só aprenderia mais tarde. Naquela altura estava certa de que esperava um filho seu.

Nunca tive tanto medo na vida. Não sei se tinha mais medo de que ele me abandonasse ou de que me obrigasse a ir viver com ele e a ter a criança. Pensar nisso deixava-me a cabeça a latejar, como se me espetassem um ferro nas têmporas. Eu só sabia que aquela criança ia pôr o meu mundo de pernas para o ar, e eu não queria que nada mudasse. Mudar era o meu maior medo. Ainda hoje é.

De vez em quando, uma das raparigas fazia um desmancho. A dona Rosalina era especialista. Nisso não haveria problema, era só contar-lhe o que se passava e estava o assunto arrumado.

Podia morrer, às vezes acontecia, ainda no ano anterior uma das moças se fora esvaindo-se em sangue. A morte, contudo, não me assustava, pelo menos naquela altura. Agora, que lhe sinto o bafo no pescoço, já não estou tão certa.

No entanto, não podia matar aquela criança. Não era capaz. Tinha de me ir embora. Era a única saída.

Ainda demorei algum tempo a tomar a decisão. Por sorte, só comecei a fazer barriga nos últimos meses, e mesmo assim era uma barriga pequenita. Ninguém me fazia prenha. Continuei a trabalhar como se nada tivesse acontecido. Via o João todas as semanas e ele dizia que me gostava de ver assim, mais gorda, mas nunca desconfiou de nada. Ocultar-lhe a verdade custava-me; porém, era incapaz de revelar-lhe aquele segredo. Fingir que nada se passava trazia-me alguma tranquilidade. Era como se assim pudesse enganar o destino e esquivar-me ao que me esperava.

Quando percebi que não podia adiar mais, contei tudo à dona Rosalina. Ela ouviu pacientemente e, no fim, censurou-me por ter deixado as coisas chegarem àquele ponto.

Devias ter confiado em mim.

Pedi-lhe perdão, e que me ajudasse a sair daquela terra.

E que vais fazer com a criança?

Ainda não sei...

Podes ficar aqui. Podes ter a criança aqui. É mais seguro. Depois logo se vê...

Não, não pode ser. Ninguém pode saber disto, senhora. Por amor de Deus, prometa-me que não fala disto a ninguém, nem às paredes. A minha voz tremia. *Se chega aos ouvidos dele...*

Mas, minha filha, ela segurou-me na mão, *como sabes que é dele? Pode ser de qualquer um!*

Não, senhora, eu sei que é dele. Não me pergunte como. É uma coisa que sei. Que sinto.

Ela sorriu, e o seu olhar derramava compaixão.

Minha filha, ainda és muito nova, o teu coração está cheio de fé. Se queres um conselho, tem essa criança, junta-te com esse homem, diz-lhe que é ele o pai. Não olhes para mim dessa maneira, estou farta de saber que ele já te propôs isso mil vezes... Aceita, Ana. Parece que não sabes a sorte que tens. Não é a todas que acontece uma coisa dessas. Esse homem faz tudo por ti. Está escrito na cara dele, filha! O modo como te olha... Não me digas que ainda não reparaste? Ai, Ana, aproveita essa dádiva do céu!

Abanei a cabeça com veemência.

Não, não posso! Vossemecê não entende. Não tenho sorte nenhuma! Não posso viver com esse homem! Ele é de outro nível, de outro mundo!

Minha filha, entendo mais do que imaginas. Diz-me uma coisa, sinceramente. Tu gostas dele?

Se gosto dele? Claro que sim... Como é que não havia de gostar?

Então ouve o teu coração, Ana. Não tenhas medo!

Medo, eu? Ora essa, por que é que havia de ter medo? E de quê?

Dele, filha. E do que sentes. É ou não é? Não perdes o sono tentando perceber que raio te fez ele para andares assim perdida?

Eu tenho é uma grande gratidão pelo que ele fez por mim, até me ensinou a ler! Ele é um homem bom, só isso. Vossemecê sabe como é, a gente apega-se mais a uns do que a outros. Mas ele não pode saber do meu estado. E eu peço-lhe por tudo o que há de mais sagrado neste mundo que me ajude a esconder este segredo! Preciso de me ir embora, ter a criança e depois voltar com tudo resolvido...

Está bem, Ana. Não te preocupes, que eu vou ajudar-te. Vou fazer o que me pedes, fica descansada. Pela minha boca ninguém vai saber. Conheço um sítio para onde podes ir, fica numa vila não muito longe daqui. Tenho lá uma amiga com uma casa de raparigas como esta. É só dizeres que vais da minha parte e...

E quando posso ir?

Se quiseres, podes ir já amanhã. Mas ouve, pensa bem naquilo que te disse. Tens ainda algum tempo até essa criança nascer. Podes mudar de ideias, podes voltar atrás. Olha que eu já vivi muito e sei que podes estar a deitar fora a tua felicidade.

Eu sorri. Peguei-lhe nas mãos.

A minha felicidade... A senhora não sabe do que fala. A minha felicidade é tê-la encontrado a si. A minha família são vossemecês, senhora. Nunca vou ser feliz de outra maneira. Obrigada por tudo, dona Rosalina. A senhora é mais do que uma mãe...

Beijei-lhe as mãos e depois senti uma delas pousar na minha cabeça com doçura. Quando levantei os olhos vi que havia lágrimas nos dela.

Vai na paz de Deus, minha filha. Agora, vou tratar de arranjar quem te leve.

Parti nessa mesma madrugada, levando os poucos pertences que possuía. Não me despedi de ninguém. Não queria que soubessem que me ia embora, nem iria aguentar o desgosto da despedida. Se naquela altura sonhasse que nunca mais voltaria a ver nenhuma delas, se calhar não tinha feito as coisas assim. Mas a minha ideia era regressar assim que tivesse a criança.

O homem que me deu boleia conduzia um grande carro de parelha que transportava mercadoria variada. Metemo-nos à estrada às seis da manhã, seguindo por atalhos e estradas de terra até as herdades onde ele recolhia cortiça e mel a troco de dinheiro. Passamos por Arraiolos, aonde fomos buscar tapetes e almofadas. O homenzinho trazia o dinheiro dentro dos sapatos, por baixo da palmilha, e mesmo assim viajávamos com uma caçadeira carregada. Eu levava o meu preso na cinta.

Há para aí munta vadiagem.

Disse-me também que depois de me deixar em Estremoz seguiria para Borba, aonde ia buscar vinho, e para Elvas, até a fronteira, onde contava conseguir algum tabaco espanhol.

A viagem foi demorada, com tantas voltas só chegamos ao fim da tarde. Chovia, uma morrinha que se colava à pele e aos cabelos em lágrimas de teias de aranha.

Nesse dia, ainda não podia adivinhar que a vila que se desenhava a meus olhos um dia chegaria a cidade, graças ao trabalho árduo de muitos, entre os quais o pai da criança que carregava no ventre. Ou daquele que eu metera na cabeça que era o pai.

A Amélia do Ninho recebeu-me de braços abertos quando lhe disse quem era, ao que vinha e quem me mandara. Era uma mulher mais velha e mais acabada do que a dona Rosalina. A casa, com uma fachada larga na qual se abriam quatro janelas altas, duas de cada lado da porta, ficava ao fundo da rua Direita. As paredes precisavam de ser caiadas. O soalho de madeira pedia para ser polido e encerado, e o pó sacudido de tapetes, almofadas, cômodas, camas e sofás. As mobílias tinham um ar gasto e decadente, comparadas com as que eu vira na casa da dona Rosalina.

Quando cheguei já levava uns bons meses de gravidez, mas mal se notava. Por isso continuei a trabalhar. A dona Amélia bem me dizia que estivesse quieta e que ajudasse na cozinha, mas eu fiz questão de trabalhar enquanto o tamanho da barriga não trouxe problemas à função nem afugentou os homens. Repetia para mim mesma que tinha de ganhar o meu, porque não havia quem olhasse por mim, e também tentava ocupar-me para não pensar muito. Queria, sobretudo, esquecer aquele homem que não me saía da cabeça, aquele que a dona Mariana vaticinara que me destruiria a vida. Sim, nessa altura acreditei piamente que era ele. E carregar um filho seu só podia ser castigo de Deus.

A minha barriga cresceu finalmente nos três últimos meses. Tive de parar de trabalhar, incharam-me os pés e sentia-me pesada. Mal conseguia comer e todas as manhãs acordava com a mesma queimadura na boca do estômago com que adormecera. A dona Amélia esmerou-se e tratou-me melhor do que a uma filha: trazia-me batata cozida à cama para acalmar a azia e fazia-me festas na barriga com a dedicação de uma avó.

É muito difícil recordar isto, senhora. Sentia o bebê mexendo e ficava assim doida, doida de felicidade. Chorava e ria sem saber o porquê. Não estava em mim, senhora. Não estava em mim.

Passou tão depressa... Três meses de delírio. Até costurei uma camisinha para ele, eu que nunca me tinha chegado a uma caixa de costura. Uma das moças bordava que era uma maravilha e ensinou-me. Parecia uma coisita feita por uma criança, cheia de remendos e pontas mal alinhavadas, mas ela disse que estava linda e eu acreditei. Naquela altura acreditava em tudo. Até que ia ficar com a minha menina. Não sei por quê, mas meteu-se-me na cabeça que era uma menina. Até lhe dei um nome, *Marirrosinha.* Maria, como vossemecê, e Rosa, o meu nome preferido.

Não foi uma menina que pari, não, senhora. Depois daquele inferno de dores que durou quase dois dias, nem sequer olhei para o menino. Não me lembro de o sentir nascer. Só me lembro daquelas dentadas dentro de mim e de pensar que ia morrer. Se morresse, acabava-se tudo de uma vez, aquela e as outras agonias. Entreguei-me à morte e não lutei. Deixei de sentir, deixei de ver, deixei de ouvir. Parecia que estava no fundo de um poço. A dona Amélia gritava:

Faz força agora, rapariga! Anda, mulher, força! Olha agora para o que lhe deu... Abre os olhos, Ana, abre os olhos, pelo amor de Deus!

Contou-me depois que se sentou em cima da minha barriga e que a espremeu como pôde, o gaiato já estava com a cabeça de fora e não havia meio de sair, eu parecia desmaiada e ela sem saber o que fazer, nem ela nem a Maria Arminda, que veio dar uma mãozinha. Diz que teve de me dar duas bofetadas nas fuças a ver se eu reagia, mas nem assim. O gaiato acabou por sair puxado pela Maria Arminda e houve tanto sangue que acharam que eu morria. Quando voltei a mim, já estava limpa e a cama feita de lavado.

A minha menina...

A dona Amélia levou o dedo aos lábios, como se falasse com uma criança:

O teu menino já foi, querida. A Maria foi levá-lo ao asilo. É melhor assim, Ana. Se o visses, já não o largavas.

Claro que acreditei no que me dizia. Maldisse a minha vida e desejei tanto morrer que o peito se me inundou de uma dor infinita. Comecei a soluçar. A dona Amélia ficou ali fazendo-me festas no cabelo até a luz da madrugada começar a entrar pela janela. Chorei tanto. Na verdade, fora minha a decisão de entregar a criança no asilo. Fui eu que destruí a minha vida, senhora. Ah, minha mãe, como lhe invejo a coragem de não me ter abandonado. Não pela vida que tive, que de bom grado a trocaria por outra, mas para poder ter conhecido o meu filho. Essa criança que deixei que levassem é um fantasma que me persegue até hoje. A sua ausência é o que me dói mais. Mesmo agora, senhora, não me custa morrer. Só me custa não ter conhecido o meu menino. Dava tudo para o ter agora aqui, para nesta hora segurar a sua mão. É para isso que servem os filhos. Para nos ajudar a morrer. Eu ajudei-a a morrer, senhora. Ainda me lembro de ficar à porta do seu quarto vendo os gestos de dona Mariana sem compreender. Escondida atrás da cortina sebosa, espreitando a medo para dentro da escuridão. Também me lembro de fazer o mesmo quando a senhora lá estava com os homens, deitada debaixo deles, e nem nessa altura o medo era tão grande.

Caí numa pasmaceira da qual parecia que nunca mais havia de sair. Nada me interessava, nada me apetecia. Só queria que me deixassem em paz. Que me deixassem morrer. Nunca desejei tanto morrer. Às vezes olhava as facas da cozinha e imaginava o sangue correndo como um rio aberto nos pulsos. Nunca tive coragem.

Cheguei a ir ao asilo, feita doida, perguntar pelo meu menino. A freira que me abriu a porta olhou-me com olhos de víbora e disse-me secamente que me fosse dali, que aquele não era lugar para pessoas da minha laia, e que nunca, jamais, aceitariam criança alguma parida por uma meretriz. Fiquei a olhá-la sem compreender o que me dizia. Das sombras do corredor chegaram-me dois olhos negros, enormes, que me espiavam num misto de medo e curiosidade, e acho que foi a queimadura desse olhar assombrado que me fez virar as costas e partir.

Só acordei dessa demência por causa da doença da Amélia do Ninho. A pobre passava os dias e as noites tossindo e estava cada vez mais magra e acabada. Foi quando começou a cuspir sangue que nos apercebemos da gravidade do seu estado. Por fim caiu à cama, sem forças para se levantar.

O padre Manuel vinha vê-la todos os dias, e comecei a gostar daquele homem que não tinha pudor de mostrar o seu amor por uma mulher da vida nem de entrar lá em casa à vista de toda a gente. O carinho com que segurava as mãos da dona Amélia e lhe beijava a tez esverdeada era enternecedor, e não foi uma nem duas as vezes que o surpreendi em lágrimas ao lado da cama, a doente demasiado fraca para se aperceber sequer de quem ali estava. Parecia um amante despedindo-se e, embora eu nunca o tivesse visto a frequentar a casa como cliente, percebi que existia certamente alguma coisa entre os dois.

A dona Amélia foi-se numa manhã de maio, era sábado, estava sol e no Rocio montavam-se as bancas de enchidos, de fruta e legumes, de queijos e atabefe, enquanto nas barraquinhas escuras começava a ferver o óleo para fritar o brinhol. Estávamos em 1881. O padre Manuel fez questão de levar o corpo para a capela da Igreja de Santiago, que fica ao fundo da rua Direita e tem um terreiro à frente de onde se avista a imensidão dos campos, léguas em redor. O cortejo foi pobre, só íamos nós, as mulheres da casa, e o padre.

A morte da dona Amélia acordou-me daquela letargia. Foi como um abanão, um tabefe bem assente na cara. Compreendi que nesta vida não há tempo para chorar o que se perdeu; que quando menos esperamos voltamos a perder o pouco que tínhamos conseguido arrecadar. A dona Amélia recebera-me de braços abertos e eu sentia-me em dívida para com ela. Partira cedo demais, deixando para trás uma casa velha, a precisar de uma boa limpeza e de restauro, e um bando de ovelhinhas desgarradas, completamente perdidas e sem rumo, que só sabiam chorar de manhã à noite como crianças que tivessem acabado de perder a mãe.

Pois eu agarrei nas poucas forças que tinha e, assim que voltamos do cemitério, obriguei-as a sentar à volta da mesa da cozinha, aqueci água para fazer um chá de cidreira brava e, quando as tive quietas, de lágrimas secas, prantei-me em frente delas e falei. Já não me lembro exatamente de que palavras usei nem aonde as fui buscar, mas que tiveram efeito, lá isso tiveram. Disse-lhes que entendia a sua dor e que estava tão derrubada quanto elas, que apesar de ter chegado ali há pouco tempo a dona Amélia já se tornara uma mãe para mim; que agora, que ela se fora, o melhor que tínhamos a fazer era dar-lhe boas razões para sorrir, lá no céu onde estava. Sim, porque uma alma nobre e humilde como a dela não podia estar senão no céu e, se Deus existe e é generoso como cremos, com certeza via o sofrimento que era a vida de mulheres como nós. E não, não devíamos ter pena, devíamos era levantar a cabeça e levar a vida para diante. Disse-lhes que não se preocupassem, porque doravante quem cuidava daquela casa era eu. Era uma maneira de pagar todos os favores que a dona Amélia me fizera.

Mas vamos ter de trabalhar, meninas, que está tudo a precisar de uma reviravolta. Para já, podemos começar por uma boa limpeza. Não há mal que uma boa ensaboadela não cure. É preciso dinheiro, lá isso é, e a única forma de o ganharmos já vocês sabem qual é. Mas com uma casa assim a cair aos bocados não vamos a lado nenhum. Temos de usar a cabeça, raparigas. Há que atrair os homens importantes cá do sítio. Precisamos de mobílias e roupas novas. Pôr umas corzitas nessas caras, rebolar essas ancas, mulheres. Do que é que eu estou a falar? Olhem que eu venho lá da cidade, só queria que vissem a casa da dona Rosalina, o asseio que é, e as meninas cada uma mais bonita que a outra. Qual quê, não vos estou nada a chamar feias, sabem lá vocês o que dizem. A gente consegue pôr-se mais bonitas, é só querer. Como? Deixem, que eu mostro. É o quê? Ai os homens vão a Badajoz à procura de meninas? Pois a gente trá-las para cá. Depois da casa limpa e arranjadinha não vai haver rapariga que não se queira juntar a nós.

Não sei onde fui buscar tanta energia, o certo é que contagiei as moças com o meu entusiasmo e em poucos meses tudo mudou. Tenho de reconhecer que, sem a ajuda do padre Manuel, não teríamos chegado aonde chegamos. A Vitorina, a moça que fazia os bordados mais lindos que eu já vi, ensinou os segredos da arte às que levavam mais jeito para a coisa, e começamos a vender para fora. Era através do padre Manuel que o negócio fluía, e ele obviamente escondia a proveniência das peças que, a bem da verdade, tinham a perfeição das de bordadeiras profissionais. Assim, e graças à sua discrição, começamos a vender para as casas de lavores mais importantes da vila. Se aquelas senhoras que as frequentavam sonhassem que estavam a comprar lençóis, fronhas e toalhas bordados por nós, coitadas, morreriam de vergonha. O que a gente se divertia com a ideia.

Em pouco tempo, a casa da Amélia do Ninho estava irreconhecível. Pintada de novo, mudadas as telhas, polido o soalho, comprada nova mobília, quadros nas paredes, tapetes de cores vivas no chão, colchas aveludadas nas camas e almofadas em que o corpo se enterrava com preguiça. Nós tínhamos vestidos novos, meias de renda, corpetes de sonho, pestanas postiças e uma parafernália de cremes e pinturas de fazer inveja às meninas da Rosalina.

Sem eu dar por isso, sem sequer o desejar ou planear, tinha-me tornado uma mulher com mão de ferro, voz que dava ordens e impunha respeito e, mais importante, o apoio incondicional daquelas moças que eram a alma da casa, uma espécie de mãe, sempre pronta a ouvir-lhes os prantos e dar-lhes colo e conselhos acertados. O meu nome deixou de ser apenas Ana para se transformar em dona Ana. *Donana,* era assim que me chamavam.

Não pensei se gostava das mudanças que iam acontecendo. Não tinha tempo para isso. Queria deixar de sentir a dor da perda do meu menino e da dona Amélia, a dor das perdas todas que sofrera até então e pareciam não ter fim. Não queria pensar, queria agir. Seguir adiante. Esquecer quem era, tornar-me outra pessoa. Uma pessoa útil, que fizesse as coisas girar e funcionar ao seu redor. Queria enterrar a outra Ana, aquela que chegara a Évora com uma mão à frente e outra atrás e sobrevivera à custa de tanto sofrimento. Já bastava de sofrimento.

Às vezes, na solidão do meu quarto, abraçada a uma das almofadas de cetim, sentia falta da minha outra vida e chorava. Mas depressa secava as lágrimas e sacudia a saudade como se fosse poeira nos olhos. Não podia voltar. Os rios não correm para trás. Tinha de seguir em frente.

(A verdade é que fugia, senhora, fugia dele, do homem que, pensava eu, ia destruir-me a vida, e afinal acabou por dar-ma.

Graças a ele, posso morrer em paz, pois não pode morrer nunca quem não viveu de facto. E esse, senhora, é o pior dos castigos. Não poder receber a morte em chegando a nossa hora. Mas disso a senhora deve saber melhor do que eu.)

Em pouco tempo tínhamos três mocitas espanholas, e que *guapas* eram, a trabalhar conosco. O Chico Grande foi buscá-las. O Chico Grande sempre foi o único homem da casa. Homem, naquele tempo, era uma força de expressão, pois apesar dos seus quase dois metros de altura, quando chegou aqui tinha doze anos e meio e a magreza de um menino. Mas não os olhos. Os olhos eram os de um velho amargurado, sempre foram. Negros, enormes, cheios de sombras. No dia em que me bateu à porta, pedindo, de capote escuro e gorro surrado na cabeça, fiquei com a sensação de que já vira aqueles olhos em qualquer lado. Levei-o até a cozinha e pedi à Rita que lhe desse um prato de sopa, um copo de vinho e um pouco de pão. A Rita, uma das moças mais novitas, sabia cozinhar como ninguém. Era a primeira a levantar-se e, graças a ela, tínhamos café e pão fresquinho à nossa espera todos os dias. Depois fazia o almoço, que comíamos por volta das quatro e meia.

O rapaz sentou-se num dos bancos sem tirar o capote nem o gorro. Comeu a sopa em meia dúzia de colheradas, bebeu dois ou três goles de vinho e guardou o que restou do pão no bolso. Durante todo esse tempo não levantou os olhos do prato. Eu observava-o, roída de curiosidade. Mesmo sentado, era quase da minha altura. As mãos esguias, de dedos compridos, tinham calos e a pele gasta. Rosto franzino, olhar grave, cabelo escondido dentro do gorro, de que não se adivinhava a cor, tal a sujidade. Cheirava a dejectos de animais e coisas podres e desejei que acabasse de comer rapidamente e se pusesse a milhas. Ele, mal terminou, levantou-se e, sem me olhar, agradeceu com voz sumida. Preparava-se para sair quando a curiosidade me venceu e o detive com um gesto.

Espere lá. Afinal, quem é vossemecê?

Novamente o susto daqueles olhos me incomodou.

Francisco, um seu criado.

Tinha feito uma ligeira vênia e o olhar suavizara-se. Pareceu-me muito novo, apesar da estatura.

Que idade tem vossemecê?

Não sei. As freiras disseram que tenho doze anos.

As freiras?

Fui criado no asilo.

Reconheci de imediato os olhos que me haviam espiado de longe, naquele dia em que havia corrido ao asilo em busca do meu menino. A Rita deixara o que estava a fazer e fitava o rapaz, boquiaberta. Eu também não conseguia esconder o assombro.

E como pode vossemecê ter esse tamanho todo, com doze anos?

Não sei. Parece que já nasci assim.

O rapaz estava embaraçado. Não sabia onde pôr as mãos; metia-as nos bolsos, voltava a tirá-las, esfregava-as uma na outra, voltava a enfiá-las nos bolsos.

Espera um pouco, rapaz. Preciso de falar-te. Vem comigo.

Dirigi-me ao salão principal, àquela hora vazio, e sentei-me a uma das mesas, indicando-lhe com a cabeça que se sentasse também. O rapaz teve de arrastar a cadeira bastante para trás, de modo a deixar espaço livre para as pernas. Fui direta ao assunto.

Naquele dia vi-te no asilo. Viste-me também?

Baixou os olhos, como se não quisesse responder.

Viste-me ou não?

Vi, sim, senhora.

Sabes o que lá fui fazer?

Um longo silêncio antes de responder:

Sei, sim, senhora.

Ouviste a conversa, foi?

Novo silêncio. Parecia que lhe custava articular as palavras.

Ouvi, sim, senhora. Mas também não precisava de ouvir para saber.

Sobressaltei-me.

Por quê?

Porque fui eu que levei o seu menino, senhora.

Levaste o meu menino? Para onde?

As últimas palavras tinham-me saído quase num grito.

Acalme-se, senhora.

Conta-me tudo o que sabes, por amor de Deus!

Pus-me de pé, os olhos completamente enlouquecidos fitos nos dele.

Sente-se, senhora. Eu conto-lhe.

Sentei-me. Toda eu tremia.

Duas noites antes de ter visto a senhora, levei-o até a fronteira. Estava lá um homem à minha espera. Já estava tudo combinado.

Uma onda de calor subiu-me à cabeça. Não conseguia pensar.

Mas por quê?

Isso não sei, senhora. Acontece muito. Há muitas crianças que elas mandam para a Espanha. Depois recebem dinheiro.

Dinheiro?

Aquele homem deu-me um saco de moedas de prata, que entreguei às freiras. Todas de mil réis.

O coração batia-me nos ouvidos. Parecia que tinha uma bomba dentro de mim prestes a rebentar. Às tantas deixei de ver e compreendi que eram as lágrimas que me haviam inundado a vista. E então senti uma carícia na mão, o contacto de uma pele áspera mas subitamente delicada. Limpei as lágrimas e vi nos olhos do rapaz o que me pareceu genuína compaixão.

Senhora, não se preocupe, o seu menino estava bem de saúde. Berrou que nem um vitelinho desmamado quando o enfiei na alcofa. Depois adormeceu com o galope do cavalo. Nem deu por nada quando o entreguei ao homem. Um senhor assim bem vestido, até parecia doutor. Foi para uma vida melhor, senhora.

Fechei os olhos e engoli em seco. Pus a minha outra mão por cima da dele.

Francisco...

Sim, senhora?

Preciso de encontrar o meu menino.

Isso não pode ser, senhora.

Por quê? Vai lá e pergunta às freiras, por favor, elas a ti dizem-te... E eu pago o que for preciso, vendo esta casa, vendo tudo o que tenho para ter o meu menino de volta...

Mas eu não posso voltar ao asilo.

Por que, filho?

Fugi, senhora.

Fugiste?

Não acreditava no que estava a ouvir.

Sim, fugi e nunca mais lá ponho os pés. Nem que me matem. Se a senhora soubesse... Ainda bem que o seu menino não ficou lá, teria uma vida desgraçada. Aquela gente é muito má. Batiam-me tanto, senhora, que tenho o corpo todo marcado da pancada. Aos sete anos fiquei da altura delas, e deixaram de me bater, porque me ganharam medo. Mas tratavam-me tão mal. Punham-me a pão e água, às vezes nem isso, diziam que o jejum faz bem à alma, que tira os demônios do corpo. E trabalhava que nem um mouro, fosse dia ou noite. Cheguei a passar três dias trancado na penitência. E a senhora nem sabe o gelo que aquilo é no inverno...

Minha Nossa Senhora...

Ele ergueu os olhos. Olhos de carvão.

Por isso fugi, senhora. E só lá volto se for para me vingar!

Assustei-me. A força e a determinação daquelas palavras não eram de uma criança, mas de um homem feito.

Não vais fazer nenhum disparate, ouviste? Ainda dás cabo da tua vida.

Ele abanou a cabeça, um sorriso trocista nos lábios. Os olhos dois poços fundos.

E que vida tenho eu, senhora? Sou um desgraçado, tenho de pedir às portas para comer. Se não tenho a sorte de apanhar alguém como a senhora, passo fome...

Está calado, rapaz, deixa-te de lamúrias. Casa já tens, ficas aqui e em troca trabalhas para mim. Tenho um quarto nos fundos. Precisa de uma pintura, mas podes tratar disso. Também está cheio de tralha, mas dá-se um jeito. Aviso já é que isto é uma casa de mulheres, e nenhuma para o teu bico. E ai de ti se te metes com alguma, vais logo para o olho da rua. Estamos entendidos? Também ainda nem tens idade para isso, apesar desse tamanho. E não me agradeças, estou a retribuir o favor de me teres trazido novas do meu menino. Não imaginas a agonia que é uma mãe não saber nada de um filho, nada de nada. E agora anda lá, que ainda tenho de pedir à Rita que te prepare o alguidar. Para quê? Ora essa, para te enfiares lá dentro. E vê se te esfregas bem, que não vês água há meses e tresandas. E isso é que não pode ser, que espanta a clientela.

Foi assim que o Chico Grande passou a viver cá em casa. O meu faro não me enganou. Tornou-se um homem recto e honesto, sempre pronto a ajudar, e, mais do que tudo, o meu braço direito. Posso confiar nele cegamente; nunca me foi desleal, sempre me serviu com respeito e dignidade.

Ele mesmo transformou a velha arrecadação num quarto, humilde mas sóbrio, e depois empedrou o pátio de terra e reconstruiu umas cocheiras e um velho alpendre que estavam em ruínas. Os homens que vinham a cavalo tinham assim onde deixar as montadas e quem olhasse por elas, o que era uma mais-valia para nós. Comprei-lhe um cavalo e uma carroça para que pudesse deslocar-se mais facilmente, e foi nela que foi buscar as moças a Badajoz. Encontrou-as na rua à procura de clientes, sem pouso nem trabalho certo, e aceitaram vir com ele às cegas. Tiveram sorte, foi o que foi, que neste mundo a gente nunca sabe.

Em pouco tempo a casa da *Donana* tornou-se o bordel mais bem frequentado de Estremoz. Por fora mantinha a fachada modesta, apesar de limpa e arranjada, mas por dentro transformou-se completamente. Tapeçarias nas paredes, grandes candelabros, belos quadros, tapetes aveludados e biombos de madeira formando recantos no salão, propícios à intimidade. Todos estes tesouros foram trazidos pelo Chico Grande nas suas constantes viagens até a fronteira e às vezes para lá dela.

Esqueci o meu menino; ou talvez seja mais verdadeiro dizer que apenas o deixei ir. Compreendi que, quando rejeitara aquela criança, a perdera para sempre e que, se calhar, fora melhor assim. Talvez apenas quisesse acalmar a minha consciência culpada e adiar o ajuste de contas com o destino ou então dar tréguas à dor. O que o Chico me contara acerca das freiras não me saía da cabeça e dava por mim agradecendo a Deus o meu filho não ter sofrido o mesmo que aquele rapaz. Agarrava-me ao que me dissera, que o meu menino estava bem e tinha ido para uma vida melhor. Era isso que repetia para mim, uma vida melhor. Porque a que eu tivera não a queria para nenhum filho.

Chegou o ano de 1882 e, com ele, o meu maior desejo e o meu maior temor. A firma Barradas & Irmão prosperava e tornara-se uma das mais importantes da vila. O Constâncio, sócio maioritário, era cliente esporádico da casa: pequenino e elegante, com um bigodinho um tanto ridículo de pontas reviradas, muito educado e discreto, casado com uma senhora apagada e fraquita dos pulmões que exigia muitos cuidados de saúde. Era muito dedicado ao trabalho e à mulher: quando ela estava pior não lhe deixava a cabeceira, por isso aparecia tão pouco cá por casa. A mulher morreu uns anos depois. O desgraçado gostava que lhe desse umas boas lambadas quando estávamos na cama, e só lhe conto isto, senhora, porque na hora da morte perdemos qualquer pudor e percebemos que não há que ter vergonha das coisas mais banais desta vida. Somos todos iguais, ricos e pobres, doutores e analfabetos, todos feitos da mesma carne. Quem acha o contrário está enganado.

O Constâncio já me dissera que estavam à espera de um novo empregado, um rapaz que vinha de Évora, moço muito trabalhador e dedicado. Logo aí senti uma pontada no peito mas pus a ideia de parte, *não pode ser, Ana, estás delirando, que coincidência havia de ser, a vida não é assim.* E não pensei mais no assunto. Mas devia ter pensado, devia ter percebido, a minha intuição nunca me enganou. No dia em que avistei o Constâncio na companhia de um homem alto, de porte inconfundível mesmo àquela distância, estava eu junto da Fonte das Bicas e eles no lado oposto do Gadanha, ia morrendo ali. De susto, de ansiedade, de espanto, de comoção, de medo, eu sei lá, como não morri, não sei. Voltei para trás e não me lembro de correr tanto, sem saber se me faltava o ar pelo cansaço ou pelo calor que me subia do meio das pernas.

Continuei com a minha vida de todos os dias, sem parar um minuto para pensar. Se tivesse parado, teria desaparecido para bem longe. Sempre que saía à rua arranjava-me o melhor que podia. Lábios vermelhos, longas pestanas, faces rosadas e cabelos soltos. As mulheres desviavam o olhar e cochichavam nas minhas costas. Os homens fingiam que não me viam, mas miravam-me pelo canto do olho. Eu já estava habituada, afinal crescera com todos os olhares fugindo quando eu e a senhora passávamos nas ruas da Casa Branca.

Gostava de acompanhar a Rita ao mercado. A Rita tinha olho para a fruta mais doce e sumarenta e os legumes mais frescos. E foi num dia de mercado, quando regressávamos de cestas aviadas, que quase esbarramos com os dois homens, o Constâncio, pequeno e magrinho, e ele, o amor da minha vida, alto, de ombros largos, ainda mais belo do que me lembrava. Engordara ligeiramente, mas ficava-lhe bem, estava mais forte, mais encorpado, mais homem. Já não era aquele rapaz que me entrara no quarto havia uma eternidade. Deixara crescer a barba e tinha um bigode discreto que lhe emoldurava a boca, aquela boca carnuda que os meus lábios conheciam de cor. Reparei em tudo isto e muito mais, no olhar altivo, na firmeza dos braços, na força e determinação do semblante, e apenas nos quedamos breves segundos um em frente ao outro, para logo seguirmos caminho, ele e o senhor Barradas para um lado, eu e a Rita para o outro, ela olhando para trás umas quantas vezes e enchendo-me de perguntas.

Quem era aquele homem, mulher?

Sei lá!

Vais dizer-me que não o conheces? Se não tivesse visto com os meus próprios olhos, até podia duvidar.

Duvidar do quê, mulher?

Ora, pela maneira como olhaste para ele...

Não olhei para ele coisa nenhuma, olhei para o senhor Constâncio.

Está bem, deixa, não queres dizer, não digas.

Cala-te. E respeitinho, que sou eu que te dou um tecto e ponho comida na mesa.

Essa agora! Comida na mesa ponho eu, se quiseres, podes mandar-me embora, que hei-de arranjar onde servir como cozinheira.

Está mas é calada, que sabes tu da vida, mulher? Achas que alguém vai meter uma puta dentro de casa, ainda que seja na cozinha?

Nessa mesma noite, quando o vi chegar, já o esperava. Não me podia esconder mais. Como um animal em fuga, guiado unicamente pelo instinto de sobrevivência, estava encurralada. É quando nos encontramos nesse ponto que percebemos, afinal, que nada nos persegue. Só o medo.

Ele entrou, tirou o chapéu e o casaco e o seu olhar atravessou a sala até encontrar o meu. O ar estava carregado de fumo e das notas roucas de uma melodia que tocava na grafonola. Por um instante, alguns olhares voltaram-se na sua direção, principalmente de mulheres, e as que estavam disponíveis chegaram a esboçar um gesto que ficou petrificado no tempo, enquanto ele se aproximava em passos lentos do fundo da sala, onde eu me encontrava sozinha, sentada a uma das mesas. Nessa noite, usava um vestido justo de decote generoso um pouco acima do joelho, que deixava entrever o recorte das pernas no quadriculado negro das meias de renda. Escolhera uns brincos dourados e vistosos que me chegavam aos ombros e uns sapatos pretos, elegantes, de saltos impossíveis. Sabia que estava irresistível.

Os olhares deixaram-nos em paz, mas eu continuava a senti-los, clandestinos, oblíquos, através das longas e maliciosas pestanas das outras mulheres. Provavelmente estariam a perguntar-se quem era aquele belo homem, todas assanhadas, e, mais importante ainda, de onde o conhecia eu. Sim, porque a boca da Rita não podia ficar calada e, naquela altura, de certeza absoluta que já todas sabiam do encontro dessa manhã com o misterioso visitante.

Deixei-o aproximar-se sem desviar os olhos, que ardiam ao tocarem os seus. Um arrepio percorreu-me o corpo como uma descarga eléctrica. Disfarcei a emoção. Tinha um copo de champanhe na mão e levei-o aos lábios, num gesto estudado, para ganhar tempo. O rei está sempre sentado no seu trono, enquanto os súbditos ficam de pé, pelo que permaneci sentada, mirando-o descaradamente, sem pestanejar. Também não sorri. O medo, aliás, não me deixava.

Ele ficou de pé enquanto me fitava de forma tão intensa e penetrante que rapidamente me senti nua e baixei os olhos. Quando os reergui, decidiu-se a falar e, Jesus, aquela voz...

Será que não mereço nem um cumprimento?

Senti a garganta picar, a vista turvou-se-me. Pensei, *Minha Nossa Senhora, ajuda-me, não posso chorar agora.* Mordi o lábio, arregalei os olhos, tentei sorrir e, por fim, estendi-lhe a mão que tremia ligeiramente.

Claro que sim.

Segurou-me na mão e eu julguei que desmaiava. Fora fácil manter a compostura até aquele instante porque não tocara ainda a sua pele, a mesma que me fazia perder o juízo. O meu coração começou a bater cada vez mais depressa. *Agora não, Minha Santa, não me abandones, pelo amor de Deus.*

Fiquei a vê-lo levar a minha mão aos lábios com a delicadeza de sempre. Não tirava os olhos dos meus. Sorriu pela primeira vez.

Posso fazer-lhe companhia?

As costas da minha mão continuavam a poucos milímetros dos seus lábios, e eu começava a transpirar.

Por favor.

Retirei a mão, aproveitando o gesto para lhe indicar uma cadeira ao meu lado. A seguir levantei-me e, sentindo o seu olhar percorrer-me de alto a baixo, fui até o balcão das bebidas e regressei com duas taças transbordantes de espuma. Sentei-me de novo, estendendo-lhe uma e pousando a outra à minha frente, e tracei a perna. Tinha recuperado o fôlego.

Ele pegou no copo, erguendo-o à luz do enorme candelabro que pendia do tecto. A bebida adquiriu um brilho translúcido, quase lunar. Sem sorrir, de olhos brilhantes, propôs-me um brinde.

Brindamos a quê?, perguntei, insegura.

Ao nosso reencontro.

A frase comoveu-me e apertei os lábios. Acenei com a cabeça e encostei a minha taça à dele, sem ruído. Bebemos em silêncio. Veio-me então um desejo louco, súbito, violento, de o abraçar, beijar, derrubar no chão, esbofetear até me doer a palma da mão. Fechei os olhos.

Está cada vez mais bonita, a senhora. Abri-os. Tentava domar aquela garra que me apertava a garganta. Levei de novo o copo aos lábios sem dizer nada. Ele prosseguiu: *E pelos vistos a vida corre-lhe bem.*

Acenei com a cabeça.

É verdade.

Folgo em saber.

Bebeu um gole demorado e estalou os lábios. Senti necessidade de dizer qualquer coisa.

Pelo que sei, a si a vida também lhe corre bem. O senhor Barradas contou-me que veio ocupar um cargo de muita confiança e responsabilidade na firma dele.

Sorriu, como se tivesse escutado algo divertido.

O senhor Barradas... O Constâncio é um velho amigo. Conheci-o mal cheguei a Évora. Foi ele que me arranjou trabalho lá, no escritório de um familiar. Graças a ele, estou onde estou. Um bom homem e um bom amigo. Vejo que já teve o prazer de o conhecer.

Pareceu-me haver ironia nas suas palavras.

É verdade, costumo vê-lo regularmente. E, sim, é sempre com muito prazer que o recebo. Ele e tantos outros que fazem questão da minha companhia. Não me posso queixar de solidão...

Agora, sim, começava a batalha para que me preparara o dia inteiro. Sentia o sabor da vitória na boca.

Folgo em saber.

Parecia um disco riscado. Era a segunda vez que dizia aquela frase, e havia mesmo uma ponta de sarcasmo na sua voz. Aclarou a garganta e pousou a taça. Sorriu.

Uma mulher das suas relações deve ter uma agenda bastante ocupada. Não pensei nisso antes, mas, agora que o refere, não posso deixar de me sentir importuno. Não tomarei mais o seu precioso tempo, parece-me até que já há quem esteja à sua espera. Fez um gesto com a cabeça na direção de um homem que acabara de entrar e olhava na nossa direção. *Foi um prazer revê-la e, já agora, se quiser fazer alguma coisa por mim, em nome dos velhos tempos, talvez me possa aconselhar.* Piscou-me o olho. *Estou um pouco indeciso, sabe? Ouvi dizer que a atração da casa são umas espanholitas e, confesso, estou cheio de curiosidade...*

A vontade de o esbofetear quase me sufocou. Engoli em seco e espetei uma unha na palma da mão para deixar de sentir a dor no coração. Ele continuava a sorrir e por momentos tive vontade de lhe lançar o champanhe à cara, mas contive-me. Fiz das tripas coração e consegui arrancar uma gargalhada que nem sei de onde veio.

Claro que sim, para um cliente tão especial arranja-se sempre o melhor. Carmelita, ven aquí, guapa. Ven conocer al señor Mariano, y trátalo bien, que es un cliente de oro, entiendes, muchacha? Fique à vontade, senhor Mariano, sinta-se em casa.

A Carmela tinha-se aproximado, cheia de sorrisos, os olhos em brasa. Com certeza pensou que ganhara a noite, calhando-lhe assim de mão beijada o homem mais cobiçado da sala, para o qual nenhuma das mulheres tinha parado de deitar olhadelas sorrateiras. Levantei-me, dei umas voltas por ali, para parecer natural, e quando ninguém já reparava em mim escapuli-me escada acima para o meu quarto, onde me tranquei em lágrimas até de madrugada. Só então consegui adormecer.

Acordei às seis da tarde. Pesavam-me os olhos e os ombros. Parecia que tinha levado uma sova. Lavei-me, vesti-me e desci, vindo encontrar as raparigas reunidas à volta da mesa da cozinha, com os restos do almoço no prato, em grande algazarra.

Calaram-se mal eu entrei. Notei o risinho nervoso a rebentar-lhes nos olhos.

Que foi? Um silêncio irritante. *Querem dizer-me ou vou ter de vos arrancar as palavras da boca?*

Arre, que a mulher está brava!

A Rita, a boa da Rita.

Olhem que eu não gosto de falatório pelas costas, estão fartas de saber! Estavam para aqui na risota, que eu bem ouvi, e mal cheguei calaram-se que nem ratos! Não são mulheres de dizer as coisas na cara?

Calma, mulher, que ninguém falava de ti!

Então por que é que se calaram mal eu entrei? Julgam que nasci ontem?

Pronto, estávamos falando do teu amigo.

A Rita outra vez.

Amigo? Qual amigo?

Ora, qual amigo! Tu é que julgas que nascemos ontem! Aquela beleza de homem, então a gente não vos viu a falar?

E então?

A conversa estava a ir por um caminho que não me agradava. O que valeu foi a Carmela ter resolvido abrir a boca.

No se aburre, Donana, no se aburre. Yo estaba mostrando lo que su amigo me dejó. Me pagó muy bien, e no me hizo nada. Era por eso que reíamos.

Cómo no te hizo nada?

No me hizo nada, hablamos un poquito, unos besitos, nada más, me pagó e se fue. No entendí nada. Qué pasa con él?

Fiquei sem palavras. Por fim voltou-me a voz, e a raiva transbordou.

Eu aqui não tenho amigos nenhuns, ouviram? Não quero ouvir falar desse homem, nem do que fez ou deixou de fazer! Não me interessa para nada, não há cá amigos nesta vida! Ouviram, ou tenho de repetir?

Sem mais uma palavra, voltei costas e fui para o quarto. Sentei-me à frente do espelho, prendi o cabelo e comecei a maquilhar-me para a noite. Tinha um sorriso nos lábios e, por dentro, toda eu ria, ria, ria.

Voltou nessa mesma noite, o estafermo. Mal entrou, dei logo por ele. Olhou-me, tirou o casaco e o chapéu com gestos lentos e aproximou-se.

Parece que gostou da moça. A Carmelita, não foi? Ela agora está ocupada, mas se esperar um pouco...

Não vim à procura dela.

Não? Bom, se não gostou posso aconselhar-lhe outra, temos para todos os gostos. Se me disser as suas preferências, talvez seja mais fácil...

Gozava que nem uma doida.

A senhora conhece muito bem as minhas preferências. Podemos subir?

Como?

Não quer dar-me a honra da sua companhia?

Demasiado vulgar para o meu gosto. Vulgar e sem imaginação.

Eu sou uma mulher com uma agenda muito ocupada, lembra-se? Quem lhe diz que estou disponível?

Senti a mão dele como uma garra no meu braço. Sobressaltei-me.

Queres que faça um escândalo e te arraste escada acima, ou vais pelo teu pé?

Aquilo entusiasmou-me. Mas não queria que ele notasse. Queria que sofresse, o cabrão, que sofresse por todas as lágrimas que eu derramara. Ele que não pensasse que ia ser tão fácil.

Que estás tu a fazer? Quem pensas que és?

A pressão no meu braço aumentava.

Vens a bem ou a mal?

Larga-me! Não me largava. *Larga-me! Estás doido? Está toda a gente a olhar!*

Já não te lembras que pouco me importa que as pessoas olhem? É a ti que isso incomoda.

Lancei-lhe um olhar furioso. Falávamos em surdina, as palavras disparadas como balas.

Se não me largas, não vou a lado nenhum.

Só te largo se formos para o teu quarto. E já.

Pronto, está bem!

Largou-me e o braço doía. Senti ganas de lhe voltar as costas, mas subi as escadas à sua frente, em silêncio. Fervia por dentro. Quando ficamos a sós, rebentei.

Quem julgas tu que és, meu cabrão? Olha que já não sou aquela putazinha que não tinha onde cair morta, agora sou uma mulher importante, ouviste? Tenho quem me proteja, tenho o teu patrão nas palminhas das mãos; se quiser esmago-te, ouviste, estafermo? Se me tocas com um dedo acabo com a tua vida! Raça de um cabrão!

Ele olhava para mim com uns olhos impossíveis; agarrou-me os braços com mãos poderosas, e a voz, ai a voz, parecia um trovão.

Já acabaste comigo, minha puta! Não vês que acabaste com a minha vida? O que é que queres mais? Matar-me? Mata-me, não vai doer mais do que esse tempo todo sem saber se estavas viva ou morta! Por que é que abalaste sem me dizer nada? Por quê? Por quê?

Se não fosse a música e o ruído das vozes no andar de baixo, os nossos gritos ter-se-iam ouvido na casa inteira. Depois ficamos em silêncio, um silêncio pesado apesar das lágrimas e dos soluços, até cairmos nos braços um do outro, as bocas procurando-se numa ânsia faminta, a febre tomando conta dos gestos até a loucura. No fim navegamos exaustos, abraçados, sem ousar quebrar esse silêncio que era uma paz inesperada, resgatada à nossa solidão.

Amamo-nos sem palavras até adormecermos mortos de cansaço. Quando acordei, com a luz do meio-dia entrando pelas janelas, ele já não estava. Desta vez não havia dinheiro em cima da mesa de cabeceira.

Não voltou a fazer-me perguntas. Acho que compreendeu que seria melhor não conhecer as respostas. Continuamos a amar-nos como loucos da porta do quarto para dentro. Fora dele, tratava-me com respeito, beijava-me a mão e chamava-me *Donana* à frente das outras pessoas. Quando nos cruzávamos na rua, fingia não me ver. Não fazia a mínima diferença.

Os anos foram passando. Não havia regras na nossa relação, nem dias marcados, nem exclusividades. Ele aparecia quando aparecia e eu estava disponível quando estava. Fiz sempre questão de não estar à sua espera. Não queria que ele pensasse que tinha alguma espécie de prioridade na minha vida.

Um dia, porém, voltou com a conversa de eu deixar a vida. Era só eu querer e arranjava-me trabalho.

És inteligente, sabes ler e contar, podes trabalhar no que quiseres.

Perguntava-me se gostava da vida que levava, se gostava do que fazia para a ganhar, o idiota. Eu ficava furiosa. Acaso alguém gosta do que faz para ganhar o pão para a boca? Se sim, são uns poucos com sorte. A gente trabalha por necessidade, não por gosto. Além disso, em pouco tempo tornara-me independente e dona do meu nariz e não trocaria isso por nada deste mundo. Sim, gostava de ser quem era, que não restassem dúvidas, e ele, ou bem que aceitava isso, ou fosse bater a outra porta. Havia muitas portas naquela casa, rematava, e ele saía furioso.

Às vezes vinha acompanhado de outros homens que, com o tempo, me fui habituando a ver. Sentavam-se a uma mesa num canto, atrás de um biombo, e ficavam ali na conversa, no meio de partidas de cartas e do cheiro forte dos charutos. Quando me aproximava, as vozes mudavam de tom, como se estivessem a contar segredos. Comecei então a reparar que jogavam com uns baralhos velhos e incompletos que a ninguém já serviam e fiquei desconfiada de que estavam ali com outros intentos, mas nunca disse nada. Uma noite o João pediu-me para lhe guardar uma pasta no meu quarto e, quando lhe perguntei o que era, respondeu que era melhor eu não saber. Explicou-me que comigo a pasta estava em segurança, mais do que na casa dele ou no escritório da firma, pois ninguém se lembraria de a procurar ali. E acrescentou que eu não podia falar disso a ninguém. Fiquei roída de curiosidade e, ao mesmo tempo, assustada.

João, estás metido nalgum sarilho? Não confias em mim?

Claro que confio, senão não te pediria isto.

Aquilo cheirava-me a esturro.

Andas metido na política?

Não me faças perguntas. Só te entrego a pasta nessa condição. E tens de me prometer que não contas a ninguém. Posso confiar em ti ou não?

Claro que podia. Porém, a curiosidade foi mais forte e, antes de a esconder, abri a pasta e espreitei a medo. Eram papéis com letras miudinhas, que até me fizeram doer a vista a tentar decifrá-las. Não percebi nada do que li. Mas havia três palavras – Partido Republicano Português – que me levaram a crer que as minhas suspeitas estavam certas. Escondi a pasta no lugar onde guardava o dinheiro e tentei esquecer o assunto.

Não consegui. Subitamente, o grupo já não se encontrava com a mesma regularidade. De vez em quando lá vinha um ou outro, mas separados. Vinham em busca das raparigas, pagavam e iam-se embora. O João ficava semanas sem aparecer, e também já raramente o via na companhia do Constâncio, enquanto antes pareciam unha com carne. Uma noite, das poucas em que ficou comigo até de madrugada, como nos velhos tempos, atrevi-me a perguntar-lhe o que se passava. Ele continuava a pedir que lhe guardasse uns papéis dentro da pasta e a levar outros.

Andam metidos na política, não é?

Ana...

Não vês que em não sabendo ainda me apoquento mais?

E se te disser que sim?

Digo-te que és louco! Tu, um homem da tua posição, a firma do senhor Barradas é das mais importantes da vila, para que te estás a meter em sarilhos?

Já te disse que quanto menos souberes melhor. Mas não estranhes se eu não aparecer por cá durante algumas semanas. Nem que cá venha e não te procure.

Que estás para aí a dizer?

Tu sabes, vir cá beber e...

E o quê?

Então, ir para o quarto com outra.

Com outra?! Que outra?

Sei lá, Ana, outra qualquer, desde que não sejas tu.

Desde que não seja eu?

Não vês que já toda a gente desconfia de nós? As moças estão fartas de saber. E pode ser perigoso, mais ainda agora, que tens a pasta aqui escondida. É bom que me vejam com outras, para não pensarem que existe alguma coisa entre nós, percebes?

Eu até estava a perceber, mas não queria.

Mas que diabo dizes, homem? Em que andas tu metido? E com quantas mais dormires pior, não achas? Assim, em vez de virem só atrás de mim, vão andar atrás delas todas, nem penses nisso!

Não, Ana, se eu cá vier só para te ver a ti, as pessoas tiram a conclusão mais acertada, que é a de que existe uma ligação entre nós, alguma coisa mais do que um homem que paga a uma prostituta.

Ai é?

Claro, então não é isso mesmo? Fez um sorriso trocista que me deu vontade de o esmurrar. *Não me digas que estás com ciúmes?*

Ciúmes, eu?

Sim, ciúmes... Olha para mim, diz lá que não estás com ciúmes.

Deixa-me, olha agora para o que te deu, 'tás parvo?

Não valia a pena disfarçar; ele já me abraçava e envolvia naqueles braços fortes nos quais eu ficava mesmo fraquita das ideias.

Os nossos encontros tornaram-se muito esporádicos. Ai, senhora, agora já posso confessar-lhe que sim, andava roída de ciúmes. Ele fez o que dissera e foi com outra. Nem lhe vou dizer com quem, que ainda me dão calores de cada vez que penso nisso. Como somos parvas, minha mãe! Quando somos novas, pensamos que temos o rei na barriga. Naquela altura achava que era melhor assim: ele que fosse com outras, que não me procurasse, assim talvez eu me curasse daquela doença.

Uma vez apareceu-me altas horas da noite, já o salão estava deserto quando ouvi as pancadas urgentes na porta. Trazia um capote com um capuz e só quando o tirou pude reconhecê-lo.

Credo, homem, que é que foi?

Pediu-me que fôssemos para o quarto e tive a certeza de que não era um pedido malicioso, estava mesmo aflito. Já no quarto, disse-me que precisava de um cavalo.

Um cavalo? E os teus?

Ninguém pode saber que saí.

Por quê, que é que aconteceu?

Não aconteceu nada, não te preocupes.

Homem, eu não nasci ontem, então não vejo que trazes o susto nos olhos?

Suspirou. Pôs-me a mão no ombro, olhando-me com ternura. Tremi por dentro ao aperceber-me de que já não estávamos juntos havia quase um mês.

Ana, não percebes que é para teu bem que não te conto nada?

Vai para o raio que te parta com o meu bem! Eu estou aqui que não posso, sem saber de ti, e tu apareces-me assim de repente, a pedir um cavalo às tantas da manhã, e não queres que faça perguntas? Vai para o diabo, homem!

Estava à beira das lágrimas. Ele abraçou-me e não me contive, chorei como uma criança.

Ana... Agarrou-me no rosto com ambas as mãos e limpou-me as lágrimas ternamente. *Desculpa. Não posso dizer-te quase nada porque não quero que te aconteça nada de mal. É o Constâncio, teve de se esconder. Mas não te vou dizer onde está, escusas de teimar. Preciso de comunicar com ele e é para isso que quero o cavalo.*

Mas que foi que ele fez?! Um homem tão distinto...

Fala baixo, pelo amor de Deus! Nós pertencemos ao Partido Republicano. O Constâncio, aliás, é uma das figuras principais, tem um papel muito mais importante do que eu. Estou a contar-te para veres que confio em ti. Mas não te posso dizer mais nada. As coisas andam muito perigosas... Houve uma revolta no Porto, uma revolta republicana, mas fracassou. Morreram pessoas, houve feridos, muita gente está a ser presa. Foi há coisa de uma semana e andam atrás de nós. O Constâncio é um elemento fundamental da organização. É por isso que está escondido.

E tu? Também corres perigo?

Perigo corremos todos, até tu, Ana, não percebes? Mas tem calma, o que aconteceu é que soubemos que o Constâncio ia ser preso e ele teve de se esconder num lugar seguro. Mas eu preciso de comunicar com ele...

Fiquei aterrada.

João, tu não podes... Quem te garante que não andem já atrás de ti? Ainda vais preso...

Se me quisessem prender já o teriam feito. Tem calma, minha Luz, tem calma. Estremeci. Há quanto tempo não me chamava minha Luz? *Eu sei os riscos que corro e estou disposto a corrê-los. Quero lutar por um mundo melhor, este país precisa de mudar. Tenho a certeza de que concordarias comigo se compreendesses os motivos da nossa luta.*

Mas então por que não mos explicas?

Agora não há tempo, minha Luz. Preciso de um cavalo, e sei que tu podes tratar disso. Vim também buscar a pasta, vou escondê-la noutro sítio, não quero que corras mais riscos...

Não.

Olhou para mim mudo de espanto.

Não vais ajudar-me?

Alguma vez deixei de te ajudar? Mas a pasta fica aqui. Está calado, fica, fica. Aqui está mais segura. Quero lá saber se me apanham. Só te ajudo nessa condição. E peço-te, por amor de Deus, que tenhas cuidado. Olha que ando com o coração nas mãos.

Não te preocupes, minha Luz.

Abraçamo-nos tão fortemente que quase gritei. Depois fui com ele às cocheiras e indiquei-lhe o cavalo que podia levar. Selou-o apressadamente, pôs o capuz, montou e desapareceu na noite, sem olhar para trás. O barulho dos cascos nas pedras abafava o ruído de alguém movendo-se atrás de mim. Contudo eu já tinha dado pela sombra desde que atravessara o pátio na companhia do João.

Chico...

Senhora.

Viste aquele homem?

Vi, senhora.

Sabes quem é?

Sei, senhora.

Pois pega na arma, sela o teu cavalo e vai atrás dele. Quero que sejas a sua sombra, que não o percas de vista, que veles por ele e o protejas, ainda que seja com a tua vida. E que nunca, nunca, deixes que te vejam. Vê aonde ele vai e depois regressa para me contares. Entendeste?

Entendi, senhora.

Vai buscar a arma e anda.

Não é preciso, senhora, ando sempre com ela.

Então por que esperas, rapaz? Vai, pelo amor de Deus!

Fiquei a vê-lo montar o cavalo negro como a noite e depois sumir-se na escuridão. Tinha o coração apertado, pequeno como uma uva.

Não consegui dormir. Fui para a cozinha, acendi o fogão e fiquei ali sentada, com um xaile pelos ombros e uma manta sobre os joelhos, de ouvido na porta. Devo ter adormecido sem dar por isso, porque às tantas acordei com o ruído seco de cascos nas pedras do chão, seguido do silvo agudo, quase imperceptível, do portão. Levantei-me, atordoada, e entreabri a porta sem fazer barulho. Reconheci o vulto que se apeava do cavalo pelo capuz e suspirei de alívio. Voltei para dentro e sentei-me de novo, desta vez num mocho mais perto do calor. No fogão já não havia senão uma réstia de brasas que rasgava a escuridão com uma luz quase cega. Um cansaço brutal apoderara-se de mim. Mal conseguia abrir os olhos quando ouvi de novo ruído na cocheira e fui ver. O vulto enorme do Chico já estava ao lado do cavalo, fazendo-lhe festas no lombo enquanto lhe tirava a sela. Das narinas do animal saía o mesmo nevoeiro que se desprendia da boca do rapaz. Nessa noite escura, eram apenas os pirilampos das estrelas que nos permitiam distinguir as silhuetas à nossa volta.

Chico!

Senhora.

As nossas vozes eram um sussurro.

E então? Aonde foi ele? Conseguiste segui-lo? E ele viu-te? Encontraram alguém pelo caminho? Olha que isto é muito importante, Chico, ninguém pode saber aonde foi, tens a certeza de que mais ninguém o seguia?

A minha enxurrada de perguntas pareceu diverti-lo em vez de atrapalhá-lo. Às vezes tinha a sensação de que o rapaz não era deste mundo. Nunca o vi alterar-se, elevar a voz, perder a cabeça.

Fiz tudo como me disse, senhora. Segui-o a boa distância. Não deu por nada, asseguro-lhe. Às vezes virava-se para trás, mas tenho a impressão de que era apenas para se acautelar. E mais ninguém nos seguiu, senhora, fique descansada.

Tens a certeza?

Tenho, senhora. Eu desde gaiato consigo ver no escuro, como os gatos. Passei muitas noites na mais completa escuridão, trancado na penitência, quando as freiras me castigavam, e foi lá que o aprendi. Andamos umas boas léguas, até as abas da serra; depois ele meteu por um atalho e parou numa clareira ali para os lados do Cerejal. Desmontou, olhou em volta várias vezes, foi até junto de um sobreiro velho de tronco largo e demorou-se ali um bocado, mas depois lá apareceu, montou e regressou pelo mesmo caminho. Passou a uns metros de mim mas não me viu, fique descansada. E já está de volta, em segurança. Deixou o cavalo na cocheira e saiu a pé.

Ouvia-o boquiaberta, nunca dissera tantas palavras em tão pouco tempo.

Obrigada, Chico, não calculas como te fico grata. E já sabes, silêncio absoluto. Mas ele vai voltar outras noites, tens de estar alerta e ir-lhe no encalço, como hoje. A tua missão é protegê-lo com a tua vida, ouviste? Não podes falhar uma única vez.

Fique descansada, senhora. Eu não durmo, estou sempre alerta.

Não dormes?

Durmo muito pouco, e mesmo assim um dos olhos fica sempre aberto.

Não soube o que dizer.

Vai descansar agora, rapaz. Boa noite.

Boa noite, senhora.

A história repetiu-se por várias vezes. O João chegava, bebia ou fingia beber e, quando por fim saía, altas horas da noite, lá ia eu para a cozinha em bicos de pés para não fazer barulho. Ficava encostada à porta e conseguia ouvi-lo selando o cavalo, abrindo o portão e saindo com ele a passo, para não acordar ninguém. Daí a nada ouvia o Chico Grande e outra vez o toque seco dos cascos no chão. Seguiam-se horas de espera de que nem me quero lembrar. Cheguei a maldizer a minha vida.

Pareço uma mulher agoniada com a demora do marido, para o que ainda estou guardada, minha Nossa Senhora?

Uma noite, depois de o João regressar, o Chico Grande não havia meio de voltar. Já amanhecia quando o ouvi chegar. Saí como um furacão pela porta e só não lhe bati por causa do seu tamanho, senão tinha levado umas boas lambadas como um filho desobediente.

Que te aconteceu, rapaz do diabo? Não te disse que não o perdesses de vista, que fosses a sombra dele? Onde te meteste?

Ele saltou do cavalo. Estava cansado, notava-se, mas a voz mantinha o tom sereno de sempre.

Tenha calma, senhora. Vim-lhe no encalço até aqui, vi-o entrar e voltar a sair a pé, como acontece sempre. Mas a senhora não queria saber mais? Espere que lhe conto. Regressei ao sítio onde tínhamos estado, ali onde a serra começa a subir, no caminho para a Fonte Cigana. Escondi-me atrás de umas azinheiras, para trás de nós era uma encosta muito íngreme, pelo que ninguém viria por ali. Amarrei o cavalo, desmontei e fiquei à espera, até que o vi. Aquele homem, o senhor Barradas, que às vezes vinha aí. Chegou sorrateiro, mirou em volta várias vezes e foi direitinho ao sítio onde o senhor tinha estado, parecia que tinham combinado. Deixou lá uns papéis e levou outros. Quando se afastou, fui atrás dele, caminhei ainda um bom tempo, até perdi a hora. Vi-o então entrar num monte que fica ali depois da curva para a Fonte Cigana. Não se via vivalma. Não era o que queria saber?

Fiquei aflita.

Ai, rapaz, o que foste fazer. Se o senhor descobre... Ele pediu-me tanto que não contasse a ninguém.

Ninguém vai saber de nada, senhora, que eu não abro a boca. E assim, se alguma vez for preciso, sempre posso voltar e acudir ao senhor Barradas.

Aquele Chico era um poço de surpresas.

Ai minha mãe, que tempos aqueles. No meio daquela agonia emprenhei outra vez. Dei por isso logo que aconteceu, ainda o estafermo do homem não me tinha saído do quarto. Desta vez não era do João, nem me tinha esquecido do raio da esponja. Com o passar dos dias vieram outros sinais, inequívocos. Chamei a Maria Arminda que tratou do desmancho. Ninguém soube de nada.

Com o senhor Barradas escondido, o João ficou a substituí-lo na direção da empresa e também na ação política. Agora, sempre que vinha ter comigo, falava sem parar, e eu ouvia-o com um misto de apreensão e espanto, pois de início tinha sempre tanta reserva e agora, ao contrário, parecia que precisava de me contar tudo. Ele parecia disposto a arriscar a vida por uma quantidade de coisas que eu não entendia e só conseguia imaginar os perigos a que estaria sujeito. Quando tentou explicar-me, fiquei ainda mais confusa. Disse-me que Portugal era uma máquina que estava parada e era preciso pô-la a trabalhar para criar prosperidade para todos. A riqueza continuava a ser detida por uma meia dúzia de privilegiados e o estado do país era calamitoso. O povo precisava de trabalhar e de se instruir. Claro que fiquei na mesma ou, se é possível, ainda mais confusa.

Ir à escola, Ana. Todas as crianças têm de ir à escola. É fundamental que todos saibam ler e escrever para poderem ter um ofício. Tu, por exemplo, se tivesses ido à escola, não precisavas de estar nesta vida.

Não entendi por que diabo me metia naquela história. Mas lembrei-me da minha infância e imaginei o que não teria sido ir à escola, com as outras crianças e a professora a olharem-me de lado, sem me dirigirem a palavra. E achei que era preferível ter sido poupada a isso.

Ler e escrever ensinaste-me tu, a contar lá me vou desenrascando, e sempre trabalhei para ganhar o meu.

Olhou-me com aquela expressão magoada. Depois desviou o olhar e disse, num sussurro:

Se tivesses ido à escola, sempre podias ter escolhido que vida querias levar. Assim não tiveste escolha. Fiquei calada. *Olha, vou a Lisboa para a semana. Tenho umas coisas a fazer. Negócios,* acrescentou, perante a minha expressão interrogativa. *Podias vir comigo.*

Parecia que tinha enlouquecido de vez.

Eu? Ir contigo?

Segurou-me nas mãos; estavam quentes, como se tivesse febre.

Sim, Ana, vem comigo. Em Lisboa ninguém nos conhece, passamos por um casal. Não faças essa cara, anda. Vou encontrar-me com gente importante e seria bom ter uma companhia. Nem precisamos de ir juntos, podemos apanhar o mesmo comboio e encontrar-nos apenas à chegada, ou partir em comboios diferentes, se preferires.

Parecia um menino, os olhos brilhantes, a voz excitada, e por momentos tive uma vertigem. Mas depois desci à Terra. Que se deixasse de delírios. Que tolice! Olha agora ir a Lisboa com ele! Só podia estar maluco, o diabo do homem.

Depois de ele sair, senhora, fiquei a sonhar. Vi-me entrar com ele no hotel como se fosse sua mulher, a acompanhá-lo aos jantares e aos bailes em grandes salões, a dançar nos seus braços até não me aguentar de pé. Não, nunca teria coragem. Sonhar, todavia, não trazia mal ao mundo.

Depois de uma dessas viagens a Lisboa voltou mais entusiasmado do que habitualmente. Disse-me que conhecera um homem culto e muito inteligente que era um importante elemento do Partido Republicano. Seria uma questão de meses e teríamos a tão esperada República. Repliquei que se deixasse de desvarios.

Não, Ana, as coisas estão a mudar. Há cada vez mais descontentamento, principalmente entre os militares, o que só conta a nosso favor. As coisas estão a chegar à ruptura. Podes crer no que te digo, a monarquia tem os dias contados. Eu tinha pena do rei e ele ria-se de mim. *O rei até pode ser boa pessoa, mas o estado atrasado do país, a estagnação em que se encontram as atividades que poderiam trazer o progresso, como o comércio, a indústria, a própria agricultura, é isso que contesto.*

Palavras demasiado complicadas para mim, uma mulher da vida. O tal amigo de Lisboa começou a escrever-lhe cartas que ele me pedia para guardar e eu metia dentro da pasta, não sem antes dar uma olhadela ao nome no envelope, desconfiada de que pudessem ser de uma mulher. A letra era quase indecifrável mas consegui entender, a custo, o nome de Antônio José de Almeida. Ainda tentei ler uma delas, mas desisti às primeiras linhas, porque além de mal perceber a letra não compreendi nada do que dizia o ilustre desconhecido.

Chegou a vir cá, esse homem, e hospedava-se na casa do João. Era uma amizade esquisita, aquela: sempre juntos, na conversa, tão embevecidos um com o outro que o João até se esquecia de mim. Era como se eu não existisse. *Ó minha Nossa Senhora, ciúmes de outras mulheres até aguento,* pensava com os meus botões, *agora ciúmes de um homem, valha-me Deus.*

Entretanto, morreu o senhor Barradas. O Chico Grande já me tinha avisado de que não o via há vários dias. Passara a vigiar o esconderijo com regularidade, sem descurar a vigilância ao João nas suas idas e vindas.

Quer que vá ver se o homem precisa de alguma coisa?

Não sabia o que responder.

É melhor não, Chico, ninguém pode desconfiar de que sabes onde está.

Nessa mesma noite, quando voltou da sua viagem noturna, em vez de abalar para casa, o João bateu-me à porta e encontrei-o numa aflição danada.

Ana, passa-se alguma coisa com o Constâncio.

Como é que sabes?

Aquilo que lhe deixei há três dias ainda está no mesmo sítio.

E o que era?

Ana, eu levo-lhe documentos importantes e instruções, é a maneira de comunicarmos; deixo-os num sítio combinado e ele vai buscá-los passadas umas horas. Deixo-lhe escritas a data e a hora da próxima troca e, quando lá vou, recolho o que me deixou. Só que já passaram três dias e nada, ele não dá sinal. A minha última mensagem ainda lá está, não foi buscá-la. Não podia confessar-lhe que já sabia que se passava alguma coisa com o Constâncio. Mantive-me em silêncio. *Vou ter de ir ao esconderijo, embora ele me tenha avisado de que nunca o fizesse. E se calhar é melhor levar um médico.*

Encontrou-o já muito mal, com uma pneumonia devorando-lhe os pulmões. Eu não sabia, mas o médico, o doutor Agripino, também era republicano, de maneira que foram os dois buscar o senhor Barradas numa carroça, mas já não havia nada a fazer. Faleceu nessa mesma noite.

O João ficou muito abalado. Parecia que tinha perdido um pai. O senhor Barradas era viúvo e não tinha filhos. Por causa da estima e confiança no amigo, deixou-lhe tudo o que tinha em herança, e não era pouco: uma boa quantia em dinheiro, a firma e umas fazendas na África. De um dia para o outro, o João tornou-se um dos homens mais ricos de Estremoz. O dinheiro, contudo, nunca lhe subiu à cabeça, bem pelo contrário.

Para começar, comprou um prédio num dos cantos do Rocio para onde se mudou com a família. A primeira vez que o vi na rua de braço dado com uma mulher bem vestida, de rosto comprido e olhos negros que pareciam cortar o ar à sua volta, senti uma pontada no coração. Mais tarde, nesse mesmo dia, disse-me que era a sua irmã Vitória, que viera da Casa Branca. Depois contou-me que a mãe morrera há uma semana e desfez-se em lágrimas. Nunca o vira chorar. Também nunca me tinha falado da família. No meio dos soluços, contou que perdera o pai muito cedo e começara a trabalhar aos onze anos para ajudar em casa. Deixei-o chorar no meu colo e consolei-o como pude.

A irmã trouxe dois sobrinhos com ela, dois rapazitos gêmeos, filhos de uma terceira irmã de ambos que não tinha condições para criar quatro filhos. Eu tentava lembrar-me da fisionomia dos parentes dele dos tempos da Casa Branca, mas não era capaz. Parecia que a minha memória apagara por fim os traços daquelas pessoas que me viravam a cara na rua.

Cá bem no fundo, ainda guardava rancor daquela gente, senhora, e ao mesmo tempo achava tudo aquilo ridículo. Por que não se casava ele, em vez de andar a brincar aos pais e às mães com a irmã e os sobrinhos? Aquilo andava a moer-me de tal maneira o juízo que uma noite não aguentei e disparei:

Por que é que não te casas, João? Olhou para mim como se eu tivesse dito uma coisa feia. *Ó homem, é que não entendo essa tua mania de criar os filhos dos outros, podendo ter os teus próprios filhos e a tua mulher. Um homem da tua posição devia construir família, não?*

Continuava a olhar-me com gravidade. Nem sabia o que me dera para lhe ter feito semelhante pergunta. Já estava arrependida. Vi-o morder o lábio e abeirar-se de mim. Aproximou o rosto de tal maneira do meu que conseguia sentir-lhe a respiração.

Casas-te comigo, Ana?

Ao princípio nem percebi o que dizia, como se não conseguisse decifrar as palavras. Foram precisos uns segundos para entender. Senti um calor na boca do estômago e uma tonteira de cabeça. Arre, que o diabo do homem vinha sempre com a mesma conversa! Afastei-o num gesto brusco.

Raios te partam, João, não te disse já que te deixes disso?

Encolheu os ombros.

Pois já tens a resposta à tua pergunta.

Que pergunta?

Por que não me caso.

Fiquei enervada.

És parvo? É por minha causa que não te casas?

Foi a vez de ele se irritar. E, minha mãe, nunca o tinha visto tão zangado.

Devo ser parvo, sim, porque a única mulher que me interessa não me quer para nada e eu não desisto. Não devia era voltar a pôr cá os pés, não é isso que queres?

Fiquei sem saber o que dizer. Tinha vontade de chorar e de gritar ao mesmo tempo.

Um homem da tua condição pode ter as mulheres que quiser! Por que é que estás sempre a insistir nessa ideia parva?

Pois fica sabendo que eu deito a minha condição para o lixo, cago-lhe em cima até, se for preciso! Tu és a mulher que eu quero, que eu amo, sabes o que é isso, amar? Não deves saber; tu, que te deitas com Estremoz inteira, como gostas de apregoar, não deves saber e por isso te ris aqui do parvo. É isso que eu sou, um parvo, e dos grandes. Mas não por muito tempo.

Saiu batendo com a porta, e eu, senhora, toda eu tremia, deixei-me cair em cima da cama e pela primeira vez, pela única vez, minha mãe, tive de cerrar os dentes com muita força para não me levantar e ir atrás dele dizer-lhe as palavras que me martelavam dentro do peito, *sim, sim, sim, meu amor, quero casar-me contigo, é tudo o que quero nesta vida, meu amor, minha alma.* Fartei-me de chorar, mas depois engoli as lágrimas e as palavras, as mesmas que ainda aqui guardo dentro de mim e são o que mais me pesa agora, na hora de morrer, porque nunca lhas disse. Não tive coragem.

Esteve que tempos sem me aparecer. Eu ia assistindo de longe às mudanças: os escritórios da empresa passaram do largo da Porta Nova para o edifício contíguo à casa, que tinha mais espaço. A empresa expandiu os negócios e firmou-se como agência correspondente do Banco Espírito Santo & Comercial de Lisboa. As viagens à capital eram agora uma constante. As obras no prédio, além de reabilitarem o local da nova empresa, transformam o piso térreo da casa, onde eram as antigas cocheiras, num espaço amplo onde foi montada uma estância de tabacos. As cocheiras e cavalariças passaram para a rua da Mancebia. Fundou o Café Águias d'Ouro com um novo sócio chamado Jacinto Rosa, um homem com negócios vários e capital disponível, de quem nunca gostei e, ao que parece, com razão. Mais tarde, a estância de tabacos deu lugar ao Café Alentejano.

As nossas vidas iam decorrendo, paralelas. Uma noite voltou, mas nem subimos ao quarto. Sentou-se comigo a uma das mesas e disse-me que estava noivo. Que pensara muito nas minhas palavras e decidira casar-se. Afinal, o tempo passa, disse.

Já estou quase com quarenta anos, tenho de pensar no futuro.

Eu ouvia-o, muda. Voltou a dizer que me amava, que bastaria uma palavra minha para desmanchar o noivado. Era a minha última oportunidade, acrescentou. Encarei-o e disse-lhe que fizesse o que tinha a fazer, e levantei-me, que já não aguentava a garra que me apertava o coração.

É melhor assim, repetia para mim mesma. Acaba-se de vez esta agonia. As coisas ficam mais claras, ele tem a mulher dele, não há cá confusões nem pedidos de casamento e este sobressalto em que vivo constantemente, a pensar no que seria de mim se lhe dissesse que sim.

A moça era dez anos mais nova do que ele, uma pérola muito delicada, com pele de porcelana, fraquita dos pulmões, filha de um primo do tal Jacinto Rosa, de nome Juliana. Vi-os várias vezes passeando de braço dado, ela sempre com um chapéu de abas largas cobrindo-lhe a pele imaculada do rosto muito pálido, ele com ar de quem comeu e não gostou. O noivado durou um ano inteiro, ao fim do qual a noiva caiu à cama a cuspir sangue e em pouco tempo ia-se deste mundo deixando Estremoz inteira consternada.

O funeral reuniu a vila em peso, nem para ver passar o rei se tinha juntado tanta gente. Todos fizeram questão de manifestar o seu pesar ao noivo, que, apesar das olheiras e do ar esgotado, estava com melhor aspecto do que seria de esperar.

Eu não queria mal à moça, coitada. Mas também não posso dizer que tenha sentido muito, aliás, não senti foi nada, ou o que senti foi uma alegria parva, um calor subindo-me às faces, uma vontade de cantar. Ai, senhora, acho que não tenho perdão. Mas que havia eu de fazer se aquela loucura não tinha remédio? Agora, porém, chegou a hora de pagar pelos meus pecados.

À medida que os negócios do João prosperavam e se expandiam, comigo acontecia o mesmo. A minha casa era a mais conhecida e cobiçada da região. O negócio das rendas e dos bordados dava uma grande ajuda, e o padre Manuel dizia-me que cada vez tinha mais encomendas. Era de tal ordem que as moças que se dedicavam aos bordados às vezes nem tinham tempo para o resto, mas também não tinha importância, porque o Chico Grande voltou a Badajoz e trouxe mais quatro raparigas. Nessa altura, eu era uma das mulheres com mais dinheiro da vila.

Os anos foram passando um atrás do outro, senhora, e nós sempre nisto, umas vezes zangados, depois lá fazíamos as pazes, para nos zangarmos de novo. Uma noite entrou-me aqui em casa doido de todo. Trazia um telegrama do tal Antônio José de Almeida a anunciar a implantação da República em Lisboa. Teve de me explicar o que queria dizer isso de implantação. No dia seguinte, no Rocio, lá estava ele, à janela da Câmara, ao lado da bandeira içada, discursando, enquanto cá em baixo uma multidão gritava hurras e vivas à República. Com aquela exaltação toda nem repararam em mim, nem me olharam de lado, nada. Eu era apenas mais uma cara no meio das outras.

Foi um pandemônio, isso é que foi. Parecia que estava tudo maluco, ouviam-se tiros, gritos, gente correndo de um lado para o outro, e os militares então nem se fala, parecia que queriam levar tudo à frente. Nessa noite e nas seguintes apareceram tantos clientes que tivemos de fechar a porta e não deixar entrar mais ninguém. Traziam o diabo no corpo. Quiseram entrar na igreja e partir tudo, deitar fogo às imagens dos santos, aos quadros, eu sei lá, mas felizmente houve quem os conseguisse meter na ordem, um grupo de homens sérios em que estava o João, claro, isso nem me surpreendeu. Até aqui na Igreja de Santiago quiseram entrar, os estafermos, e nós tivemos de ajudar o padre Manuel, nós mais o Chico, que com aquele tamanho assustava qualquer um; prantamo-nos à frente da porta da igreja com um grupo de ciganos da vizinhança, e eles acagaçaram-se todos, os mariolas de um cabrão. Chegaram a querer meter-se com as freiras, senhora, veja lá a pouca-vergonha, mas olhe que dessas não tinha eu pena, depois dos modos como me trataram e das coisas que me contou o Chico Grande. O João contou-me depois que teve de ir com uns quantos homens da Guarda para a frente do asilo, senão tinha sido uma garraiada e das grandes.

Estás a ver no que dá essa coisa da República, que tu tanto defendes? Está tudo sem eira nem beira, aonde é que a gente vai parar?

E ele que não.

Ana, não confundas o trigo com o joio, há aqui muita gente oportunista que se aproveita da situação; com a mudança, os ânimos alteram-se, mas há que manter a ordem e o respeito pelo povo, sem isso perde-se o norte e o propósito da luta. Felizmente há muita gente com a cabeça no lugar.

Eleito Vice-Presidente da 1.ª Comissão Administrativa do Município de Estremoz (teve de repetir estas palavras esquisitas várias vezes até eu as decorar), começou uma nova vida para ele. As ligações a Lisboa estreitaram-se e às viagens à capital sucederam-se outras, às principais cidades europeias. Durante todo esse tempo fiquei no meu canto, vendo-o partir e voltar, e não foi uma nem duas as vezes em que me propôs de novo que o acompanhasse. Se bem que a tentação fosse cada vez maior, sempre lhe resisti com afinco. Estava a ficar velha e cansada, os anos começavam a pesar-me e já não tinha idade para aqueles devaneios. Tinha era de pensar no futuro e dedicar-me à gestão da casa, pois não faltava muito para me tornar uma puta velha que ninguém quereria. Era essa a minha vida e não sabia ter outra.

Tenho a certeza de que me compreende, minha mãe. Também a senhora levou a sua vida como soube e pôde. A gente só não faz aquilo que não pode.

Desde o princípio que a Rita percebeu o interesse do João por mim e até teve o descaramento de me perguntar por que não deixava a vida e me juntava a ele. Desculpei-lhe o atrevimento, porque sempre gostei muito dela, fazia-me lembrar de mim quando era gaiata. A mãe tinha sido cozinheira na casa de uma família rica da vila e à noite recebia o patrão na cama. Quando morreu, a Rita, então com doze anos, ficou a substituí-la, e pelos vistos não só na cozinha, até o dia em que a mulher do patrão foi dar com ele encavalitado na miúda. Foi um grande escândalo e o figurão veio em pessoa pedir à Amélia do Ninho que a deixasse ficar na casa, garantindo-lhe que era uma cozinheira de mão cheia. A Amélia do Ninho teve pena e aceitou, e o safado foi, durante muito tempo, o único cliente dela. Era chefe da Guarda, senhora, veja bem a pouca-vergonha.

A Rita sempre foi alegre e bem-disposta. Eu, que nunca soube cozinhar, gostava de ficar a vê-la a fazer bolos e enfeitar o arroz-doce com canela. Graças a ela, tínhamos sempre um banquete nas épocas festivas. Ganhei-lhe muita estima.

Desde que nos viu, ao João e a mim, naquela manhã em que regressávamos do mercado, o raio da moça ficou com a pulga atrás da orelha e não descansou enquanto não descobriu o que se passava entre nós. Como o conseguiu, não sei. Mas começou a ditar-me sentenças e a fazer-me perguntas tão inconvenientes que às vezes perdia a paciência. Uma vez atirou-me com esta: *Olha que, se não aproveitas o que esse homem te quer dar, outra qualquer se pode adiantar.*

Eu, burra, não entendi.

Um belo dia anuncia-me que se vai embora, que foi aceite como cozinheira numa casa de família.

Na casa de quem?, perguntei, desconfiada.

Da dona Vitória Serrão.

Quando apanhei o João, perguntei-lhe que diabo tinha acontecido. Ele disse que a moça manifestara o desejo de deixar a vida e arranjar um emprego melhor, e que tinha muito gosto em ajudá-la.

Aliás, faria o mesmo por qualquer uma de vós.

Não gostei nada da ideia, mas calei-me. A bomba caiu passados uns meses, quando a barriga da Rita começou a crescer e ela disse às moças cá de casa que esperava um filho dele. Apesar de ferida, mantive a compostura e não fiz nenhum escândalo. Repetia para mim mesma, mais uma vez, que era melhor assim. Que aquela história já tinha dado o que tinha a dar.

Um homem que vai destruir-te a vida. Era ele, só podia ser. E estava nas minhas mãos impedi-lo.

Passou-se um mês, talvez dois. Um dia, ao fim da tarde, apareceram-me os dois aqui. Mandei-os entrar. Ficamos junto da porta, a Rita com os olhos no chão, a barriga já do tamanho de um balão, o João com o ar mais sério que alguma vez lhe vira.

A Rita tem uma coisa para te dizer.

Ela, porém, não abria a boca.

Rita, diz à senhora o que tens a dizer.

Sem tirar os olhos do chão, com o rosto cheio de lágrimas, a Rita acabou por falar:

Perdão... Eu menti, esta criança... Esta criança não é do senhor Mariano.

Eu estava mais envergonhada do que ela.

É só isso?

Sim, senhora.

Muito bem, está dito. Não temos mais nada para falar.

Disse as últimas palavras fitando-o a ele.

Depois das festas e das comemorações do novo regime, parecia que as coisas tinham entrado nos eixos. Estremoz crescia a olhos vistos. Surgiam novas lojas, oficinas, algumas fábricas. As nossas encomendas quase duplicaram.

A minha casa era mais procurada do que nunca. Já me podia dar ao luxo de só receber clientes especiais. Um deles era um homem gordo, com duplo queixo, que também pertencia à Comissão Administrativa do Município e se dizia ser um dos braços direitos do Presidente. Uma noite, porém, embebedou-se de tal maneira que começou a falar do que não devia.

Esta escumalha, dizia, *isto há muita pera podre neste cesto.* Pareciam frases inacabadas e incoerentes, mas se as escutasse com atenção até lhes podia encontrar algum sentido. *Se a Donana soubesse... Agora, que se acabaram os reis, toda a gente quer ser rei, pois então! Acham todos que têm o rei na barriga! Anda para aí muita escumalha a travar-nos os passos. Chegam lá acima e pensam que podem cagar sentenças, olha os cagadores de sentenças, olha p'ra eles!*

E ria gargalhadas sebosas, ao mesmo tempo que me beijava a mão, lambuzando-a de saliva.

Isto a gente tem de ter mão neles, Donana, escute o que lhe digo... E as peras podres, como diz o meu compadre, têm de ir para o lixo!

Piscou-me o olho, fazendo aquele gesto com um dedo a correr a garganta, como a dizer que iam mandar alguém desta para melhor. Estremeci. Seria aquilo apenas conversa de bêbado? Era melhor investigar.

Ó senhor Vargas... Eu acho que o senhor não é homem de mandar ninguém desta para melhor.

Ó Donana, isto agora os tempos são outros, e a gente tem de fazer coisas que nunca fez, e tudo a bem da nação, não é assim?

Puxei por ele.

Que coisas, senhor Vargas? Olhe que a minha boca é um túmulo. Se quiser, podemos até ter esta conversa lá em cima, sempre estamos mais quentinhos.

Fiz um gesto apontando para a escada, enquanto lhe sorria da forma mais encantadora de que fui capaz. O homem não se fez rogado. Levantou-se imediatamente, mas estava tão trôpego que por pouco não me caía no colo.

Ai o senhor Vargas, que já não se aguenta em pé... Deixe que o ajude, dê cá o braço, homem...

Arrastei-o escada acima até o quarto. Mal entrou, caiu na cama como uma pedra e começou a roncar. As minhas artes de acordar os mortos, contudo, nunca falham. Por fim, não foi difícil arrancar-lhe o que queria. Havia uma lista – uma espécie de lista negra, como lhe chamou – com os nomes das tais peras podres. Quando ouvi o terceiro, gelei por dentro. Dei-lhe mais um copo a beber, que o fez cair para o lado, vesti-me à pressa e saí disparada para o pátio, chamando pelo Chico.

Sela-me o cavalo, depressa.

Mal lhe pergunte, aonde vai a estas horas, senhora?

Despacha-te, não há tempo a perder.

É muito tarde, senhora, quer que vá consigo?

Não queria, mas acabei por dizer que sim. Estava muito nervosa.

Não se via vivalma nas ruas, só um ou outro bêbado cambaleando. Atravessamos o largo Espírito Santo, direitos ao pelourinho, e depois da Igreja de Santo André viramos para a esquerda, para a rua onde são as traseiras da casa. Apeei-me e olhei para as janelas, tentando adivinhar qual seria a do quarto da Rita. Não foi difícil: só podia ser a janelinha ao lado da cozinha, no primeiro piso. Dei três pancadas secas na porta, com receio de acordar a casa toda. Daí a nada a janela abriu-se. Assomou uma cabeça que reconheci de imediato.

Abre a porta, mulher, por amor de Deus.

Esperamos um bom bocado, até que a porta das traseiras se abriu devagar. A Rita, vestida com um casaco de lã por cima da camisa de dormir, apareceu, de olhos assustados. O Chico aguardava do outro lado da rua, enquanto afagava o pescoço do cavalo.

Que estás aqui a fazer?

Preciso de falar com o teu patrão. É urgente.

Está a dormir, não posso acordá-lo a uma hora destas.

É urgente, mulher!

E que lhe digo? Ainda sou mas é despedida...

Tive de recorrer à minha velha autoridade sobre ela.

Vai acordar o teu patrão e diz-lhe que estou aqui e preciso de lhe falar, que é um assunto de vida ou morte. Entendeste ou queres que repita?

A palavra morte deve tê-la assustado, porque desapareceu, engolida pela escuridão. Atravessei a ombreira e fiquei ali, olhando as paredes do pequeno vestíbulo. À esquerda havia uma porta que dava para a cozinha, à direita um pequeno corredor comunicava com um lavabo. À minha frente abria-se um arco na parede por onde se vislumbrava o salão principal do Café Alentejano.

Passou tanto tempo que achei que desistira. Estava a começar a pensar em subir pelo meu pé quando ouvi uns passos. Vi a silhueta dele crescer à medida que se aproximava. Vinha sozinho. Não me vendo logo, chamou.

Ana!

Estou aqui.

Li-lhe a surpresa no olhar. Tentei manter a determinação, embora fosse difícil, pois havia muito que não nos víamos.

Vim só avisar-te de que corres perigo, João. Perigo de morte.

Era melhor assim, dizer logo ao que vinha sem rodeios. A gravidade da situação tirava qualquer possibilidade de me emocionar.

Que estás para aí a dizer?

Ouvi-o da boca do senhor Vargas. Há uma lista. E o teu nome está lá.

Uma lista?

Foi o que ele disse: uma lista negra. Peras podres que é preciso deitar para o lixo e tu és uma delas. Só quis avisar-te. Essa gente é perigosa, tem cuidado. De onde menos esperas pode vir uma punhalada.

Ele estava incrédulo.

Isso é um disparate, o Vargas trabalha comigo. Quando foi que ele te disse isso?

Agora mesmo. Deixei-o a dormir e vim a correr avisar-te.

Uma nuvem escureceu-lhe o olhar.

A dormir?

Sim, já estava bêbado quando começou a conversa, mas dei-lhe mais uns copos para lhe desatar a língua. Caiu na cama e já deve ir no segundo sono.

E tu acreditas na conversa de um bêbado?

Começava a ficar irritada. Eu tão aflita, e ele sem fazer caso?

Ora, até parece que não sabes que é na bebedeira que saem as verdades!

Claro que acredito!

Está bem, Ana. Eu vou ter cuidado. Obrigado por me avisares. Precisas que te leve a casa?

Preciso agora, vim pelo meu pé, posso muito bem voltar.

Voltei as costas e saí. Grande estafermo! Decerto que não dera importância nenhuma ao que lhe contara, e, no fim de contas, ainda se ria da minha aflição. Era a paga por lhe querer tão bem, ficava cega de todo. Deixá-lo! Se o matassem pelo menos acabava-se aquele tormento.

A menina da Rita nasceu em janeiro de 1912. Era escura como uma cigana. Com aqueles traços era impossível ser filha do João. Contudo, não sei por quê, teimava em ficar na dúvida. Enquanto duvidasse tinha uma boa razão para não lhe perdoar.

Vendo-me tão esmorecida, o Chico resolveu meter conversa comigo. Ele, que estava sempre calado e nunca fazia perguntas. Encontrávamo-nos os dois na cozinha, eram quatro da manhã, ninguém podia ouvir-nos.

Senhora, perdoe-me a ousadia. É que já não a posso ver assim...

Assim como?

Ora, a senhora sabe. Com essa dor que traz nos olhos. E sei que não tem razão de ser.

Sabes como?

Não se esqueça que eu durmo sempre com um olho aberto. Vejo quem entra nos quartos das raparigas. Vi aquele homem entrar no seu tantas vezes... Mas no da Rita só duas vezes e já foi há muito tempo. Muito antes de ela... entende?

Chico...

Da última vez foi quando a senhora me pediu para ser a sombra dele, lembra-se? Ainda o senhor Barradas era vivo, garanto-lhe.

Não sabia se havia de crer no que me dizia. Por outro lado, aquele homem que me chegara ali ainda menino sempre me fora leal. Uma lealdade cega, honesta e pura. Se não confiasse nele, não podia confiar em ninguém, a começar por mim própria. Saber que a menina não era do João não me devolveu, contudo, a serenidade. Era como se uma nódoa tivesse manchado para sempre o que sentia por ele. Acreditei que era o fim.

O fim... As coisas nunca têm um fim. Só a morte é um fim. Tudo o resto são começos e recomeços. E mal de nós quando não os sabemos aproveitar.

Um dia fui falar com o padre Manuel. Éramos sempre bem-vindas na missa, aos domingos, se bem que quase nunca lá fôssemos por ser tão cedo. Mas tínhamos sempre a porta aberta quando precisávamos.

O padre recebeu-me calorosamente. Levou-me para a sacristia e sentamo-nos à volta de uma velha mesa comida pelo caruncho.

Senhor padre, comecei, *o senhor desculpe o assunto delicado que lhe trago.*

Já sabes que podes falar-me do que quiseres, filha.

Obrigada, padre. É... É sobre a dona Amélia, que Deus a tenha. Eu vi como tratou dela durante a doença... O senhor... O senhor gostava dela, não gostava?

Gostava, filha. Eu tinha, e tenho, sentimentos muito fortes pela dona Amélia. Não é por as pessoas já não estarem entre nós que os sentimentos morrem.

Os meus olhos aguaram-se.

Mas o senhor nunca pensou que era pecado? Sendo padre, gostar de uma mulher... Ainda por cima, uma mulher...

O padre sorriu. Tinha rugas muito fininhas ao canto dos olhos.

Ana, minha filha, Deus criou o homem e a mulher para que se amassem. O amor é criação Dele. Pecado, por isso, é não amar. Pecado é odiar, é destruir, é roubar, é matar. É irmo-nos desta vida de coração fechado. Agora amar... Como é que pode ser pecado?

As lágrimas corriam-me pela cara abaixo.

Mas então, por que é que o senhor é padre... Quer dizer, por que é que nunca se juntou com a dona Amélia se realmente a amava? Foi por ela ser uma...

O sorriso do padre diluiu-se, ficou apenas uma sombra pairando-lhe no rosto.

Ana, a vida nem sempre é como a gente quer. O mais difícil, a verdadeira prova que Deus nos dá é talvez essa – amar as pessoas por aquilo que são. Eu sou padre, é essa a minha vocação. A dona Amélia... Bem, não preciso de te dizer qual era a vocação dela. Se podia ter sido diferente? Tudo nesta vida pode ser diferente, se nós tivermos coragem.

E... Eram felizes assim?

Se fomos felizes? Fomos, claro, por nos amarmos, por nos termos um ao outro. Poderíamos ter sido mais felizes? Se eu tivesse deixado de ser padre e ela tivesse largado a vida? Nunca vou saber. Eu amei-a a ela, à mulher da vida, e ela amou-me a mim, ao padre. Ter-nos-íamos amado da mesma maneira se não fôssemos nós mesmos?

Mas depois da morte da dona Amélia que lhe resta, padre?

Tudo, Ana. Resta-me a memória, por exemplo, e o amor, porque o amor é imortal. Minha filha, o amor dela já ninguém mo tira. Ainda me enche o coração. Quando amamos alguém a nossa alma engrandece. Mas para que fazes tu tanta pergunta, Ana?

Bem, senhor padre... Eu amo um homem... E acho que ele também me ama. Mas estou tão perdida... Sabendo do seu amor pela dona Amélia, pensei que o senhor padre me pudesse ajudar.

Eu sei, Ana. E sei que esse homem também te ama.

Ele sempre me pediu para ir viver ele... E eu nunca quis... É um homem muito importante, como é que se pode juntar com uma mulher como eu?

Olha, Ana. Esse homem ama-te tanto que está disposto a enfrentar o mundo inteiro por ti.

Então acha que devo aceitar?

Isso só tu podes decidir. Conseguias deixar a tua vida e começar outra?

Não sei, padre. Tenho tanto medo...

Ora, Ana, esquece o medo e pensa em ti, naquilo que és. Achas que deixarias de ser o que és se te juntasses com ele?

Não sei, padre.

Talvez ele não perceba que ama esta Ana, e não a outra, a que quer que tu sejas. A vida é assim mesmo, cheia de dúvidas.

Talvez seja um amor impossível.

Não há amores impossíveis, filha. Aos olhos de Deus somos todos iguais. Somos nós, aqui na Terra, que tornamos o amor impossível.

Não sei o que fazer, padre.

Minha filha, se se amam de verdade, o vosso amor é maior do que as diferenças e as contrariedades. Talvez nunca se juntem, talvez até acabem indo cada um à sua vida. Mas o amor não morre nunca. O amor, Ana, é a única coisa que fica, quando tudo se vai.

Em lugar de respostas, o padre deu-me foi incertezas. Compreendi, todavia, que era assim que tinha de ser. As respostas, ninguém mas podia dar. Tinha de ser eu a encontrá-las.

Não, senhora, nunca as encontrei. Isto a gente com a idade parece que vai ficando mais burra. Ou se calhar só nos apercebemos da burrice quando chega a nossa hora. Agora é que vejo como nada na minha vida teve importância. O mais importante deixei que me escapasse das mãos.

Ainda ontem, quando o João cá veio, voltou a dizer-me, assim baixinho, junto do ouvido, que fosse com ele para a África.

Vamos para a África, Ana, tu e eu. Quando ficares melhor, assim que arribares, vamos embora daqui. Os dois sozinhos. Lá ninguém nos conhece, podemos começar uma vida nova. Temos as terras que o Constâncio me deixou, podemos trabalhar os dois. Começar uma vida nova, tu e eu. Diz que sim, minha Luz, diz que vens comigo.

Mal conseguia abrir os olhos, mas ouvi tudo muito bem. E sabe o que respondeu aqui a burra, senhora?

O nosso tempo já se foi, João. Vai, vai tu, segue o teu caminho e deixa-me a mim seguir o meu. Já é tarde, sempre foi tarde para nós. Eu sou uma árvore, tenho raízes fundas que me prendem à terra, daqui já não vou para lado nenhum.

A voz saía-me a custo, a respiração ofegante, as palavras arrancadas à dor que crescia no coração. Não o volto a ver, senhora; sinto a morte cada vez mais perto, já me ronda os pés da cama. E essas foram as últimas palavras que lhe disse, em lugar do amor que lhe tenho; da promessa de que sim, iria com ele, mesmo sabendo que mentia; que, neste estado, já não o poderia acompanhar – mas não seria o desejo o que de mais verdadeiro tinha para lhe dar? Pois em vez disso dei-lhe apenas a confirmação de que nunca serei sua, e de que o tempo tudo mata, como me mata a vida por dentro neste preciso instante. Negando-lhe o sonho, neguei-lhe o mais precioso que podia oferecer-lhe à despedida: a certeza de que, mesmo indo-me deste mundo, jamais o abandonarei, porque o meu amor e o meu desejo são maiores do que a morte. A morte não tem piedade, deixa-nos nus, exatamente como quando viemos ao mundo. Nus e abandonados. A morte tira-nos tudo, mas tudo será nada se antes o entregarmos a quem nos quer bem. Porém, se nada dermos e tudo guardarmos, aí a morte tem muito por onde escolher, tem tudo a ganhar e nós tudo a perder. Por que não me dei ao homem da minha vida no último minuto, por que não lhe garanti que sim, iria com ele até o fim do mundo, mesmo sabendo que antes disso a morte me levaria? Ainda o medo, senhora? Que medo é este, maior até do que a própria morte? O que mais choramos na hora de partir não são os dias que já não voltam. Não, minha mãe, o que realmente choramos são aqueles que não vieram, o que ficou por viver. Morrer não custa nada; o que custa é não viver. A morte chega pelo ventre, vinda de fora para dentro, ao contrário da vida, que daí sai para a luz. Primeiro gela-nos os pés, imobilizando-os; depois sobe-nos pelas pernas em direção ao sexo. Quando alcança o coração deixamos de respirar, o ar rarefaz-se, e então o tempo e o espaço tornam-se uma e a mesma coisa – se um morre, morre o outro –, enquanto o peito se amarrota num último suspiro. De seguida os braços ficam inertes, as mãos frias e inúteis, e é na cabeça que tudo se desfaz, restando apenas a imagem no fundo do olho, o negativo do mundo; e seria então que compreenderíamos, se pudéssemos, que aquilo que os olhos veem é tão somente o que trazemos cá dentro. E depois fica tudo escuro, como antes de nascermos, como antes de haver mundo.

Parte II

O Tempo e o Rio

Fragmentos do diário de João José Mariano Serrão

(dezembro de 1927 – janeiro de 1931)

(Este diário viveu dentro da gaveta da mesa de cabeceira do seu quarto, depois de João José regressar de Angola, em 1931. Após a sua morte, aos 13 de março de 1954, aí permaneceu até Filomena, sua sobrinha-neta, o encontrar. Por respeito, ou medo do que lá poderia encontrar, não o abriu, e guardou-o num velho baú, juntamente com outros pertences do tio. Esse baú, assim como outras velharias – antigos lavatórios de loiça, camas de ferro enferrujadas e uma arca cheia de roupas velhas: vestidos de noiva, enxovais de bebê, colchas de cores desbotadas e cortinados fora de moda, misturados com o cheiro da naftalina –, foi mais tarde encerrado num compartimento contíguo à cozinha, outrora usado como quarto de penitência. Filomena morreu em 2004, quatro anos depois de lhe ter sido diagnosticada a doença de Alzheimer. Nessa altura a casa foi posta à venda, o que viria a concretizar-se apenas três anos depois. Pouco antes de abandonar a casa, a neta de Filomena, Maria da Luz, então com quarenta e cinco anos, encontrou o antigo baú no quintal. Lá dentro estavam guardadas antigas peças esculpidas em madeira e outras em marfim trabalhado que o tio Mariano tinha trazido da África. Havia também uma caixa de cartão com fotografias. No meio do pátio repousavam os restos de uma fogueira que tinha sido ateada para queimar papéis velhos. Entre as cinzas via-se um caderno antigo, de capa escura, com as folhas meio chamuscadas, que parecia ter escapado à fúria das labaredas. Maria da Luz apanhou o caderno do chão e começou a ler as primeiras linhas. Algumas páginas tinham ficado destruídas; noutras, o fogo tinha comido palavras e frases inteiras. Essas páginas são reproduzidas a seguir, exatamente como ela as encontrou.)

A bordo do vapor Lourenço Marques, *Atlântico Sul*

17 de dezembro de 1927

O tempo é um rio. Um rio com muitas vozes. Eu estou no meio de todas elas. Sigo pelo rio, pelo tempo, atordoado, adormecido, derrotado. Fui naufragando pelo caminho, até o meu corpo mais não ser do que uma jangada à deriva. Um tronco à deriva. À minha volta, no rio, apenas as vozes são reais. As que me cercam não pertencem a tempo algum, ou, pelo contrário, são as vozes de todos os tempos: presente, passado e futuro. Eu só tenho passado. O presente esfumou-se e o futuro foi-me roubado. No meio dessas vozes fico surdo. Uma surdez que não é ausência de sons, mas uma excessiva sonoridade interna: há vozes na minha cabeça que me impedem de escutar os sons do mundo. Por vezes, elas guiam-me. A minha cabeça é então um rio, tal como o tempo.

A primeira vez que te vi, ainda gaiato na Casa Branca, a voz sussurrou-me: *Olha para ela.* Tu passavas com a tua mãe e ninguém se atrevia a olhar para vocês. Eu sabia disso, todas as crianças o sabiam, talvez porque se limitassem a imitar os adultos, como acontece desde que o mundo é mundo. Pois a voz disse-me: *Olha para ela.* Tive medo: sabia que era proibido. A curiosidade, porém, foi mais forte. Olhei e o que vi foram os teus olhos límpidos, da cor da água, abrigando uma luz mais poderosa do que a do próprio sol. Bebias o ar à tua volta e, pareceu-me, cada coisa que o teu olhar abandonava logo se resignava a uma existência sombria. Era como se os teus olhos emprestassem a luz ao mundo para depois a tomarem de volta, semeando apenas sombras em redor.

Foi assim que o mundo ficou depois de partires. Um lugar sombrio. Um deserto. Sem ti, deixou de haver norte ou sul, deixou de haver pontos cardeais. Deixou de haver longe ou perto, deixou de haver infinito. Agora, a única coisa infinita é o céu que se acende de estrelas todas as noites; o céu que eu perscruto, ansioso, à tua procura. Tenho a certeza de que estás aí, no meio desses sóis longínquos, tu, que eras uma criatura da luz.

19 de dezembro 927

Escrevo estas palavras para ti, meu amor. Escrevo-as na esperança de não enlouquecer. Escrevo-as para aumentar a minha dor, porque a dor me traz o teu rosto de volta; desejo-a com o mesmo ardor com que antes te desejava. Quero cortar os pulsos e verter o sangue nestas páginas que ninguém lerá. Tu, sim, sei que me ouves. Estás por aqui algures, junto a mim. Não te vejo, mas quero acreditar que não me abandonaste.

20 de dezembro 927

Já passamos a linha do equador. As constelações alteraram o seu lugar no firmamento. Não quero, porém, saber onde estou.

21 de dezembro 927

Sempre acreditei que as vozes que ouço são de anjos que me acompanham. Lembro-me de a minha mãe me dizer, em criança, que eu tinha um anjo sentado num dos ombros que me sussurrava piadas ao ouvido e me fazia rir. Quando acontecia rir-me em alguma situação despropositada, ela fazia *Chiu!* num gesto rápido, levando o indicador esticado aos lábios e olhando na direção de um dos meus ombros. Eu calava-me instantaneamente.

22 de dezembro 927

Podia mentir, como faço tantas vezes comigo próprio, como fiz com o meu grande amigo Antônio José de Almeida quando o visitei em Lisboa, antes de embarcar. Depois da tentativa falhada de sublevação, em fevereiro, as coisas ficaram ainda piores do que já estavam, se tal é possível. As prisões e deportações sucederam-se a um ritmo vertiginoso. É apenas uma questão de tempo, repetia para mim mesmo, até cair nas mãos desta canalha. Uma viagem para pouso incerto pareceu-me a melhor opção para fugir às garras dessa nova Polícia que criaram, uma cambada de paus-mandados, *ao serviço do Estado,* dizem eles. Mas lá que têm faro, têm. Prisões, tortura, mortes... É tudo o que se ouve. E depois, com a situação de falência iminente, só mesmo sendo muito burro para não me pôr a andar. E, nestas coisas, quanto menos a família souber, melhor, já ouvi falar de interrogatórios e torturas a membros da família para descobrirem o paradeiro de fulano ou sicrano. Foi isto que expliquei ao meu sócio e amigo Tiago Abrantes, pessoa da minha absoluta confiança que sei que nunca dará com a língua nos dentes. Já o mesmo não posso dizer do Jacinto Rosa, que me saiu uma verdadeira raposa. Acho que tinhas razão, meu amor, quando me avisavas para que tivesse cuidado porque ele não era flor que se cheirasse. *Um dia ainda te apunhala pelas costas*, dizias, com voz trágica. E eu ria-me. Burro. Sempre fui assim, só vejo o bem nas pessoas, deixo-me enganar facilmente. Já o devia saber. Agora é tarde, já cá não estás para me proteger. Contudo, sinto a tua presença. Talvez te tenhas transformado num anjo e estejas sentada no meu ombro livre.

Tu nunca te deixaste enganar. E por isso, se aqui estivesses, saberias imediatamente que não é por nenhuma destas razões, todas elas ponderadas e sensatas, que me meti neste navio como um fugitivo. Bastar-te-ia um olhar para perceberes que a mim tanto se me dá viver como morrer, que se calhar até preferia entregar-me aos braços da morte para assim buscar algum alívio nesta miséria. Talvez na penumbra de uma prisão, ou nas mãos cruéis de um torturador, eu encontrasse enfim o pretexto para gritar esta dor que é um punhal cravado no meu peito. Saberias, assim, que o verdadeiro motivo desta viagem é só um: ir-me deste mundo, sem rumo e sem destino.

24 de dezembro 927

Hoje é noite de Natal e sente-se uma certa agitação a bordo. Acenderam lanternas de muitas cores e, olhado daqui de cima, o navio parece um grande presépio iluminado.

Viajam neste vapor todo o tipo de pessoas, cavalheiros elegantes acompanhados das esposas, homens de negócios, solitários, aventureiros, vagabundos, revolucionários e até alguns arruaceiros. Existe uma espécie de hierarquia tácita e subtil que não deixa que diferentes tipos se misturem. As senhoras, por exemplo, juntam-se sempre nos mesmos salões ou cá fora, se o tempo o permite, enquanto tomam chá e conversam. Mas há outras mulheres que se reúnem em grupos na popa do navio, onde andam com os filhos bebês pendurados das tetas ou ao colo, enquanto os mais crescidinhos brincam em alegres correrias.

Existe também uma interessante diversidade de raças. Alguns pretos, mas sobretudo muita mestiçagem. Até já vi um homem que parecia resultar da mistura de preto e chinês, por causa do recorte rasgado dos olhos. Nas viagens que fiz recentemente pela Europa nunca encontrei tanta diversidade do gênero humano. Tenho a certeza de que gostarias de aqui estar. Tu, que tinhas tantas raças dentro de ti: a pele morena, os cabelos negros e fortes como os das ciganas, mas os olhos claros como a água, mais límpidos do que o céu reflectido neste mar sem fim. Para onde quer que olhe, só vejo os teus olhos.

25 de dezembro 927

Não sei o que aconteceu. Devo ter bebido mais do que a conta. Quando tento lembrar-me da noite de ontem é como se a olhasse através de um vidro escuro. Sei que a dada altura, cansado de deambular, me sentei a uma mesa no salão principal. Havia outras, rodeadas de cavalheiros e senhoras elegantes que bebiam champanhe. A meu lado sentavam-se três homens e duas mulheres que me convidaram a juntar-me a eles. Aceitei, mais por preguiça do que por vontade. Um dos homens tem mais ou menos a minha idade, os outros ainda são jovens. Das mulheres, uma, muito bonita, aparenta uns quarenta anos bem conservados, e a outra, que andará pelos cinquenta, fitava-me com insistência enquanto se abanava com um leque. Perguntou-me o que vou fazer a Loanda, acrescentando que sou uma espécie de homem-mistério do navio; ninguém parece conhecer-me ou saber dos meus propósitos. Encolhi os ombros e lá fui respondendo às perguntas sem, contudo, revelar grande coisa de mim. É uma técnica que venho aperfeiçoando, pelas razões que conheces.

Acho que acabei por beber um pouco demais, porque não me recordo sequer de voltar para o quarto. Há muito que não bebia e bastou uma pequena dose para me deixar embriagado. Acordei empastado em suor, completamente nu debaixo dos lençóis, sem saber onde estava. Tinha um perfume inusitado colado à pele, que agora me traz imagens vagas à memória, uns olhos acesos, umas mãos febris, o meu corpo ardendo. Que se passa comigo, Ana? Vejo-te sorrir com malícia e fitar-me com essa tua luz. *Já não era sem tempo, homem, que tens andado pior que um viúvo.* O teu olhar sem ponta de ciúme, que me deixa furioso, capaz de esbofetear-te. Ris-te. E o teu riso morre-me, em prantos, dentro do peito.

29 de dezembro 927

Os três cavalheiros e as duas senhoras de que já te falei continuam a convidar-me para a sua mesa, e não há dia em que não tomemos pelo menos uma refeição juntos. A mulher mais velha continua a olhar-me com bastante intensidade, e eu a desviar os olhos como um adolescente tímido e envergonhado. Às vezes, penso que aquela noite não passou de um sonho. Talvez nada tenha acontecido e eu esteja delirando.

Aprecio a companhia deste estranho grupo sem contudo me envolver demasiado. Eles aceitam a minha discrição e habituaram-se ao meu silêncio. De vez em quando jogamos cartas ou damas, aos pares.

Ontem, depois de uma dessas partidas, fiquei a sós com os dois cavalheiros mais jovens. Um deles ofereceu-me um charuto. A noite caíra, deviam ser umas nove horas. Havíamos jantado bem, e o sabor do charuto aqueceu-me o estômago, ao mesmo tempo que ajudava a digestão.

O Renato, é este o seu nome, estava animado. É o mais falador do grupo, sempre a contar piadas com muita graça. Fiquei espantado ao saber que tem apenas vinte e cinco anos, pois dava-lhe à vontade mais dez. O Renato contou-me que é filho do casal mais velho e que o rapaz que os acompanha, o Leonel, é seu amigo desde os bancos da escola. Ele estudou advocacia, mais para agradar à mãe do que por vontade própria, mas acha que não tem alma de advogado. Confidenciou-me que o seu sonho é ser fazendeiro. Plantar café. Segundo me diz, faz-se muito dinheiro nessas plantações e o café vai tornar-se, em pouco tempo, uma das principais fontes de riqueza do país. O olhar brilhava-lhe e reparei melhor na sua fisionomia. Visto de perto, pareceu-me levemente arraçado: lábios grossos, olhos rasgados, pele cor de café com leite. Mais tarde, quando já estava bem bebido, confidenciou-me que acha que não é filho da mulher a quem chama mãe desde criança, mas da mulata que serve em casa do pai, em Loanda. O pai veio para Angola há trinta anos. Prosperou no ramo comercial e neste momento é um dos principais exportadores de café e construiu um casarão que, ao que diz o rapaz, mais parece um palácio. *O senhor vai ver,* comentava com um sorriso, convidando-me a ficar com eles uns dias. E depois retomou a história de não ser filho da mãe. Foi assim mesmo que ele disse, Ana, conto-te para que melhor aprecies o seu sentido de humor. O pai veio para a África logo após o casamento; a ideia era estabelecer-se e a seguir mandar vir a esposa. Mas esta, um mês depois de se lhe juntar, adoeceu com malária e, mal se recompôs, regressou à metrópole, jurando nunca mais pôr os pés nesta terra maldita, onde se pode morrer com a picada de um mosquito. Voltou para casa dos pais, em Lisboa, onde ficou a viver mesmo depois de estes terem falecido. *O amigo já imaginou,* dizia-me o moço, *só agora é que conseguimos convencê-la! Veio por insistência minha e da minha tia* (a outra mulher que os acompanha), *que é solteira. Ficou para tia, pois!* (Mais risos.)

Diz ele que não sabe como é que os pais se arranjaram para o fazer, estando um em Angola e a outra em Lisboa (risos). O pai ia a Lisboa quase de ano a ano, mas ele não acredita que a mãe seja a senhora que viaja conosco: *E como é que fui nascer com esta fuça de preto, e tanto amor por Angola? Quando o meu pai me trouxe de férias a primeira vez, tinha eu sete anos, o amigo nem imagina a comoção que foi! Parecia parvo, parecia um possesso! Lembro-me como se fosse hoje, nunca mais me esqueci! Era um miúdo e jurei a mim mesmo que um dia Angola seria a minha terra. Nunca mais se me tirou essa ideia da cabeça. E acabei por vir, assim que terminei o curso, para grande alegria do meu pai.*

O que mais o convenceu acerca da sua verdadeira proveniência foi ter conhecido a criada, a tal mulata que acha ser sua mãe. *Ela trata-me como se eu fosse de ouro. Olhe que nem a minha própria mãe me trata assim. Quando era miúdo não pensava nestas coisas, mas depois fui crescendo e juntando dois mais dois. Não sei é como é que a minha mãe aceitou uma coisa destas sem fazer um escândalo.*

É bom rapaz. Uma alma iluminada. Nas suas palavras as coisas tornam-se facilmente verdadeiras. Cada vez me convenço mais de que a realidade vem da determinação. E ele tem-na de sobra. Determinação e entusiasmo. Enquanto o ouvia, pensava que a juventude é isso mesmo. Quando somos jovens acreditamos que podemos mudar o mundo. E que força temos! Com a idade, os sonhos esfumam-se e deixamos de acreditar. Às vezes, porém, fica alguma coisa: uma espécie de crença no irremediável.

O certo é que aconteceu qualquer coisa estranha comigo no decorrer da conversa. No princípio eu estava naquela posição cômoda que adquiri, de simples espectador que não participa e apenas observa, sentado na sua cadeira, na sombra; a vida está em cima do palco e ele limita-se a assistir. Ora, enquanto ouvia aquele rapaz, qualquer coisa se acendeu em mim: um desejo de me levantar da cadeira e me juntar a ele. E no desejo já existe a ação. Sem me aperceber, comecei a contar-lhe ao que vinha. Falei-lhe do testamento que me tornou herdeiro de umas fazendas no Norte de Angola que nem sei bem onde ficam, porque não me dei ao trabalho de averiguar. Guardei o documento na mala apenas por descargo de consciência, certo de que não o voltaria a retirar da capa preta onde o colocara. Desde que planeei esta viagem que soube que estava mentindo a mim próprio. Não vinha em busca de nada.

E agora estava ali, falando como se fosse em busca das terras que me pertenciam, e tinha planos: plantar café e vender, talvez exportar. E o moço arregalava os olhos e entusiasmava-se, vaticinava-me um futuro glorioso e oferecia-se para me ajudar, ele que conhece os corredores da administração da região como ninguém, que é advogado e sabe dos dispositivos legais, que sonha dedicar-se ao negócio do café e que, de certeza, viu em mim essa possibilidade.

Acabei aceitando o que me propôs. Ele quer ver-se livre das garras do pai, prosperar por conta própria, e eu preciso dele. Preciso do seu sonho, do seu entusiasmo, da sua energia. Tomo emprestada a sua vontade e convenço-me de que é minha. Vou à procura das terras do Constâncio, vou contratar mão de obra e plantar café. Decidi tudo ali, naquela mesa, enquanto o ouvia. Ele acha que um dia Loanda vai tornar-se a capital do Império,

Ana. Falou sem parar da cidade que ama, quase como se se tratasse de uma mulher. Contou-me do desenvolvimento em todos os sectores, inclusive na educação, que é, segundo ele, e muito bem, o principal alicerce de uma nação que se quer próspera. E eu, ouvindo-o, sinto-me vivo. Achas que enlouqueci de vez?

[...]

Loanda

3 de janeiro de 1928

A terra é vermelha, cor do fogo, como se no seu coração ardesse uma esperança irremediável. Talvez seja a minha própria esperança que vejo nascer do chão. Não sei. Estou tonto. O ar à minha volta possui uma claridade que nunca antes vislumbrei. Acho que cheguei à terra da luz. Serão ainda os teus olhos?

As mulheres brilham. É um paradoxo que estas mulheres de pele escura irradiem tanta luz, mas é a mais pura verdade. Se estivesses aqui e as pudesses ver, saberias que não minto.

Acho que confundi o fim desta viagem com o meu próprio fim. Mas agora entendo que é antes um recomeço. Porém, faltam-me as forças para recomeçar. Faltas-me tu. A dor está mais aguda no meio desta beleza toda. Acho que não entendes, Ana. Precisavas de estar aqui para entender. Precisavas de cheirar este ar, esta terra, o suor destes homens e destas mulheres.

Pensei que vinha para o fim do mundo. Pensei muitas vezes nisso: no fim. Para um homem, o fim do mundo é o fim do seu mundo. O mundo de um só homem é muito pequeno, Ana. Pelo menos, até o momento em que se lança numa jangada, à deriva, em busca do nada que tem dentro de si. A partir daí, pode, de facto, alcançar o seu mundo, que, por mais pequeno e insignificante que seja, é sempre infinito.

É isso que somos. Infinitamente pequenos.

8 de janeiro 928

Tenho andado tão ocupado que, quando à noite recolho ao meu quarto, estou de tal maneira cansado que mal me tenho em pé. Em que posso andar tão atarefado? A tratar das formalidades junto do Governo Civil e da Câmara Municipal. Quem me tem valido é o meu amigo Renato e os seus conhecimentos e influências, sem os quais, quase de certeza, precisaria talvez de semanas ou meses para tratar de documentos que, deste modo, ficam prontos em apenas um dia ou algumas horas. Neste momento já tenho comigo uma escritura, redigida em papel timbrado e oficial, carimbada e assinada pelo Chefe Administrativo do Departamento de Ordenamento do Território das Províncias do Ultramar da República Portugueza, Angola, Cidade de Loanda, que me torna proprietário legítimo das Fazendas Quipemba, Monte Alegre e Ndulo, situadas no Kwanza Norte. Este documento foi produzido depois de analisado o testamento do meu amigo Constâncio, bem como as escrituras originais que estavam em seu poder e ele me entregou pouco tempo antes de se exilar no Monte do Cerejal, naquele período conturbado das nossas vidas.

Penso tantas vezes no meu amigo, Ana, e as saudades são muitas. Contudo, gosto de imaginar que, se de alguma forma me pudesse ver, aprovaria com certeza todos os passos que me levarão à administração e à recuperação plena das suas terras, com a consequente produção de café e sua exportação pela firma Gomes & Irmão; um sucesso garantido, a avaliar pelas palavras do meu novo sócio, o jovem Renato Gomes. E tu, se me vês daí, como acredito que vejas, decerto aplaudirás toda esta atividade que me tem animado. Dar-te-ás conta, todavia, de que o entusiasmo não é meu, que sou apenas uma marioneta que se deixa manipular. Tomei a alma do meu jovem amigo de empréstimo, lembras-te? Um dia, eu sei, terei de a devolver. Depois se verá, mas entretanto vou gozando esta nova sensação de estar vivo. O calor sobe depressa à cabeça nestas latitudes. Não há muito espaço para pensar. Ou melhor, espaço é o que não falta, e tempo; mas apenas para coisas práticas e corriqueiras. Nada de grandes divagações, porque senão a pressão faz a temperatura subir. E aqui, minha querida, a última coisa que se quer é que a temperatura suba.

16 de janeiro 928

Hoje fomos até a Fortaleza de S. Miguel. A construção é imponente e sólida. A vista estende-se pelas encostas abaixo: a baía, o casario branco, a terra vermelha, o azul do mar ao fundo, salpicado de embarcações... Se não fosse pelo mar e pela cor da terra, diria que não saí do Alto Alentejo; que toda esta viagem não passou, afinal, de uma ilusão. Os horizontes têm a mesma largueza. Lembro-me, quando era gaiato e comecei a trabalhar como marçano na Granja, de percorrer grandes distâncias, sempre a pé, e a paisagem em redor me parecer maior do que o mundo. Nada, pensava eu então, poderia ser tão vasto como aquelas planícies. Lá de cima da fortaleza reencontrei a familiaridade de uma paisagem sem fim à vista.

Era de manhã e começava a aquecer. Com o calor passa-se a mesma coisa; estava convencido de que sabia, como ninguém, o que era um sol abrasador e estava, mais uma vez, enganado. Este calor, porém, é diferente. Pega-se à pele e faz-nos transpirar abundantemente. Às vezes, até sinto dificuldade em respirar. Nessas horas tenho de me enfiar em casa, ou num café, enfim, em qualquer sítio fresco.

Ali ao lado, uma das portas da fortaleza, em tudo semelhante às Portas de Santo André, aumentava a sensação de estar em casa. E o paredão alto, de uma brancura caiada, ferindo a vista. Se fechasse os olhos, podia ver-te passando nas ruas da Casa Branca.

17 de janeiro 928

Ontem terminamos a tarde sentados num dos cafés da avenida Salvador Correia, que tem uns bancos de jardim no passeio para que as pessoas se possam sentar à sombra. A avenida é larga e está quase sempre deserta. Muito de vez em quando, lá passa um carro na sua viagem tranquila. Juntou-se a rapaziada habitual, todos amigos do Renato, a maioria mestiços. Eu era o único velho no meio deles. A conversa girava à volta da nossa partida para as fazendas, prevista para o fim do mês. Falou-se sobre a contratação de mão de obra. Um dos rapazes, um tal Rui Alves, que é um tipo quase branco, falava com veemência e desagrado das condições de trabalho nas fazendas, equiparando o trabalho dos contratados ao dos escravos. *A única diferença é que agora os tipos são pagos*, dizia. *Mas tão mal pagos que ficam reféns do trabalho, e dos patrões, exatamente como antes. Longe da família e da sua terra, não têm nada senão o trabalho para lhes pôr comida na boca. E tu, vais pactuar com essa exploração?*

O Renato ria-se perante a exaltação do outro. Gracejava, *a gente tem de coser com as linhas que tem, amigo Rui!* Os outros não se metiam na conversa, fumando charutos em silêncio, abanando a cabeça em sinal de concordância uma vez ou outra. Eu também escutava, embevecido, a forma apaixonada com que aquele rapaz se indignava. Poderia ser minha aquela indignação. Poderia ser eu, mais novo, com aquela altivez de quem se crê certo e destemido, capaz de mudar o mundo. Agora, porém, limito-me a observar.

À noite, deitado na cama, perdido na escuridão, lembro-me de ter pensado que aquele rapaz estava cheio de razão. Depois ainda pensei em sugerir ao Renato que pagássemos a essa gente um salário justo. E talvez, quem sabe, pudéssemos dar-lhes alguma instrução.

Devo ter sonhado. Acordei e nunca me tinha sentido tão velho. É assim que morre a juventude, Ana. E é triste.

[...]

Ndulo, 15 de fevereiro 928

A múcua desfaz-se na boca como se fosse farinha. É de uma acidez doce e refrescante. É estranho que um fruto tão seco refresque assim. Associamos a frescura ao estado líquido, e afinal, quem sabe, uma não tem nada que ver com o outro. A múcua é o fruto dos embondeiros, árvores gigantescas, imponentes, com uns troncos impossíveis. Ao pé delas, os sobreiros são raquíticos. Os ramos parecem raízes levantadas da terra durante a seca, e depois, com a primavera, cobrem-se de cabeleiras verdes; é deles que pendem, primeiro, as flores, brancas e luminosas, e depois estes frutos esguios e compridos, pesados, apontados ao chão.

Se tu fosses uma árvore, meu amor, serias um embondeiro. Grande, sólida, resistente, e subitamente transbordante de flores puras como aves, e de frutos que escondessem toda a frescura de uma noite sem lua.

[...]

Monte Alegre, 10 de outubro 928

Hoje, andando no meio dos cafezais em flor, as primeiras flores da primeira plantação, senti-me renascer. Não sei o que vim fazer a esta terra, mas acabei por deixar nela a minha semente. E, subitamente, vi-te, no meio das ramadas e da brancura das flores. Vi-te mesmo, não é uma força de expressão. Extraordinariamente, estavas mais nova. Tinhas o cabelo solto, como eu gosto, e não usavas maquilhagem. (Irritavas-te sempre quando te dizia que uma mulher bonita não precisa de se pintar.) Sorrias para mim. A imagem era tão real que apanhei um susto valente. Estendi o braço para te tocar (estavas tão perto) e foi então que te esfumaste em luz. E então entendi, meu amor: não estás só nestas páginas, estás aqui ao meu lado e voltarás. Mal posso esperar pela tua próxima aparição. Sei que, quando acontecer, o meu coração baterá mais forte e a respiração acelerar-se-á. O ar vai saber-me a mel. Não desejarei mais nada.

Este diário termina aqui, minha querida, porque já não preciso dele para estar contigo.

Um beijo e até breve.

[...]

Quipempa

4 de outubro de 1930

Minha Luz:

Não sei por que voltei a pegar neste caderno. Estava arrumado na gaveta, silencioso. Desde ontem que ando num desassossego. Talvez nestas páginas encontre a paz, já que dentro de mim não a vislumbro.

O que me dói mais é perceber, com uma lucidez desarmante, que nunca soube amar-te. Fui apenas o cego que tenta imaginar a luz. De que serviram todas as noites que te tive nos braços se, na hora da decisão, optei pelo medo, pela passividade? Quando somos jovens, achamos que não tem uma importância por aí além não tomar partido, não fazer escolhas. Que o silêncio é apenas silêncio. E só tarde demais compreendemos que no silêncio cabem, afinal, todas as vozes que não ousamos erguer. Eu permiti que outras forças, que não a minha vontade, se encarregassem do destino que deveria ter tomado nas minhas mãos. Mas nada do que fazemos ou deixamos de fazer está isento de consequências e estas acabam sempre por nos bater na cara. A passividade é a escolha dos cobardes.

Os verdadeiros cobardes escondem o medo sob uma carapaça de coragem e ousadia. Por fora são pessoas determinadas e empreendedoras que possuem o poder de arrastar multidões em ações grandiosas, mas isso é apenas uma forma de negarem o vazio que os corrói por dentro. Precisam de conduzir rebanhos porque não sabem para onde vão e a caminhada para o desconhecido é muito mais fácil acompanhados, pois assim criam a ilusão de estar a lutar por um objectivo comum. E, por muito que este objectivo acabe por desenhar-se nitidamente no horizonte, eles sabem que não passa de uma miragem no deserto.

A verdade é que desisti. Aceitei a impossibilidade do nosso amor, quando o que havia a fazer era acreditar na sua possibilidade. Acreditar mesmo. Eu, que nunca fui crente, e sempre defendi a lógica racional com convicção e inteligência (pobre de mim, sempre tão convencido da minha grandiosa intelectualidade), não fui capaz do simples discernimento de que a fé, de facto, move montanhas. Porque a fé é, em si, movimento. É ela que nos empurra, fazendo-nos crer que o mundo gira à nossa volta.

Ana, minha luz, o amor torna-nos deuses. E eu não quis ser Deus. Recusei ser dono do meu destino. Recusei ser grande, talvez por saber que isso poria em evidência os meus piores defeitos. Quem é grande na virtude também o é na avareza. E ver os nossos pecados no espelho, aumentados, é demasiado. Um homem não aguenta. Por isso um homem prefere enganar-se. Prefere apenas que o vejam grande, em vez de ser de facto grande. Porque uma coisa é parecê-lo, e outra, muito diferente, é sê-lo de facto.

Ai de mim, Ana. Agora que finalmente encontrei quem sou, não gosto nem um pouco do que vejo. Sou daqueles velhos amargurados que desejam voltar atrás para emendar os seus erros. A maioria das pessoas gosta de apregoar aos quatro ventos que, se pudesse viver de novo, faria tudo igual, ainda que as atrocidades tenham sido muitas. Isso revela força de caráter, clarividência e amor-próprio. Quem fala assim não conhece a desventura de não poder encarar o espelho.

Poderei perdoar-me, Ana? Perdoar-me pelo que não fui, pela passividade que, quer queiramos, quer não, foi a minha escolha? Perdoar-me por ser um cobarde? E serei capaz de viver com esta dor até o fim dos meus dias, a dor de nunca te ter sabido amar? Haverá pecado maior do que abandonarmo-nos a nós próprios?

Abandonarmo-nos porque não suportamos a imagem no espelho: a cobardia mascarada de grandeza, o egoísmo mascarado de bondade, a ganância mascarada de ambição, a pequenez mascarada de generosidade? Será que posso perdoar-me, não apenas pelos meus erros, mas pelo que não fiz para os corrigir?

Perdoa-me tu, Ana, meu anjo, perdoa-me tu, já que eu não posso perdoar-me.

5 de outubro 930

Às vezes queria sair do meu corpo, da minha pele, e imaginar que a minha vida não é minha. Adivinhar o que escreveria sobre mim alguém que um dia lesse estas páginas e quisesse reconstruir esta viagem. Alguém do futuro, quiçá da família, um jovem que, fazendo uma pesquisa genealógica, quisesse descobrir por que morrera eu em territórios tão distantes. Não sei se vou morrer aqui, como é evidente, mas esse foi o primeiro objectivo desta viagem – foi o desespero de não ter lugar no mundo que me empurrou para ela. E, apesar de tudo o que aqui construí, a ideia da morte nunca me abandonou inteiramente, como uma imagem que fica gravada na memória. Talvez isso signifique que me encontro, de facto, no fim da vida. Estou quase com setenta anos; se viver mais uma década, será um milagre. E, mesmo que tenha direito a esse milagre, dez anos passam num abrir e fechar de olhos.

Imagino uma mulher bonita, talvez um tanto melancólica. Não sei por que imagino uma mulher; quem sabe precise como nunca de sentir sobre mim o olhar de uma mulher. Quanto a imaginá-la bonita, já sabes a resposta, sempre tive queda para as mulheres bonitas. Não te zangues, isto é um elogio. Ou preciso dizer-te outra vez que sempre foste a única?

Quanto ao resto, uma mulher que parte em busca de um passado distante é, necessariamente, atravessada pela melancolia.

Imagino também uma mulher apaixonada. Só uma mulher apaixonada se lança numa empreitada destas: ressuscitar alguém. Será uma mulher de fé. E de coragem. Uma lutadora nata. Uma mulher que não teme o amor, que vai até o fim do mundo por ele. Só vivendo um grande amor se pode perder-lhe o medo.

Imagino, portanto, um homem na sua vida, ou vários. Certamente haverá muitos olhares seguindo-lhe os passos. Se fechar os olhos, quase consigo vê-la, com aquela graça felina das mulheres que se sabem desejadas. Espanto-me com os detalhes da minha imaginação e sobressalto-me quando me apercebo de que o desejo é meu. Não soube amar-te, e não desisto de tecer possibilidades de amar, ainda que através de fantasias completamente disparatadas e irrealizáveis, apenas com o propósito de aplacar o meu velho coração teimoso, como se lhe dissesse com zelo maternal, *descansa, filho, que ainda não estás morto.*

Eu serei criação dela. Nos meus passos verá o reflexo dos seus; será, porém, capaz de traçar outro destino. Uma mulher que pegue nos meus despojos e os ressuscite noutro homem, noutra vida que poderia ter sido a minha. Não há desejo maior do que a possibilidade do renascimento; será esse, pois, o prêmio que esta misteriosa mulher me dará. E a mim basta-me imaginá-la.

Às vezes, em segredo, convenço-me de que ela és tu. A tua alma reencarnada, daqui a oitenta, noventa anos, procurando, sem o saber, reconstruir a história do homem que amou, sem suspeitar de que é esse amor, ainda vivo no seu peito, que lhe guia os passos. Mais um delírio, bem podes dizê-lo, ainda por cima vindo de mim, que sempre me orgulhei de ser um céptico. Não acredito em almas e, porém, vejo-as. Ouço-as. Talvez as vozes dentro da minha cabeça sejam, afinal, as delas. São, em todo o caso, um mistério que abala o meu cepticismo, uma porta entre o meu corpo e o mundo. Foram elas que me ordenaram que te olhasse, lembras-te? E nesse mesmo instante vi a tua alma, pura, puríssima, como a luz. Por isso, esta mulher, que me percorrerá os passos, vai chamar-se Luz, como tu. A Luz do teu nome não se vê, contudo; a dela, pelo contrário, brilhará. Disso tenho a certeza.

(Pego no meu olhar como se fosse o dela, procurando o rasto das minhas pegadas na areia, no meio do deserto; alguém tão perdido como eu. Vejo-me com mais nitidez, porque as mãos já não me pertencem. As palavras soltam-se e já não sou eu que escrevo. É ela.)

5 de outubro de 2010

Não deixa de ser curioso que se comemore o Centenário da República precisamente hoje, quando tento ressuscitar das cinzas um diário que terá sido escrito durante o exílio angolano de uma das figuras que ajudaram a firmar essa mesma República. Chamo-lhe "exílio" porque não sei que outro nome lhe dar, as razões para tal viagem perdem-se nas tramas de histórias contadas por terceiros. Não deixa de ser igualmente curioso que hoje, precisamente cem anos depois, seja finalmente devolvida alguma da memória deste homem à cidade que tanto lhe deve, sob a forma de uma homenagem pública, com a deposição de uma lápide na sua campa, até hoje rasa, no cemitério. Não que isso agora lhe faça alguma diferença, mas é mais um gesto que procura romper com o esquecimento que lhe foi votado ao longo dos tempos. Que eu lhe tente calçar os sapatos, ou as luvas, ao fim de tanto tempo, reinventando todo um passado que não se esgota na realidade, pegando na sua caneta romba e escrevendo as linhas desaparecidas do seu diário, é também surpreendente, como o é perceber como essa realidade é tão frágil que não passa, afinal, de mais uma versão da história. Da boca de pessoas que se lembram dele e ainda estão vivas (uma prima distante quase com cem anos, como a República) saem relatos que nos deixam ainda mais confusos, ora porque contradizem a versão que já tínhamos elaborado à custa de outras memórias, ora porque lhe acrescentam detalhes que desconhecíamos, alterando a ordem e o número dos retalhos na manta que se tinha tornado a nossa visão dos factos. Afinal, onde está a verdade? Eu digo-vos: a verdade não está em parte nenhuma. A verdade criamo-la nós, com as estórias que inventamos.

[...]

13 de janeiro de 1931

A minha irmã Vitória está a morrer. Recebi uma carta aflita da Filomena, onde me conta da doença da tia e de como só agora me fala dela porque a minha irmã a proibiu de o fazer antes. Agora já está tão mal que não tem força para se opor, conta a minha sobrinha. Pede-me que volte, por favor, que precisa da minha ajuda como nunca.

Chorei como uma criança enquanto lia a caligrafia delicada da Filomena. As lágrimas mancharam-na até não restarem senão borrões irreconhecíveis. Chamei-me todos os nomes que possas imaginar. Os piores, Ana. Acho que nem tu, quando a mostarda te subia ao nariz, conseguiste ser tão cruelmente requintada.

Vou fazer as malas. Está na hora de voltar para casa.

A minha família precisa de mim.

A viagem, essa, não tem fim.
A vida, sim, é finita e frágil. Como o amor.

Epílogo

Ressuscitar este diário das cinzas foi como seguir o labor incansável das mãos da minha tia Flora nos seus bordados. Primeiro, fazer o desenho no pano com traços muito finos, a lápis, para que o linho não se rompa nem vinque. Passajar esse conjunto com pontos grosseiros, destinados apenas a servir de guia ao trabalho mais perfeito. Salvar, no entanto, as hastes das flores e os traços mais finos, seguidamente bordados a ponto de cadeia ou pé-de-flor. Este último tem o mérito de andar para a frente andando para trás, tal e qual me senti muitas vezes nestas páginas. Finalmente, preencher os espaços vazios, trabalhando os pontos mais cuidados, os motivos vistosos que requerem paciência e muitas voltas na agulha, voltas que passam por cima de outros pontos ou que apenas desenham sombras em recantos escondidos. No fim, o desenho ilumina-se, como se as diferentes partes encaixassem magicamente e brilhassem na ousadia das cores.

Bem-haja, querida Florzinha.

Lisboa, 10 de fevereiro de 2011
Maria da Luz Alabaça

Epílogo (outra versão)

Ressuscitar este diário das cinzas foi como seguir o labor incansável das mãos da minha prima Natália nos seus quadros. Primeiro, cobrir o vidro com uma camada escura de tinta, para que se acenda a mais absoluta escuridão. Fazer então nascer pequenos focos de luz com a ponta de um canivete, pontos cardeais na rota incerta das mãos. Raspar ainda a estrutura principal, em traços simples, sempre redondos, procurando não descurar a simetria (e a habilidade com que o fazia!). Uma vez delineado o esqueleto, encher os espaços vazios, estabelecer ligações, abrir pontes e caminhos, numa renda maravilhosamente trabalhada, rasgando a noite que aos poucos se enche de estrelas. Cobrir o vidro com nova camada de tinta, desta vez dourada, e de seguida abrir os pontos por onde se quer que passe a luz. Pintar alguns em tons de azul ou vermelho, e por último colocar uma folha de prata na parte de trás, fonte da luz que revelará a riqueza e magia do desenho: um mistério finalmente iluminado.

Bem-hajas, querida Tatá.

Londres, 10 de fevereiro de 2011
Gabriela Ruivo Trindade

Anexo 1
Fotografias

As fotografias incluídas no presente anexo são uma amostra do único testemunho existente da viagem de João Francisco Carreço Simões a Angola em finais dos anos 20 do século passado.

Povoação do Jerrde

L-206

Fazenda [illegible]

25 Agosto 1929

29/9/1929

29/9/929 Nosso passeio ao [illegible]

Ponte sobre o rio "Bombo" 29/9/929

Outubro 1929 Café em flor

Estação de Cambundo

Anexo 2
Elogio de João Francisco Carreço Simões

O texto que se segue é da autoria de João Armando Capela Ruivo, tio da autora, e serviu de base ao discurso por ele proferido na cerimônia de homenagem a João Francisco Carreço Simões, numa iniciativa da Câmara Municipal de Estremoz e integrada nas comemorações do I Centenário da República. O discurso teve lugar no cemitério de Estremoz, onde foi inaugurada a lápide da sua campa, até então rasa, no dia 5 de outubro de 2010.

Em 14 de março de 1954 foi aqui sepultado João Francisco Carreço Simões (JFCS), depois de uma vida longa e muito intensa, dedicada à família, à República e a Estremoz.

Em 1949, já com 86 anos, tomou parte ativa na campanha do General Norton de Matos para a presidência da República, como figura de referência na oposição democrática à ditadura, no distrito de Évora. Em Estremoz, na Esplanada Parque, realizou-se uma grande sessão, repleta de apoiantes entusiastas e por ele presidida. Aníbal Falcato Alves, na altura com 26 anos, e que certamente muitos dos presentes bem recordam, participou intensamente nessa campanha, e a ele ouvi várias vezes recordá-la e lembrar como JFCS nela colaborou, com força anímica e física, e quanto o emocionou a entusiasta ovação com que foi recebido na sessão da esplanada.

Na sua casa, no alto do Café Alentejano, na janela central existia um mastro de bandeira onde todos os domingos e feriados era içada a bandeira nacional, o que ocorreu até a sua morte. Isso causava grande insatisfação à ditadura, que não gostava da

República nem dos democratas, até porque no feriado do 28 de maio nunca naquele mastro a bandeira subiu.

Nasceu na Casa Branca, aqui perto, concelho de Sousel. Após a instrução primária saiu de casa dos seus pais, pequenos agricultores com oito filhos, e fez-se à vida. Inicialmente em Granja, Mourão, numa sociedade agrícola; depois em Évora, numa grande firma comercial; e assim as suas qualidades de trabalho, caráter e capacidade criadora foram-se revelando.

No fim da adolescência muda-se para Estremoz, contratado pela firma Barbosa & Irmão, casa importante, com atividade comercial diversa e predominante no campo do crédito e finanças, sendo agência de vários Bancos e Companhias de Seguros. O proprietário, Constantino Barbosa, militante republicano, foi o principal animador de JFCS nos caminhos da política e na luta pela República. Na empresa, JF vai aumentando os conhecimentos, generalizando e aprofundando a atividade.

A seguir ao 31 de janeiro, depois do insucesso da primeira tentativa para a implantação da República, muitos republicanos são perseguidos, condenados a penas pesadas de prisão, e até deportados para as Colônias. Constantino Barbosa, certamente por compromissos assumidos com o ocorrido, desaparece de Estremoz e refugia-se na Serra d'Ossa. Na época, local ermo e de acessos difíceis, era espaço possível para o isolamento. Só JFCS sabia do seu paradeiro, e é ele que estabelece continuada ligação, com deslocações pela calada da noite, e encontros em sítios diversos, que permitiam a comunicação sobre o acerto da gestão da firma e estratégia na condução política.

Quando Constantino Barbosa regressa, os laços de amizade entre estes dois homens tinham-se aprofundado. JFCS passa a ser elemento determinante na firma, e passados anos, por falecimento de Barbosa, e na ausência de filhos deste, é seu herdeiro testamentário.

Passa então a uma maior ação política. Como militante do PRP, Partido Republicano Português, que lidera em Estremoz, desloca-se, para contactos, a Lisboa, onde estabelece forte ligação com Antônio José de Almeida, tornando-se, para além da política, seu amigo pessoal, trocando com ele correspondência privada. É deste que a 5 de outubro de 1910 recebe diretamente comunicação da implantação da República em Lisboa.

A 6 de outubro, pessoalmente, e em cerimônia pública, declara-a implantada em Estremoz.

Continua na política como até aí, privilegiando a solidariedade e os princípios éticos, como homem bom e de são caráter. É um conciliador, agrupa vontades, procura entendimentos, sendo sempre um democrata, considerando a opinião oposta e analisando o contraditório na procura da melhor solução.

Na sua atividade empresarial, há uma abertura ao investimento. Estabelece a sociedade que cria a unidade produtora de energia eléctrica, Central Elétrica que ilumina e fornece eletricidade a Estremoz, modernizando a Vila (1916). Associa a esta uma grande moagem que dota Estremoz de uma unidade moderna, movida a energia eléctrica.

Também numa Sociedade por Quotas funda o Café Águias d'Ouro.

O Café Alentejano, de que é único proprietário, foi por si fundado e instalado, onde ainda hoje se encontra, em edifício de raiz, que mandou construir, englobando a sua residência no primeiro andar, onde viveu até falecer. No mesmo imóvel ficou a Tabaqueira, sendo a primeira livraria e papelaria de Estremoz, com dimensão e qualidade que lhe permitiu apoiar o ensino, e a valorização do conhecimento dos cidadãos interessados.

Foi a sua atividade empresarial animada e participante em vários outros investimentos que, tal como estes, muito contribuíram para o desenvolvimento da Vila, criando riqueza, aumentando e aqui fixando população. Estremoz, em 1926, é elevada a cidade, sendo JFCS um dos promotores do desenvolvimento que tal proporcionou.

Viveu solteiro, e com a sua irmã Mariana, constituiu uma grande casa de família, onde criou, educou e possibilitou a instrução a mais de uma dezena de sobrinhos, chegando alguns a tirar a licenciatura.

À Câmara Municipal de Estremoz, que integrou na comemoração do Centenário da República homenagear JFCS, um republicano exemplar, eu agradeço sentidamente, e termino com a saudação de

Viva a República!

João Armando Capela Ruivo

Glossário

Abalar – ir embora.
Atabefe – soro de leite coalhado, semelhante ao queijo fresco, mas mais mole. Iguaria muito apreciada quando misturada com açúcar.
Brinhol – farturas (fritos).
Caldeiro – recipiente para retirar água do poço.
Carro de parelha ou carro – dispositivo locomotor puxado por dois animais (geralmente eram machos).
Creme Nívea – como eram chamadas as viaturas da polícia.
Fezes – arrelias, ânsias, aborrecimentos.
Forneira – mulher responsável pela cozedura do pão para a comunidade.
Gral – almofariz de madeira.
Magana ou magano – malicioso, travesso, engraçado.
Mandado – recado.
Mocho – pequeno banco de fabrico artesanal.
Monte – casa tradicional alentejana.
Muares ou machos – híbridos do cruzamento de cavalo e burra ou burro e égua (as fêmeas são chamadas mulas).
Nora – engenho de tirar água do poço; cisterna.
Pide – pessoa pertencente à Polícia Internacional de Defesa de Estado (PIDE) ou que esteve a seu serviço.
Prantar – colocar, pôr.
Quarta – cântaro ou pote de barro.
Reco – porco.

Agradecimentos

Aos membros do júri do Prêmio LeYa, pela honra da distinção.

À minha editora, Maria do Rosário Pedreira, pelo rigor, cuidado e dedicação.

Aos meus pais e ao meu tio João, por me terem emprestado muitas das suas memórias. A este último, pelo envio de material jornalístico da Luanda dos anos 30, pela cedência do texto da biografia do ti Carreço e pelo apoio incondicional. À minha mãe, ainda, pela forma com que sempre me encorajou a escrever.

A todos os que partilharam antigas histórias no blogue da família e em mim fizeram nascer a vontade de as reunir em livro. Aqui tenho de agradecer especialmente à Maria Helena, pelo entusiasmo e motivação com que sempre me presenteou, ao Rui, pelo humor das memórias que praticamente colei nestas páginas, e ao Mansinho, pela lembrança daquele 10 de junho trágico que conduziu à terceira voz do livro. Ao Jorge Falcato Simões, por me ter emprestado a sua história para cenário desta terceira voz.

Aos meus amigos Zé Ribeiro e Lúcia, e a José Luís Ferreira, que no seu blogue me trouxe histórias da minha velha amiga Ulmeiro, das quais me apropriei sem pedir licença; sem eles esta estória não seria a mesma.

À Aurita pelas fotografias de Luanda, e pelas palavras de apreço.

Ao meu irmão, pelas inúmeras brincadeiras de infância que ainda hoje me alimentam a imaginação.

Ao meu marido e aos meus filhos por tudo o que me dão diariamente.

Por último, aos meus avós Flor e Prudêncio, e aos meus primos-avós Natália e Aníbal Alves, que estarão sempre comigo e a quem estas páginas muito devem.

Prêmio LeYa

O Prêmio LeYa é hoje um dos principais prêmios de literatura lusófona do mundo. Foi criado em 2008, por iniciativa do grupo editorial LeYa, e é um concurso anual que tem como objetivo estimular a produção de romances inéditos de autores de língua portuguesa. As obras vencedoras são premiadas com o valor de cem mil euros para o autor e a publicação do livro pela LeYa.

A língua portuguesa é a língua oficial de nove países. Unindo isso ao grande crescimento e enriquecimento das literaturas de língua portuguesa nos últimos anos, a existência de um prêmio dessa estatura não apenas se justifica, mas se faz muito necessária. O Prêmio LeYa contribui para a criação de uma verdadeira comunidade, tão diversa nas suas manifestações literárias e culturais, mas tão próxima pela utilização de uma língua comum.

Da Declaração do Júri do Prêmio LeYa 2013

O júri destaca a consistência do projeto narrativo que procura, através de várias gerações, e com o foco em personagens de grande força, sobretudo femininas, retratar a transformação da sociedade e dos modelos de vida numa cidade de província, no Alentejo. Merece destaque a originalidade com que a autora combina o individual e o coletivo, bem como a inclusão da perspectiva do(s) narrador(es) no desenho cuidado de um universo de vastas implicações, mas circunscrito à esfera do mundo familiar ao longo de um século de história. Também a exploração ficcional de registro diarístico e a inclusão da fotografia dão um sinal de modernidade formal a esta obra.

Manuel Alegre (Presidente), José Carlos Seabra Pereira, José Castello, Lourenço do Rosário, Nuno Júdice, Pepetela e Rita Chaves

1ª edição	Junho de 2018
papel de miolo	Pólen Soft 70g/m²
papel de capa	Cartão Supremo 250g/m²
tipografia	Rongel
gráfica	Grafilar